일리아드
ILIADE

호머 지음 / 이세진 편역 / 김태란 그림

비봉출판사

편역자 서문

호머의 「일리아드」는 대략 기원전 8세기에서 9세기 사이에 이루어진 작품이다. 따라서 「일리아드」를 읽는다는 것은 그야말로 몇천 년이라는 시간을 거슬러 올라가 전혀 알지 못하는 시대적 공간 속으로 초대되는 진기한 경험이라 할 수 있다. 더구나 이러한 고전 중의 고전에서 오늘날의 문학이 여전히 다루고 있는 주제들을 재발견한다는 것은 우리에게 본질적인 가치들에 대한 사유를 불러일으킨다. 시대가 변하고 생활 양식이 변해도 여전히 우리에게 호기심과 상상력을 불러일으키는 문학의 본질적인 물음들을 마주하게 되는 것이다. 그러므로 고전의 독서를 통해 얻는 지혜는 결코 퇴색되지 않는다.

서양 예술과 철학이 정도의 차이는 있을지언정 대부분 고대 그리스 문화에 기반을 두고 있으므로 「일리아드」는 거의 필독서라고 해도 좋을 만큼 중요한 저작이다. 그러나 「일리아드」의 원서나 완역본을 읽는다는 것은 사실 대단한 집중과 노력을 필요로 하는 일이다. 원래 「일리아드」는 트로이 전쟁을 배경으로 한 서사시이며, 모두 24장으로 구성되어 있다. 그리스 최고의 영웅 아킬레우스가 아가멤논 왕과 싸우는 것으로 시작하는 이야기는 트로이 최고의 용사 헥토르의 장례식으로 끝맺는다. 따라서 본문만으로는 트로이 전쟁의 발단이나 헥토르가 죽은 다음 전쟁이 어떻게 끝나는지 알 수 없기 때문에 상당한 배경지식을 가지고 있어야만 제대로 읽을 수 있는 작품이다. 이 책에서는 독자들의 이해를 돕기 위해 프롤로그를 달아 트로이 전쟁이 일어나게 된 주된 이유인 황금사과 이야기를 소개했다. 마찬가지로 에필로그에서는 트로이의 목마가 어떻게 종전(終戰)의 실마리가 되었는지 알려주고 있다. 이 프롤로그와 에필로그를 다는 작업은 출판사 여러분들의 도움이 없었다면 이루어지지 못했을 것이다.

　　읽기 힘든 책을 유쾌하게 읽을 수 있게 하다 보니 모아야 했던 것만큼 버려야 할 것도 많았다. 그러나 '즐겁지만 가볍지는 않은' 책읽기를 통해 고대 그리스의 다양한 인간 군상을 만나는 경험, 인간보다 더 인간적인 신들을 만나는 경험은 참으로 소중하리라. 나아가서 그 즐거움이 호머를 좀 더 꼼꼼하게 읽고 싶은 바램까지 준비해 주기를 소망해 본다.

차 례

편역자 서문 ··· 5
서장 트로이 전쟁 ··· 9

   불운의 징조·9/황금 사과·12/전쟁의 먹구름·16
   /용사 아킬레우스·19/전투가 시작되다·21

제1장　아킬레우스의 분노 ································ 24
제2장　아가멤논의 꿈 ···································· 40
제3장　서약 ··· 47
제4장　아가멤논, 전열을 가다듬다 ······················· 61
제5장　디오메데스의 무용담 ····························· 72
제6장　헥토르의 작별인사 ······························· 87
제7장　헥토르와 아이아스의 싸움 ······················· 98
제8장　트로이의 우세 ··································· 108
제9장　오디세우스의 간청 ······························ 119
제10장　반역자 돌론 ···································· 128

제11장 아가멤논의 무용담 ·················138
제12장 성벽 습격 ·················148
제13장 포세이돈의 개입 ·················153
제14장 헥토르의 부상 ·················159
제15장 전투에서의 탈환 ·················165
제16장 파트로클로스 전사하다 ·················171
제17장 메넬라우스의 무용담 ·················185
제18장 아킬레우스의 무구 ·················192
제19장 아킬레우스가 분노를 거두다 ·················203
제20장 신들의 참전 ·················211
제21장 강가에서의 싸움 ·················224
제22장 헥토르의 죽음 ·················236
제23장 파트로클로스의 추모 행사 ·················249
제24장 헥토르의 보상 ·················261
일리아드, 그 뒷 이야기: 에필로그 ·················274

   아킬레우스의 최후 · 274 / 트로이 성의 함락 · 279

어휘설명 ·················284
호머는 누구인가 ·················294

일리아드
ILIADE

서장

트로이 전쟁

불운의 징조

신과 인간들이 함께 뒤섞여 살아가고 신들의 왕인 제우스가 올림포스 산에서 온 세상을 지배하던 먼 옛날에, 수천 명의 목숨이 겨우 두 사람의 운명에 의해 좌우된 일이 있었다. 이 운명의 두 사람은 서로 멀리 떨어진 곳에서, 즉 에게 해의 양쪽 끝에서 태어났다. 한 사람은 아킬레우스라는 이름의 그리스인이었고, 또 다른 사람은 파리스라는 이름의 트로이인이었다. 그러나 이들이 태어나기 전부터 이미 불길한 운명이 두 사람을 기다리고 있었다.

아킬레우스의 부모인 펠레우스 왕과 바다의 여신 테티스가 결혼할 때, 그 결혼식을 축하하기 위하여 찾아 온 손님들 중에는 세 명의 여자들이 있었다. 이 세 여자들은 미래에 대한 예언능력으로 유명한 운명의 여신들이었다.

첫번째 여신이 이들 신혼 부부에게 말했다. "당신들은 아들을 갖게 될 것이고, 그를 아킬레우스라 부르게 될 것이다. 그는 빼어난 용모와 힘, 위대한 용맹으로 존경을 받게 될 것이다."

이어서 두번째 여신이 그들에게 알려주었다. "그대들의 아들은 쏜살처럼 빠른 발과 강한 힘을 타고 태어날 것이므로 전쟁터에서 그를 쓰러뜨릴 자는 아무도 없을것이다."

마지막으로 세번째 운명의 여신이 말했다. "오직 당신의 아들 한 사람만이 트로이의 운명을 좌우할 수 있을 것이다. 그리고 그의 목숨을 빼앗을 수 있는 것도 오로지 트로이 사람이 쏘는 화살뿐일 것이다."

아킬레우스가 태어나자, 어머니 테티스는 이 예언이 마음에 걸렸다. 그래서 아들을 위험으로부터 보호하기 위해서 어린 아들의 발꿈치를 손으로 잡고는 스틱스 강물에 집어넣었다.

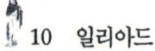

신들은 테티스에게 이 스틱스 강물에 몸을 적시는 자는 어떤 화살에 맞아도 죽지 않을 것이라고 말해 주었기 때문이다.

어느덧 소년으로 성장한 아킬레우스는 교육을 받기 위해 절친한 친구 파트로클로스와 함께 현자 카이론에게로 보내졌다. 카이론은 상반신은 사람의 모습이고 하반신은 말의 모습을 한 반인반마(半人半馬)의 신이었다. 아킬레우스가 말타는 법을 배운 것도 카이론의 등 위에서였다. 카이론은 그밖에도 먹을거리를 사냥하는 법과 싸우는 기술을 그들에게 가르쳐 주었고, 시가(詩歌) 낭송과 류트란 악기를 연주하는 법, 약초를 써서 상처를 치료하는 법까지도 가르쳐 주었다.

그러나 테티스는 아들이 늠름하게 커 가는 모습을 지켜보면서도 세번째 운명의 여신이 했던 예언이 걱정되었다. 아킬레우스가 소년기를 벗어나 진짜 갑옷과 투구를 입고 전장에서 수레를 몰고 다닐 청년이 될 때가 이제 멀지 않았음을 실감하고 있었기 때문이다.

아킬레우스가 태어난 때와 비슷한 시간에 바다 건너 트로이에서는 프리암 왕의 아내 헤카베가 파리스를 낳으려 하고 있었다. 그런데 이때 헤카베 왕비는 무서운 꿈을 꾸었다.

꿈에서 왕비가 갓난 아기를 보려고 몸을 숙이자 아

기는 타오르는 횃불로 변하였고, 그곳에서는 수도 없이 많은 불뱀들이 튀어나왔다. 눈깜짝할 사이에 궁전은 불길에 휩싸였고, 그 불길은 빠른 속도로 번져 나가 마침내 트로이 전체를 잿더미로 만들어 버렸다.

이 꿈 때문에 파리스가 태어나자마자 왕과 왕비는 자신들의 아들을 험한 산에다 내다 버렸다. 그리고는 그가 그곳에서 죽어 버릴 것이라고 생각하였다.

그러나 신들은 그를 죽게 내버려 두지 않았다. 양치기로 하여금 버려진 아기를 주워서 기르게 했다. 그리하여 파리스는 죽지 않고 살아나서 보기 드물게 아름다운 한 사람의 젊은이로 자랐다.

황금 사과

그러나 나중에 가서는 나라와 나라들이 서로 대적하고, 사람이 사람을 죽이며, 올림포스의 신들까지 편을 갈라 서로 다투게 할 한 가지 사건이 발생하였는데, 이런 모든 일들은 한 개의 황금 사과를 가운데 두고 벌어진 질투심에 불타는 싸움에서 비롯되었다. 이 다툼은 운명의 세 여신이 아킬레우스의 운명을 예언했던 바로 그 때, 즉 아킬레스의 부모들인 펠레우스 왕과 테티스의 혼인 잔치로까지 거슬러 올라간다.

머나먼 각지에서 이 결혼을 축하하기 위하여 신과

여신들, 그리고 인간들이 모여들었지만, 그들 가운데는 초대받지 못한 자도 있었다. 가는 곳마다 불화를 일으키는 심술궂은 여신인 에리스가 바로 그 초대받지 못한 손님이었다. 에리스는 제우스의 아내인 헤라, 제우스의 딸인 아테나, 그리고 미와 사랑의 여신인 아프로디테가 서로 팔짱을 끼고 정겹게 걸어가는 모습을 보고는 그들의 사이를 갈라놓기로 마음먹었다.

에리스는 옷자락 밑에서 황금으로 된 아름다운 사과 한 개를 꺼내었다. 그 황금 사과에는 "가장 아름다운 자에게"라는 말이 새겨져 있었다. 에리스가 황금 사과를 세 여신들의 발치로 굴려 보내자 그들은 셋 중에서 누가 그 사과를 차지할 자격이 있는지를 놓고 서로 맹렬하게 다투기 시작했다.

자신들끼리는 합의점을 찾지 못하게 되자, 이 세 여신들은 다른 손님들에게 이 문제를 판가름해 달라고 부탁하기로 했다. 하지만 세 여신 가운데 어느 하나를 지목하는 자는 나머지 두 여신들에게 복수당할 것이 너무나 뻔했다. 그리하여 결국 모든 신들의 왕인 제우스가 이 황금 사과를 보관하게 되었다.

몇 해가 지나도록 황금 사과를 둘러싼 세 여신들의 싸움이 계속되어 그 때문에 올림포스 산의 평화가 깨어질 지경이 되자 이제 제우스까지 지치고 말았다. 그는 신들의 사자(使者)인 헤르메스를 파리스에게 심부름 보냈다. 파리스는 이때 쯤에는 이미 잘생긴 청년으로 성장해 있었다. 제우스는 그에게 사과의 임자를 정하여 분쟁을 매듭지으라는 전갈과 함께 황금 사과를 보냈다.

파리스가 아직 마음을 결정짓지 못하고 있을 때 헤라, 아테나, 아프로디테가 그를 찾아왔다. 세 여신은 제각기 귀가 솔깃해질 약속으로 그를 꾀어 그 귀한 사과를 차지하려고 했다.

"만약 네가 그 사과를 내게 준다면," 권능의 여신 헤라가 말했다. "나는 네게 온갖 부귀를 안겨 줄 것이고, 너는 세계의 모든 나라를 다스리게 될 것이다."

그러자 이번에는 제우스의 애지중지하는 딸 아테나가 이렇게 말했다. "나는 너를 영원토록 이름을 남길 용맹한 영웅으로 만들어 주마."

그러나 사랑스러운 아프로디테가 이 두 여신을 밀쳐내면서 말했다. "파리스, 그 사과를 내게 다오. 그러면 네게 부귀나 전쟁의 무공보다 더 값진 선물을 주겠다. 세계에서 가장 아름다운 여자, 제우스의 딸이자 스파르타의 왕비인 헬레네를 너에게 주겠다."

파리스는 갈망의 눈길로 그의 결정을 기다리는 세 여인의 모습을 다시 한 번 찬찬히 바라보고는 마침내, "당신이 가장 아름다우십니다"라고 선언하면서 아프로디테에게 황금 사과를 건네 주었다.

이 선택은 파리스가 아프로디테의 한없는 총애와 헌신적인 보살핌을 받게 되는 계기가 되었지만, 동시에 헤라와 아테나의 끝없는 증오를 받는 계기가 되기도 했다. 이후에 그녀들의 분노는 수많은 사람들의 비탄을 자아냈고, 수많은 남자와 여자의 생명을 그 대가로 바치게 했다.

파리스가 운명적인 선택을 한 다음 해에 프리암 왕은 트로이에서 무술 경기 시합을 열겠다고 선언했다. 이 소식을 들은 파리스는 그 시합에 참가하기로 마음먹었다. 그는 이 시합이 다름아닌 자기 부모에 의해 개최된다는 사실조차 알지 못했고, 그들 역시 자신들의 아들은 이미 오래 전에 죽었다고 믿고 있었다.

그는 각종 경기에 참가하여 승리를 거두었고, 심지어 자기의 친형제들인 줄도 모른 채 그의 형제들을 제압하기도 했다. 그들 형제들 중에서 가장 용맹한 자는 헥토르였다.

경기가 절정에 이르렀을 때, 프리암 왕은 종합 우승자를 발표하려 했다. 이때 신통력을 지닌 카산드라 공주가 이렇게 말해서 모든 이를 깜짝 놀라게 했다. "아버님, 신들에게 술을 바쳐야 되겠습니다. 잃었던 아들을 되돌려 주셨으니 감사를 드려야지요."

그들 모두는 파리스를 집으로 데리고 오면서 기쁨

에 겨워 어쩔 줄 몰라했다. 왕비가 옛날 끔찍한 꿈에서 보았던 무서운 예언까지 까마득히 잊어버린 채.

전쟁의 먹구름

어느날 밤, 파리스에게 한 약속을 잊지 않고 있던 아프로디테는 홀연히 그의 침상 옆에 나타나 말했다. "네가 그리스로 가야 할 때가 되었다. 너는 스파르타에 있는 메넬라우스의 궁정에서 놀라운 여인 헬레네를 만나게 될 것이고 그녀의 마음을 사로잡게 될 것이다."

이때까지 헬레네는 아프로디테와 파리스의 약속에 대해 전혀 알지 못한 채 붉은 머리카락의 존경받는 왕 메넬라우스의 아내가 되어 있었다. 그들에게는 이미 헤르미오네라는 이름의 딸까지 있었다. 파리스가 방문한 목적을 눈치채지 못한 메넬라우스는 그를 궁정으로 반갑게 맞이하였다. 그리고는 그를 성대하게 대접할 연회까지 준비하라고 지시했다. 연회장은 정말 아름다운 장소로서, 황금 장식과 훌륭한 벽화들로 치장된 석조 건물의 큰 홀이었다. 그러나 향연이 이루어지는 동안 파리스의 눈길은 자기 옆에 앉아 있던 헬레네에게서 떨어질 줄을 몰랐다.

그는 헬레네의 날씬한 맵시와 빼어난 얼굴 골격, 어깨까지 찰랑거리는 윤기나는 검은 머리를 모두 알아보았지만, 무엇보다 그의 마음을 끈 것은 그녀의 눈이었다. 에메랄드보다 더 빛나는 그 암록색 눈동자는 강렬한 아름다움과 내면의 열정으로 불타오르면서 파리스의 마음을 완전히 사로잡았다. 그제야 그는 이 여자를 자기가 차지해야만 한다고 생각하게 되었다.

그들끼리만 있게 되었을 때 파리스는 헬레네에게 자신의 사랑을 고백했다. 놀랍게도 헬레네는 그가 털어놓은 고백에 몹시 화를 내면서 준엄하게 꾸짖었다. "이미 메넬라우스의 아내가 되어 있는 제게 어떻게 감히 그런 말씀을 하실 수 있습니까?"

그러나 그후 며칠 간 파리스의 고백은 계속되었다. 마침내 어느 날 아프로디테의 도움으로 메넬라우스가 궁정을 비우게 되었을 때, 헬레네는 결국 설득을 당하고 말았다. 그녀는 아직도 아기인 딸에게 안녕을 고하고는, 파리스와 함께 트로이로 향하는 배에 몸을 실었다.

한편, 궁정으로 돌아온 메넬라우스는 파리스가 자기 아내를 데리고 달아난 것을 알아차리고는 분노와 배신감에 미칠 지경이 되었다. 그는 재빨리 주변의 그리스 도시 국가들과 섬들의 지도자 열 두 명을 설득하여 파리스와 트로이에 복수하려는 자신을 도와달라고 부탁했다. 열 두 명의 지도자들 중에는 크레타 섬의 이도메네우스, 이타카를 이끄는 오디세우스, 아르고스 군대를 지휘하는

서장 불운의 징조

디오메데스 등 뛰어난 영웅들도 있었다.

　그들은 나무로 만든 길고 좁은 목제 범선들을 타고 왔다. 아마포 돛대 하나만을 의지해서 항해해 온 자들도 있었지만, 대부분은 백 칠십 여 명의 노잡이들이 노를 젓는 배를 타고 왔다. 병사들은 배의 양쪽 측면에 세 줄로 앉아서 교대로 노를 저었다. 거대한 떡갈나무로 만든 용골(龍骨)을 갖춘 배에는 엄청난 양의 청동 화살촉들이 실려 있었다. 적의 범선을 겨냥하여 침몰시키기 위해 단단히 준비를 한 것이다. 뱃머리에는 사람의 눈 모양이 그려져 있었는데, 여기에는 사악한 기운을 피하고 목적지까지 안전하게 방향을 잡을 수 있게 도와준다는 의미가 들어 있다. 이처럼 일천 척이 넘는 배들이 거대한 함대를 이루어 그리스의 동쪽 해안에 모여 있는 모습은 참으로 대단한 장관이었다.

　메넬라우스의 형 아가멤논은 그 중에서도 가장 노련한 지휘관이었기 때문에 수많은 병사들의 군대가 그의 명령 아래 움직이게 되었다. 그러나 이 무적함대에는 아킬레우스의 배가 빠져 있었다. 아킬레우스가 뛰어난 용사라는 사실은 세상이 다 알고 있었으며, 오직 그만이 트로이를 멸망시킬 수 있다고 말한 저 운명의 여신들의 예언 또한 모두들 기억하고 있었다. 사람들은 아킬레우스가 자기들과 함께 가지 않는다는 사실을 알고 나서는 매우 실망했다.

용사 아킬레우스

아킬레우스의 어머니는 그리스의 전군이 헬레네를 되찾아오기 위해서 트로이로 싸우러 가려고 모인다는 소식을 들었다. 그녀는 아들이 참전할 경우 맞이하게 될 운명이 걱정되어 자기 아들을 외딴 섬에다 감춰놓았던 것이다.

그러나 아가멤논은 언변이 뛰어난 오디세우스를 보내어 아킬레우스를 찾아 참전을 촉구하게 했다. 마침내 오디세우스는 아킬레우스를 찾아내어 비웃으며 말했다. "분명 자네는 다른 그리스 병사들이 모두 트로이인들과 싸우고 있을 동안 여기에 혼자 남아 시간을 헛되이 보내고 싶지는 않겠지?"

겁장이 취급을 받게 된다는 생각에 참을 수 없게 된 아킬레우스는 마침내 그들과 함께 싸우러 가야겠다고 생각했다. 그래서 우선 나이 많은 부친 펠레우스 왕을 찾아가 자기 결심을 알렸다. "비록 어머님께서는 저를 트로이에서 기다리고 있는 위험으로부터 보호하고자 하시지만, 저는 이미 여러 전투에서 저 자신의 기량을 증명해 보였습니다. 더구나 전우들과 함께 하지 않았다는 불명예 속에서 산다면, 오래 사는 것이 무슨 소용이 있겠습니까?"

펠레우스는 아들을 다시 보지 못하게 될지도 모른다는 생각에 슬퍼지기는 했지만, 아킬레우스에게 훌륭한 무구를 건네 주었다. 그 무구는 제우스 신이 자신에게 결혼 선물로 준 것이었다. 또한 바다의 신 포세이돈이 선물한 불사의 명마 발리오스와 크산테스도 끌고 가게 했다. 그리고 나서 펠레우스 왕은 아킬레우스의 평생의 친구인 파트로클로스를 불러 자기 아들과 동행하면서 그를 위험에서 지켜달라고 부탁했다.

이렇게 해서 아킬레우스는 사십 척의 검은 배에 용감한 미르미돈의 병사들을 태우고 함대에 합류하게 되었다. 트로이로 출발하기 직전 지휘관들은 한데 모여 신에게 희생의 제물을 바치면서 자기들을 위험으로부터 지켜달라고 비는 제사를 지냈다.

제물을 태우는 연기가 하늘로 치솟을 때, 갑자기 핏빛의 붉은 뱀 한 마리가 제단 밑에서 기어 나왔다. 그 뱀은 쉭쉭 소리를 내면서 나무를 몸으로 둘둘 감더니, 그 나뭇가지 위에 나란히 앉아 있던 아홉 마리의 참새를 잡아 먹어 버렸다. 이것을 보고 아가멤논은 예언자 칼카스에게 그 의미를 물었다.

"뱀에게 잡아 먹힌 아홉 마리의 새는 트로이에서 전쟁을 계속해야 할 아홉 해를 의미합니다. 십년 째가 되어야 비로소 그 도시가 멸망하고 당신의 적들도 나가 떨어질 것입니다."

이 말을 듣고 수많은 그리스인들은 낙담하였으나 아가멤논만은 이렇게 말했다. "아무도 신들께서 말씀하신 바를 바꿀 수는 없다." 그리고 덧붙여 선언했다. "우리가 이기고 돌아오는 데 구 년이 걸린다면, 한시라도 더 빨리 출발하는 편이 나을 것이다."

전투가 시작되다

그리스 함대는 거센 바람과 싸우는 힘든 항해를 한 후, 마침내 트로이의 성곽에서 약간 떨어진 황량한 해안에 도달했다. 그들은 바위와 암초들 사이에서 모래가 모여 있는 만을 찾아냈고, 폭풍으로부터 안전하게 뱃머리부터 끌어내 그곳에 배를 댈 수 있었다. 배들 둘레에 짐승의 가죽과 떼를 가지고 장막들을 세워 거대한 진영을 이루었다.

트로이 사람들은 수많은 적들이 자기들의 땅에 상륙한 모습을 보고 즉각 도시의 성벽 내부를 공고히 하였다. 그리스 사람들은 성벽으로 둘러싸인 도시를 친 경험도 없었고 그에 적합한 무기도 가지고 있지 않았으므로 단지 전열을 가다듬고 대기하는 수밖에 없었다.

아홉 해가 지나는 동안 짧지만 격렬한 전투들이 여

러 차례 있었는데, 그런 전투는 그리스 사람들이 트로이 진영에서 식량과 물자를 구하러 나올 때를 매복하고 기다릴 때 벌어졌으나 어느 쪽에도 뚜렷한 성과는 없었다. 그리스인들은 헬레네를 되찾아 명예로운 복수를 하지 못했고, 트로이 사람들은 그들대로 도시의 성벽 안에 갇혀 버린 꼴이 되고 말았다.

이 장기전으로 그리스 군대의 식량과 물자 역시 부족하게 되었다. 그래서 병사들은 주기적으로 이웃 나라를 침략하여 그들에게 필요한 물자들을 힘으로 빼앗아 왔다.

전쟁이 십 년째 되던 해에 아킬레우스는 리메소스로부터 이와 같은 약탈 원정을 마치고 진영으로 돌아왔다. 그들은 식량으로 쓸 수많은 양과 염소들을 몰고 왔을 뿐만 아니라 여자 포로들도 여럿 데리고 왔다. 그 여자들 중에 특히 미모가 뛰어난 여자가 둘 있었는데, 한 여자의 이름은 크리세이스였고 다른 여자는 브리세이스였다. 아킬레우스는 브리세이스가 특히
마음에 들어 그녀를 자기가
차지하기로 결심하였다.

그리고 크리세이스라는 다른 또 한 사람의 미녀는 아가멤논 왕에게 선뜻 넘겨 주었다. 그런데 공교롭게도 아가멤논 왕이 차지한 크리세이스란 여자는 아폴론 신전을 지키는 사제의 딸이었다. 즉 크리세이스의 부친은 아폴론 신전의 사제인 크리세스였다. 일리아드의 이야기는 여기에서부터 시작된다.

제1장
아킬레우스의 분노

　　아킬레우스의 분노는 그리스인들에게 한없는 재앙을 불러일으켰으니, 수많은 영웅들이 고귀한 넋을 지옥의 신 하데스에게 빼앗기고, 몸뚱아리는 날으는 새와 개들의 밥이 되고 말았다. 그리하여 아가멤논 왕과 아킬레우스 사이를 갈라놓으려고 한 제우스의 뜻은 결국 성취되었던 것이다.

　　크리세스는 아카이아의 범선을 타고 아킬레우스의 군대를 쫓아 그리스 진영까지 따라왔다. 수많은 값진 보물들을 바치고 사랑하는 자신의 딸을 되사기 위해서였다. 그는 그리스 진영을 향하여 말했다.

　　"아가멤논 왕과 아카이아 사람들이여, 신들께서는 그대들이 트로이 성을 파멸시키는 것에 동의하셨소. 그러니 사랑하는 내 딸만은 나에게 돌려보내 주시오."

　　이렇게 말하자 다른 아카이아 용사들은 모두 입을

모아 찬성하고 사제에게 경의를 표하는 의미에서 그의 딸을 풀어주기를 원했다. 그러나 아가멤논 왕은 오히려 위협적인 말로 이 노인을 쫓아 버렸다.

"이 범선을 나가는 이후로 다시는 나를 만나지 않도록 하라, 늙은이여! 나는 당신 딸을 풀어 주지 않을 것이다. 그녀는 조국을 떠나 내 집에서 옷감을 짜고, 나와 침대를 같이 쓰며 늙어갈 것이다. 목숨을 부지하고 싶거든 더이상 나를 성가시게 하지 말고 당장 여기에서 나가라."

늙은 사제는 두려워서 그 말에 따랐다. 그는 조용히 바닷가를 따라 돌아왔다. 그는 혼자가 되었을 때 아폴론에게 기도를 드렸다.

"제 말을 들어 주소서, 크리사를 보호하시고 테네도스를 다스리시는 분이시여! 제가 당신의 신전을 아름답게 꾸미고, 당신을 위해 황소와 염소의 기름진 넓적다리를 불태워왔으니 저의 기도를 들어 주옵소서. 아카이아 놈들이 당신의 화살 아래서 제 눈물의 대가를 치르게 하소서!"

아폴론은 그의 기도를 들어 주었다. 그는 크게 노여워하며 자기의 은빛 활과 화살통을 메고 올림포스 꼭대기에서 뛰어내렸다. 밤이 되어 출발한 아폴론이 움직일 때마다 그의 등에 매달린 화살통에서 화살들이 소리를 냈다. 그는 배들로부터 거리를 두고 자리를 잡은 뒤 첫

번째 화살을 쏘았다. 활에서는 날카로운 바람소리가 났다. 그는 우선 노새들과 발빠른 개들을 쏘아 죽였다. 그리고 난 다음에는 사람들을 죽음의 화살로 쓰러뜨렸다. 얼마 지나지 않아 죽은 자들을 화장하는 불길이 사방에서 치솟아 올라 꺼질 줄을 몰랐다.

아흐레 동안 아폴론의 화살이 군대를 공격하였다. 열흘 째 되던 날 아킬레우스는 아카이아 군사들을 회의장인 아고라에 소집하였다. 아킬레우스의 이러한 결심은 제우스의 아내 헤라가 그에게 깨우쳐 준 것이었다. 헤라 여신은 아카이아인들이 차례로 죽는 것을 보고 걱정이 되었던 것이다.

모두 모이자 아킬레우스가 일어나 입을 열었다.

"동지들이여, 전쟁과 전염병이 우리의 씨를 말리기 전에 후퇴하여 바다 쪽으로 돌아갈 수밖에 없을 것 같구려. 그렇지만 그전에 먼저 아폴론 신이 우리에게 분노하는 이유나 예언자에게 물어 봅시다."

점술에 능통한 예언자 칼카스가 일어나 이렇게 말했다.

"아킬레우스여, 그대가 제우스의 이름에 걸고 아폴론이 분노하는 이유를 알고자 한다면 내가 그것을 말해 주리다. 그러나 먼저 나를 지켜주겠다고 맹세하시오. 내가 그 이유를 발설하게 되면, 이 몸은 아가멤논 왕의 분노를 사게 될지도 모르기 때문이오. 왕은 그의 심기를 상하게 하는 아랫사람에겐 무척이나 가혹한 분이라오."

"두려워하지 말고 아는 대로 말씀해 주시오. 아폴론의 이름에 걸고 맹세하겠소. 내가 살아서 두 눈을 뜨고 있는 한 어떤 아카이아 사람도 당신에게 폭력을 쓰지 못할 것이오."

이 말에 예언자는 용기를 얻어 말하였다.

"아폴론 신께서는 자기의 사제 크리세스의 딸을 아가멤논 왕이 놓아주지 않았기 때문에 복수를 하고 있는 것이오. 그때문에 아폴론은 우리에게 재앙을 내리셨소. 크리세스의 딸이 자기 아버지에게 돌아가지 못하는 한, 이 재앙은 앞으로도 계속될 것이오."

이 모임에 참석해 있었던 아가멤논 왕은 이 말을 듣자 격노한 나머지 심장이 분노로 터질 듯했고, 두 눈은 이글이글 타올랐다. 그는 분개하며 예언자 칼카스에게 위협적인 시선을 던졌다.

"사악한 술법이나 하는 자여, 너는 내게 한 번도 좋은 예언을 말해 준 적이 없었다. 그러고도 이제 와서 감히 나의 과오 때문에 아폴론이 우리를 멸망시킨다고 확언한단 말이냐? 내가 나의 아내보다 크리세이스를 더욱 아끼는 것은 사실이다. 그 여자는 내 아내와 비교해 볼 때 용모나 총명함, 일솜씨 무엇 하나 빠지지 않는다. 그러나 여기 모인 모든 사람들은 잘 들어라. 단지 그런 이유 때문이라면 나는 크리세스의 딸을 돌려 보내겠다. 나는 내 병사들이 희생당하지 않고 무사하기를 원한다. 어떤 대가를 치르면 아폴론의 분노를 달랠 수 있는지 말하라! 그러나 나는 그 대가를 나 혼자 치를 생각은 없다. 크리세이스를 내놓는 대신 나에게 무엇을 주겠는가?"

이 말을 듣고 있던 아킬레우스가 일어나서 아가멤논 왕에게 항변하였다.

"오만하신 왕이여, 당신은 누구보다도 탐욕스런 분이구려. 어떻게 우리에게 신에 바칠 대가의 일부를 담당하라 할 수 있습니까? 우리가 약탈해 온 전리품들은 이미 모든 이에게 분배되었고, 분배된 것을 다시 무를 수는 없습니다. 그 아가씨를 사제에게 돌려보내시오. 그 대신에 우리가 트로이를 얻게 되면 그때 당신에게 세 갑절, 네 갑절로 갚아 드리리다."

그러자 힘센 아가멤논이 대답했다.

"아킬레우스! 힘이 세다고 나를 속이려 들지 마라, 자네의 말은 나를 설득시킬 수 없다. 자신의 전리품은 지키기 원하면서 남의 것은 빼앗아도 된다는 말이냐? 아카이아인들은 나와 마찬가지로 대가를 치러야 한다! 하지만 그 문제는 나중에 이야기하자. 우선은 바다에 배를 띄우고 염소와 황소들을 실은 뒤 활의 신 아폴론을 달래기 위해 아름다운 크리세이스를 태우도록 하자. 그 대신 아킬레우스 자네가 차지한 브리세이스는 나에게 넘겨다오!"

아킬레우스는 무서운 눈으로 왕을 노려보며 대답했다.

"불손하고 탐욕스런 왕이여! 당신은 내가 개인적인 동기로 트로이를 공격하러 왔고, 나 자신의 이익을 위해 여기에 와 있다고 생각하는 거요? 절대 그렇지 않소! 트로이인들은 결코 내게 잘못한 적도 없고, 나의 말이나 소를 가로챈 적도 없으며, 내 수확을 망친 적도 없소. 트로이와 우리 사이에는 거대한 산들과 거친 바다가 가로막고 있소. 나를 비롯해서 우리 용감한 아카이아인들이 여기 이렇게 와 있는 것은 당신이 요구했었기 때문이오. 거만한 아가멤논 왕이여! 당신 자신과 메넬라우스의 복수를 하기 위해서 말이오! 만약에 내가 그동안 세운 공적에 따라 얻은 보상을 빼앗고자 한다면… 나는 당신의 불의한 요구에 등을 돌리고 배 위의 내 처소로 돌아가겠소."

아가멤논 왕이 경멸에 가득찬 모습으로 이처럼 말했다.

"마음대로 하라, 아킬레우스! 자네가 나를 핑계삼아 여기에 남는 것을 나는 조금도 바라지 않는다. 자네가 아니라도 수많은 이들이 나와 함께 있을 테니까! 싸움과 불화만을 좋아하는 너야말로 모든 사람들 가운데 가장 가증스런 인간이다. 가라! 너의 범선과 수행원들을 데리고 네 집으로 돌아가라! 너의 분노는 조금도 두렵지 않다. 그러나 이것만은 알아 둬라. 나는 크리세이스를 돌려보낼 것이다. 그 대신 나는 친히 너의 막사로 아름다운 포로 브리세이스를 데리러 가겠다. 너로 하여금 내가 너보다 더 강한 자라는 것을 알게 하고, 사람들이 내 앞에서 나와 동등하다고 일컬어지는 것이 얼마나 무서운 일인지를 알게 하기 위해서이다."

이 말을 듣자 아킬레우스는 노여움에 사로잡혀 아가멤논을 칼로 쳐 죽여야 할지 아니면 자기의 분노를 다스려 참아야 할지를 놓고 갈등했다. 아테나 여신이 올림포스에서 내려온 것은 바로 그때였다. 아킬레우스와 아가멤논을 똑같이 아끼는 헤라 여신이 보낸 아테나는 아킬레우스의 등 뒤에 멈춰 서서 그의 금발머리를 붙들었다. 여신은 무리들에게는 보이지 않았고, 오직 아킬레우스에게만 보였다. 아킬레우스는 돌아서자마자 빛나는 눈의 아테나를 알아보았다. 아테나가 그에게 말했다.

"아킬레우스, 나는 올림포스 산으로부터 네 분노를 달래 주려고 왔다. 난폭한 마음을 가라앉히고 칼은 절대로 잡지 말아라. 오직 말로써만 보복해라. 어떤 일이 있더라도 내가 너의 손해는 세 배로 쳐서 갚아 주겠다고 약속하마. 그러니 감정을 억제하고 내 말을 따르거라."

여신이 이처럼 말하자 아킬레우스는 칼을 칼집에 도로 꽂아 넣었다. 여신은 다시 올림포스로 날아갔고, 아킬레우스는 계속 말로써만 아가멤논을 공격했다.

"술고래에 해태 눈깔, 겁장이 아가멤논이여! 너는 전투가 벌어질 때 한번도 갑옷을 입고 전투에 참가한 적이 없었다. 죽을까봐 겁이 나서 막사에 머물면서 다른 사람들의 전리품이나 훔치려고 했다. 실로 자기 백성들이나 뜯어먹는 왕이로다! 그러나 내가 맹세하노니, 모든 아카이아인들이 이 아킬레우스를 아쉬워할 날이 오고야 말 것이다. 헥토르의 공격을 받아 그들이 떼지어 죽어갈 때, 너는 그들을 보호해 주지 못하여 비통해 할 것이다. 살인자여! 그리고 너는 가장 용맹한 아카이아인을 모욕했던 것을 두고두고 쓰라린 마음으로 후회할 것이다!"

아킬레우스는 이처럼 말하고는 황금을 박은 단장을 땅에다 내동댕이치고 자리에 앉았다. 이때 필로스의 나이 많은 웅변가 네스토르가 꿀처럼 달콤하고 유창한 말들을 자기 혀에서 흘러 나오게 했다.

"오, 신들이여! 큰 우환이 아카이아 땅을 휩쓸려고 하는도다. 프리암과 트로이의 다른 도시들이 그대들의 싸움에 기뻐 날뛰겠구려. 두 사람 모두 내 말을 들으시오. 한때 나는 그대들보다 더 뛰어난 용사들과도 살았었지만, 그들은 언제나 내 조언을 따랐었소. 비록 아가멤논 왕이 가장 강한 자라고 해도, 아카이아의 아들들이 아킬레우스에게 준 브리세이스를 빼앗아서는 안 되오. 그것은 영예로운 그의 몫이오. 아킬레우스, 당신은 제우스의 뜻으로 세워진 왕에게 덤벼들어서는 안 되오. 당신이 제아무리 용감하고 당신을 낳은 이가 여신이라고 해도, 아가멤논 왕은 수많은 이들에게 명령을 내리는 최고의 권력자이시오."

아가멤논 왕이 대답했다.

"현명한 말을 해 주었소, 노인이여. 그러나 이 자는 모든 사람 위에서 명령하고 지배하기를 원하는 자라오."

"네가 모든 면에서 나보다 뛰어나다고 인정할 수 있다면, 나는 이렇듯 하찮은 취급을 당하는 것도 마땅히 받아들일 것이다." 아킬레우스가 대꾸했다. "그러나 이 시간 이후로 너는 다른 사람들에게만 명령해라. 나는 더 이상 네 말에 복종하지 않겠다. 브리세이스 때문에 싸우는 것은 아니다. 너희가 주었던 것을 너희가 빼앗는 셈이니 말이다. 하지만, 내 배에 있는 다른 물건들은 어느 것 하나 가져 갈 수 없을 것이다. 만약 그러려고 한다면, 당장 내 창날 아래 시커먼 피가 치솟을 것이다."

이처럼 두 영웅은 서로를 모욕하면서 아고라를 떠났다.

아가멤논 왕은 즉각 배 한 척을 마련하여 아폴론 신에게 바칠 암소와 염소들을 실은 후, 몸소 크리세이스를 데리고 갔다. 그는 노젓는 사람들을 배치하고 영민한 오디세우스를 이 원정대의 우두머리로 임명했다.

그러나 아가멤논 왕은 사람들을 이끌고 항해하여 희생을 바치고 속죄하면서도 아킬레우스와의 다툼을 잊을 수가 없었다. 그는 탈타이비오스와 에우리바테스를 불렀다.

"아킬레우스의 막사로 가라. 가서 아름다운 브리세이스를 데려 오라. 만약 그가 브리세이스를 내어주지 않는다면, 내가 친히 군대를 끌고 가서 따끔한 맛을 보여줄 것이다."

그의 명령은 즉각 수행되었다. 아킬레우스는 자기에게 도착한 두 사람을 보자마자 그들의 방문 목적을 알아차리고 근심어린 얼굴이 되었다. 왕이 보낸 두 사람은 아킬레우스 앞에서 아무 말도 하지 못하고 머뭇거렸다. 그들은 이 영웅을 몹시 존경하고 두려워하고 있었기 때문이다. 이 모습을 보고 아킬레우스가 입을 열었다.

"제우스와 인간들의 전령들이여, 안녕하시오! 이리 오시오. 여러분에게야 무슨 잘못이 있겠소! 브리세이스를 내게서 빼앗으라고 여러분을 보낸 사람은 아가멤논이겠지요. 그러나 두 분은 신들과 백성들, 그리고 저 잔혹한 왕 앞에서 증인이 되어 주시오. 앞으로 그 자가 내게 도움을 청하러 올 수 없다는 사실을 분명히 해 주시오. 그는 분노에 휩싸인 나머지 임박한 싸움에서 병사들을 보호할 방법을 생각지 못하고 있소."

그리고 나서 그는 절친한 친구 파트로클로스에게 브리세이스를 찾아오라고 했다. 젊은 여인은 내키지 않았으나 시키는 대로 순순히 따라갔다.

전령들이 떠나고 난 뒤 아킬레우스는 하얀 물거품과 모래로 뒤덮인 바닷가에 주저앉았다. 그는 머나먼 바닷가를 바라보며 두 팔을 뻗어 어머니 테티스가 자기를 도와 주러 오기를 호소했다.

"어머니시여! 당신은 내게 너무나 짧은 생애를 주셨기에 하늘을 다스리시는 제우스께서는 내게 적어도 몇 가지 영광만은 허락하셔야 했습니다.

그런데 지금 아가멤논이 나를 모욕하고 나의 상급을 빼앗아 버렸습니다."

그가 이처럼 기도하며 눈물을 흘리니 테티스가 그 말을 듣고 바다에서 구름처럼 솟아올랐다. 그녀는 아들 옆에 앉아 그를 부드럽게 어루만지며 말하였다.

"아들아, 어째서 울고 있느냐? 네 영혼에 무슨 슬픔이 깃들었느냐? 우리 둘이서 네 슬픔을 치유할 수 있게 숨기지 말고 말해 보려무나."

아킬레우스는 어머니에게 아가멤논과의 다툼을 털어 놓았다. 그리고 제우스께서 트로이를 편들게 해 달라고 간청하였다. 그렇게 되면 트로이와 싸우는 아가멤논은 벌을 받게 될 것이기 때문이다.

테티스가 눈물을 흘리며 말했다.

"아아, 내 아들아! 어째서 나는 네가 이토록 잔인한 운명을 타고 태어나게 했단 말이냐? 오래 살지도 못할 네가 이토록 불행한 것을 보니 너무나 애통하구나!"

그녀는 아킬레우스가 부탁한 것을 들어주겠노라고 약속했다. 그녀는 자기가 왔던 바다로 돌아갔고, 아킬레우스는 강제로 끌려간 아름다운 뺨의 브리세이스를 그리워하며 분개하고 있었다.

이러는 동안 오디세우스는 크리사에 도착했다. 깊은 물 안의 항구로 들어선 아카이아인들은 돛을 접어 배 위로 걸어들였다. 그들은 돛대 줄을 푼 뒤 버팀목에 돛을 다시 단단히 매었다. 그리고 해안가에 정박하여 활의 신 아폴론에게 약속한 일백 마리의 소로 이루어진 성스러운 제물을 내려 놓았다. 크리세이스가 배에서 내렸고, 오디세우스는 기뻐서 어쩔 줄 모르는 사제에게 그녀를 돌려보냈다. 사제는 곧바로 아폴론에게 아카이아인들에게 죽음을 가져온 역병과 복수를 멈추어 달라고 간구하였다. 아폴론은 그 청을 들어 주었다.

기도를 마친 뒤 사람들은 의식의 절차에 따라 탄 보리를 뿌리고, 제물의 목을 잘라 그 가죽을 벗기고 고기를 잘게 잘랐다. 넓적다리 고기를 썰어 비계로 덮고서 마른 장작으로 구운 것을 모두 똑같이 나누어 먹었다.

밤이 되자 사람들은 배의 닻줄 옆에서 잠을 잤다. 장미빛 동이 터올 때 그들은 아카이아 진영으로 돌아갔다. 아폴론은 순풍을 보내주었다. 병사들은 돛대를 세워 하얀 돛을 펼쳤다. 바람이 돛을 부풀리고 파도는 바다를 가르는 뱃머리에 부딪혀 자줏빛으로 부서졌다. 아카이아 진영에 도착하자, 사람들은 배를 해안으로 끌어올린 후 막사와 함대로 이리저리 흩어졌다.

한편, 아킬레우스는 자기 막사에 틀어박혀 원한을 곱씹고 있었다. 그는 더이상 회의장인 아고라에도, 전장에도 나타나지 않았다. 그는 싸움의 함성과 전투가 그리웠지만, 스스로 괴로워하면서 꼼짝도 하지 않았다.

테티스는 아들의 간청을 잊지 않았다. 여신은 물거품으로부터 솟아 올라 올림포스 정상으로 올라갔다. 그녀는 제우스가 다른 신들과 떨어져서 앉아 있는 것을 발견했다. 여신은 제우스 앞으로 나아가 왼손으로는 그의 무릎에 매달리고 오른손으로는 그의 턱밑을 받치고 앉았다. 그녀는 젊은 나이로 죽게 될 불운한 아들을 도와 달라고 간청했다. 그녀는 아카이아인들이 자기 아들에게 영예와 공정함을 되돌려 줄 때까지 트로이가 이기게 해 달라고 졸랐다.

제우스는 아무 대답도 않고 한참 동안 침묵을 지켰다. 마침내 테티스의 재촉에 못이긴 제우스가 입을 열었다.

"네 소원을 들어주면 나의 아내 헤라와 불화를 일으키게 될 것이다. 그녀는 내가 전쟁에서 트로이를 편든다고 신들 앞에서 줄곧 나를 비난하고 있다. 헤라가 너를 보기 전에 얼른 물러가거라. 네 소원은 염두에 두고 있겠다. 그 보증으로 네게 승낙의 고개짓을 해 보이마. 이것은 불사의 신들에게는 가장 확실한 증거이니까."

그리하여 테티스는 바다 속으로 내려갔다.

하지만 헤라는 이미 이 두 신들의 모의를 샅샅이 관찰하고 있었다. 그녀는 당장 제우스에게 달려가 격렬한 비난을 퍼부었다. 남편과 아내가 다투고 있을 때, 그들의 아들 헤파이스토스가 끼어들었다.

"죽을 운명의 인간들 때문에 두 분이 서로 다투지 마십시오. 두 분 때문에 신들의 사이가 벌어진다면, 우리의 멋진 향연도 그 기쁨을 잃어버리고 말 것입니다." 헤파이스토스는 헤라에게도 몸을 돌려 덧붙였다. "어머니, 참으십시오. 어머니께서 꾸지람을 들으실까 두렵습니다. 저는 어머니를 도와 드리고 싶습니다. 아버지 제우스의 분노가 어떤 것인지 잊지 마세요! 지난번 제가 어머니를 편들려고 했다가 제우스께서 제 발을 붙잡고 올림포스 꼭대기에서 내던지셨던 것을 잊어 버렸나요? 그때 저는 온종일 창공을 헤매다가 결국 땅 위에 떨어져 거의 죽을 뻔 했지요."

그가 이처럼 말하자 헤라는 웃으면서 아들이 내민 술잔을 받았다. 헤파이스토스는 자기 바른쪽으로 모든 신들에게 크라테르에서 퍼 온 감미로운 술 넥타를 부어 주었다. 곧 기분이 좋아진 신들 사이에서는 폭소가 터져 나왔다. 아폴론은 기타라를 연주하고, 아름다운 음성의 뮤즈들은 차례로 노래를 불렀다. 그렇게 해서 석양이 질 때까지 신들은 하루 종일 향연을 즐겼다.

찬란한 태양빛이 사라지자마자 신들은 잠을 청하러 제각기 집으로 들어갔다. 그 집들은 절름발이로 유명한 헤파이스토스가 지어 준 것이었다. 벼락의 신 제우스도 잠이 쏟아질 때마다 누웠던 침상을 찾아갔고, 금관을 쓴 헤라도 그 옆에 누웠다.

제2장
아가멤논의 꿈

그러나 신들의 아버지인 제우스는 잠을 편히 이룰 수 없었다. 그는 어떻게 하면 아킬레우스를 도울 수 있을지, 또 어떻게 하면 수많은 아카이아인들을 쓰러뜨릴 수 있을지 골똘히 생각했다. 그러다가 마침내 한 가지 방안을 생각해 냈다. 아가멤논 왕에게 거짓된 꿈을 보내는 것이었다. 제우스는 거짓 꿈을 불러서 말했다.

"거짓 꿈이여, 아카이아인들의 배가 있는 곳으로 가거라. 아가멤논의 장막에 들어가서 내가 시키는 대로 그대로 전하거라. 아카이아 군사들을 즉시 무장시키라고. 지금이야말로 아가멤논이 트로이 성을 함락시킬 절호의 기회라고 말이다."

꿈은 곧 아카이아 진영으로 출발했다. 그는 자기 막사에서 잠자고 있는 아가멤논을 발견했다. 꿈은 네스토르의 모습을 하고서 그의 머리에 가까이 다가가 말했다.

"용감한 아트레우스의 아들 아가멤논이여, 당신은 주무시는구려. 지혜로운 왕이라면 거대한 군사가 자기를 믿고 있는 이 시간에 잠만 자고 있을 수는 없을 거요. 내 말을 잘 들으시오. 멀리서나마 당신을 아끼고 염려하는 제우스 신이 나를 보내어 지금이야말로 트로이 성을 함락시킬 때이니 아카이아인들을 무장시키라고 명하셨소. 달콤한 잠에서 깨어나더라도 나의 이 말은 절대 잊어 버리지 마시오."

꿈은 곧 사라졌다. 그러나 아가멤논이 꿈에서 깨어난 후에도 그 신성한 음성은 귓가에 쟁쟁하게 남아 있었다. 왕은 일어났다. 그는 자기의 보드라운 튜닉을 입고 그 위에 넓다란 망토를 둘렀다. 굳건한 발에는 아름다운 샌달을 신었다.

어깨에는 은을 박은 검을 차고 조상 때부터 전해 내려오는 왕홀을 잡았다. 그리고서 청동 갑옷을 입은 아카이아인들의 함대로 나아갔다.

새벽의 여신 오로라가 올림포스 꼭대기까지 올라왔을 때, 아가멤논은 목소리가 낭랑한 전령들에게 아카이아인들을 집합시키라고 명령하고, 그동안 자신은 네스토르의 범선 옆에서 원로들의 자문회의를 소집했다. 왕은 꿈에서의 예언을 그들에게 말해 주었다.

현명한 네스토르가 말했다.

"동지들이여, 원로와 왕자들이여, 우리들 가운데 다른 누군가가 이런 꿈 이야기를 했다면 무시하고 거들떠보지도 않았을 것이오. 하지만 다른 사람도 아닌 아가멤논에게서 나온 말이니, 어서 빨리 병사들을 무장시킵시다."

네스토르의 말이 떨어지자 왕홀을 지닌 모든 지도자들이 일어나 그를 따랐다. 곧이어 수많은 병사들이 장막과 함대, 도처에서 쏟아져 나와 집합하였다. 해변 위에서 그들이 아고라로 전진하는 모습은 흡사 꿀벌떼와도 같았다. 아고라는 소란스러워졌고, 대지는 사람들의 발밑에서 신음소리를 냈다. 아우성이 더 심해지자 힘찬 목소리의 전령들이 군중들을 조용히 하도록 했다. 그리고는 모두 아가멤논 왕의 말에 귀를 기울였다.

"동지들이여, 아카이아의 용사들이여, 제우스께서는

재앙으로 나를 치시고자 나와 아킬레우스가 젊은 여인 하나를 두고 헛된 싸움을 벌이게 하셨소. 그리고 이 싸움으로 누구보다도 나 자신이 큰 손실을 입었소. 우리가 단합하기만 했어도 트로이를 얻는 일은 더 빨리 이루어졌을 것이오. 자, 이제 식사들을 하러 가시오. 모두 창을 닦고, 방패를 튼튼히 하고, 말들을 먹이시오. 전차를 세심하게 점검해서 전쟁 채비를 하시오. 우리는 밤이 올 때까지 숨돌릴 틈도 없이 하루 종일 싸울 것이오. 방패는 땀으로 흠뻑 젖고, 창을 쥔 손은 지칠 것이며, 말들은 땀흘리고 씩씩거리며 전차를 끌 것이오. 싸움을 게을리하거나 주저하는 자는 개와 사나운 새의 먹이가 될 것이오."

이 말에 아카이아 사람들은 파도가 바위에 부딪혀 부서지는 듯한 함성을 내질렀다. 그리고 나서 그들은 함대로 흩어졌다. 곧이어 장막마다 연기가 피어 올랐고, 사람들은 음식을 마련했다. 모두 각기 저마다의 신에게 목숨을 보호해 달라고 기원했다. 아가멤논은 기름진 다섯 살 박이 황소를 잡아 제우스 신에게 바쳤다. 아카이아 최고의 현자 네스토르, 왕의 동생 메넬라우스, 영리한 오디세우스가 여기에 참석했다. 그들은 황소를 둘러싸고 서서 그 위에 보리를 뿌렸다. 아가멤논은 그들 가운데서 이렇게 기원했다.

"제우스여, 구름을 모으시는 이여! 올림포스에 거하시는 지극히 명예롭고 위대하신 이여! 트로이의 왕 프리암의 성이 화염으로 뒤덮이기 전에, 우리가 그 성문을 부수고 불사르기 전에 해가 지지 않고 밤도 오지 않게 하소서! 헥토르의 갑옷을 검으로 쳐부수고, 그들 모두를 흙먼지 속에 쓰러뜨리게 하소서!"

제우스는 희생은 받아들였으나 아가멤논 왕의 기도는 들어 주지 않았다. 그는 오히려 아카이아인들에게 죽음을 마련해 놓고 있었던 것이다.

그들은 황소의 목을 따고, 가죽을 벗긴 뒤 고기를 조각내어 정성스레 구웠다. 똑같이 나눠 배불리 먹었기 때문에 불만을 가진 사람은 아무도 없었다.

허기진 배를 채우고 난 뒤 네스토르가 말했다.

"아가멤논이여, 제우스께서 허락하신 바를 이루는데 더이상 지체하지 맙시다. 전령들을 시켜 청동 갑옷을 입은 아카이아인들의 군대를 함대 옆에 모으십시오. 속히 전쟁의 신 아레스를 깨웁시다."

아가멤논은 그 말을 따라 낭랑한 음성의 전령들에게 아카이아인들을 전장으로 불러 모으라고 명했다. 그들 가운데 반짝이는 푸른 눈의 아테나가 불멸의 방패 아이기스를 들고 병사들이 한결같이 싸우도록 용기를 일깨워 주었다. 그러자 그들에게는 싸우는 것이 그리운 고향으로 배를 이끌고 돌아가는 것보다 더 신나는 일처럼 느껴졌다. 병사들은 힘차게 전진했고, 무장의 청동빛은 태양 아래 반사되어 마치 거대한 불길이 숲을 태우는 것과 같았다.

아카이아의 셀 수 없는 병사들이 스카만드로스 평원에 들판 위를 나는 철새 떼처럼 밀려 들었다. 대지는 사람들의 발길과 말발굽 아래 진동했다. 꽃이 만발한 스카만드로스 평원에 그들이 멈춰 서니 수만 대군의 모습은 마치 외양간에서 앵앵거리는 파리떼 같았다. 목초지에 뒤섞여 있는 양떼를 목자가 손쉽게 갈라 놓듯이, 여러 왕들은 각자 자신들의 병사들을 분류해 놓았다. 거기에는 브리세이스 때문에 여전히 마음이 상해 있는 아킬레우스만이 빠져 있었는데, 여러 용사들 가운데 아가멤논의 위풍당당함이 유난히 두드러져 보였다.

그때 바람처럼 날쌔고 민첩한 이리스가 제우스의 전령으로서 트로이인들에게 불길한 소식을 알려 주러 갔다. 트로이인들은 늙은이나 젊은이나 할 것 없이 프리암 궁 앞에 모여 회의를 열고 있었다. 이리스는 프리암 왕의 아들 폴리테스의 모습을 하고 있었다. 폴리테스는 프리암 왕의 아들들 중의 하나로 아이시에테스의 무덤 위에 앉아서 언제 아카이아인들이 함대에서 뛰쳐 나올지 감시하는 임무를 맡고 있었다.

프리암 왕에게 이리스가 말했다.

"오, 아버님, 지금이 마치 평화로운 때인 양 한없이 말씀하시기만 좋아하시는군요. 그러나 지금 피할 수 없는 전투가 다가오고 있습니다. 여러 전투에서 싸워 봤지만, 이렇게 많은 군사는 본 적이 없습니다. 적의 군사는 숲의 나뭇잎이나 해변의 모래알처럼 헤아릴 수도 없습니다."

그 다음에 이리스는 헥토르를 돌아보며 말했다.

"헥토르, 그대가 움직여 주실 때입니다. 이 거대한 프리암 성에는 동맹군도 많습니다. 지도자들이 각기 자기 무리를 이끌고 참전케 하십시오."

헥토르는 여신의 목소리를 알아차렸다. 그는 즉각 회의를 해산했다. 트로이인들은 무기고로 달려 가고 전사들은 자기 통솔자 뒤에 모였다. 이윽고 성문이 열렸다. 창을 든 기병들과 보병들이 쏟아져 나와 들판이 내려다 보이는 언덕에 진을 치러 가느라 사방이 소란스러웠다.

제3장

서약

    트로이 군사들은 겨울을 피해 날아가는 두루미떼 같은 함성을 지르며 전진했다. 한편 아카이아의 군사들은 결의를 다지면서 전의를 북돋웠다. 병사들은 서로 도와가며 침묵 속에서 진군하고 있었다. 그들은 신속히 들판을 가로질러 갔고, 발 밑에선 검은 먼지가 먹구름마냥 일어나고 있었다.

    드디어 양군이 접근했을 때 트로이 대열에서 한 투사가 걸어나왔으니, 그는 바로 파리스였다. 그는 어깨에 표범 가죽을 두르고 굽은 활을 손에 들고 있었다. 다른 한 손으로는 두 개의 청동검을 휘두르면서, 그는 아카이아 최고의 용사들에게 싸움을 걸었다.

    메넬라우스는 파리스가 대열을 벗어나 성큼성큼 다가오는 것을 보자, 마치 굶주린 사자가 사슴이나 염소를 만났을 때 사냥꾼이나 발빠른 개가 쫓아오는 것도 개의치 않고 그것을 잡아 먹어치우듯 기뻐 날뛰었다. 메넬라우스는 자기를 욕보인 자에게 복수할 열망으로 당장 무기를 들고 전차에서 뛰어 내렸다.

파리스는 선두에서 달려오는 메넬라우스를 알아보자 곧바로 질겁을 하고는 뒤로 도망쳤다. 파리스는 마치 계곡에서 뱀을 만난 사람처럼 와들와들 떨면서 흥분한 트로이 사람들의 무리 속으로 숨어 버렸다. 그의 형 헥토르가 경멸의 말로 욕을 하면서 그를 꾸짖었다.

"이 못난 파리스, 여자밖에 모르는 이 겁장이 녀석아! 네가 지닌 거라곤 그 반반한 얼굴뿐이구나! 너같은 놈은 태어나지도 말았어야 했다. 왜 헬레네를 아내로 맞기 전에 죽어 버리지 않았단 말이냐? 아카이아 병사들이 너를 어엿한 대장부로 여겼다가, 알고 보니 용기도 힘도 없는 놈이라고 비웃는 꼴을 보느니 차라리 네 놈이 죽는 걸 보는 게 낫겠구나. 무엇 때문에 너같은 겁장이가 저 아름다운 젊은 여인을 그의 남편으로부터 빼앗아 왔단 말이냐? 전쟁의 화근이 된 여자를! 그런 여자는 용감한 전사들이나 차지해야 한다. 아, 아버님과 모든 백성들에게 이 무슨 불행이란 말이냐! 적들에게는 더없는 기쁨이요, 너 자신에게는 더없는 망신이구나! 그래도 너는 메넬라우스와 대항하지 못하겠느냐?"

이 가혹한 말에 파리스가 대답했다.

"지당한 말씀이오, 헥토르 형님. 당신 마음은 마치 나무를 다듬어 배를 만드는 무쇠도끼처럼 날카롭고 가차없으십니다. 그렇지만 사랑의 여신 아프로디테의 선물을 비난하지는 마시오. 제가 싸우기를 원하신다면, 형님이 트로이 군사와 아카이아 군사를 멈춰 서게 해 주십시오. 그러면 저와 메넬라우스가 헬레네와 그밖의 모든 보물들을 걸고 일 대 일로 싸우겠습니다. 이기는 사람이 헬레네를 아내로 취하는 것입니다. 그리고 굳은 서약을 맺은 뒤 트로이인은 고향으로 되돌아가고, 그리스인들도 아르고스와 아카이아로 되돌아가게 합시다."

헥토르는 파리스의 이 말을 듣고 크게 기뻐하였다. 그는 병사들의 무리를 헤치고 나아가 창의 한가운데를 잡았다. 이미 아카이아 사람들은 그에게 돌과 화살을 날려 보내고 있었다. 그때 아가멤논이 큰소리로 외쳤다.

"멈춰라, 아카이아인들아, 쏘지 말아라! 헥토르의 투구가 움직이는 걸 보니 뭔가 할 말이 있는 모양이다."

아카이아군이 멈추고 조용해지자 헥토르가 양쪽 군대 사이에 서서 말했다.

"트로이군과 아카이아군은 들으시오. 이 전쟁을 일으킨 장본인 파리스의 제안이오. 그는 모든 재물과 헬레네를 걸고 메넬라우스와 단 둘이 결투하겠다고 했소. 그리고 남은 자들은 서약을 맺고 평화를 다짐합시다."

쥐죽은 듯 조용해진 가운데 메넬라우스가 그 말을 받아 말했다.

"내 가슴도 고통으로 찢어지는 듯하오. 나 역시 트로이와의 이 끔찍한 전쟁을 멈추기를 원하오. 나와 파리스의 개인적인 대립 때문에 병사들은 이미 여러 해 동안이나 고통을 당하고 있소. 결투를 수락합니다. 우리 둘 중 하나는 분명히 죽어야 할 것이오."

그는 잠시 말을 멈추었다가 덧붙여 말했다.

"지금부터 태양과 대지와 제우스 신께 희생의 제물을 바칩시다. 그리고 프리암 왕을 불러 그의 아들이 한 엄숙한 서약의 증인이 되게 합시다."

이 말을 듣고 트로이군과 아카이아군은 기나긴 전쟁이 끝나기를 기대하는 마음으로 환호성을 올렸다. 모두들 말을 매고 무장을 풀어서 땅에다 내려 놓았다. 두 군대 사이의 거리는 얼마 되지 않았다. 헥토르는 두 사람의 전령을 마을로 보내어 제물로 쓸 새끼양을 가져오게 하는 한편 프리암 왕을 불러오게 했다. 아가멤논 왕도 탈타이비오스를 함대로 보내어 제물을 가져 오게 했다.

그 사이 이리스는 헬레네에게 라오디케의 모습으로 나타났다. 라오디케는 프리암 왕의 가장 예쁜 딸이었다. 이리스는 헬레네가 자신의 방에서 커다란 옷감을 짜고 있는 것을 찾아냈다. 그 옷감에는 트로이와 아카이아 군사들이 헬레네를 데려 가려고 서로 싸우는 전투의 갖가지 광경들을 수놓고 있었다. 이리스가 그녀에게 다가가 말을 걸었다.

"사랑스러운 헬레네여, 이리 오세요. 트로이 사람들과 아카이아 사람들이 벌이는 이 묘한 광경을 보세요. 광분하며 평원으로 달려와 싸우던 사람들이 지금은 자기들 방패에 기대서서 조용히 앉아만 있군요. 싸움을 멈추고 창은 땅에 꽂혀 있네요. 이제 파리스와 메넬라우스가 당신을 걸고서 결투를 벌일 겁니다. 당신은 승리자의 사랑받는 아내가 될 거예요."

여신은 이러한 말로써 헬레네의 마음 속에 옛 남편과 부모님, 그리고 조국에 대한 달콤한 추억을 일깨워 주었다. 헬레네는 곧 하얀 베일을 두르고 눈물을 글썽이며 방에서 나왔다. 그녀는 스카이아 문 옆에 다다랐다.

프리암 왕도 그곳에 있었다. 왕은 은퇴한 늙은 장로들과 함께 있었다. 그들은 모두 태양 아래 노래하는 매미들처럼 뛰어난 언변을 가진 사람들이었다. 장로들은 망루를 향해 다가오는 헬레네를 보고 자기들끼리 낮은 목소리로 이야기했다.

"아카이아인들과 트로이인들이 그토록 오랫동안 싸우는 것이 저런 여자를 위해서라면 희한한 일도 아니군. 마치 불멸의 여신 같은 미모가 아닌가. 그러나 아무리 아름다운 여자이긴 해도 자기 나라로 돌아가서 우리와 우리 자손들에게 불행의 씨를 남기지 않는 편이 좋겠어."

그들이 이런 식으로 수근거릴 때, 프리암 왕이 헬레네를 불렀다.

"이리 오너라, 귀여운 아가야. 네 옛 남편과 친구들, 부모님들을 볼 수 있게 내 옆자리에 앉거라. 너를 나무랄 수는 없구나. 그저 아카이아 군대를 보내어 불행한 전쟁을 일어나게 한 신들을 원망할 뿐이지. 그나저나 저 거대하고 위풍당당한 전사의 이름을 말해 주겠느냐? 저 자보다 키가 더 큰 사람들도 있지만, 저토록 위엄이 있는 자는 일찍이 본 적이 없다. 저 자는 실로 왕의 기품을 갖추었구나."

"사랑하는 아버님, 아버님께 얼마나 죄송한지 모르겠습니다. 제가 남편과 사랑스런 외동딸, 제 집을 버리고 아드님을 따라오기 전에 차라리 일찍 죽어 버리는 편이 훨씬 나았을 텐데. 아버님이 궁금해 하시는 사람의 이름은 아트레우스의 아들 아가멤논입니다. 뛰어난 왕이자 위대한 전사이지요. 그분은 영광스럽게도 제 시아주버님이셨습니다."

프리암은 또다시 다른 전사를 가리키며 물었다.

"귀여운 아가야, 저 사람은 누군지 말해 보아라. 아가멤논보다는 작지만 가슴과 어깨가 떡 벌어진 저 자 말이다. 무기를 내려놓고 사람들 사이를 돌아다니는 품이 하얀 암양떼 가운데 숱많은 털을 지닌 한 마리 숫양과도 같구나."

"그는 라에르테스의 아들 오디세우스입니다. 그는 이타카에서 자랐지요. 영리하고 매사에 진중한 사람입니다."

아이아스를 바라보며 프리암은 세번째로 물었다.

"저 키가 크고 건장한 아카이아 병사는 누구냐? 다른 이들보다 머리 하나만큼 더 크고 어깨도 넓은 저 사람은?"

"저 사람은 아카이아의 울타리, 거인 아이아스입니다. 그리고 이도메네우스가 신과 같은 모습으로 크테타인들에게 둘러싸여 있군요. 검은 눈의 아카이아 사람들이 모두 모였습니다. 저는 저 사람들을 다 알아보겠고, 이름도 말씀드릴 수 있습니다."

그동안 전령들은 두 마리의 새끼양을 끌고 왔고, 염소 가죽으로 만든 주머니에 마음을 즐겁게 하는 포도주를 가득 채워 왔다. 전령 이다이오스는 빛나는 술병과 황금 술잔을 가지고 있었다. 그는 프리암 왕에게로 다가갔다.

"전하, 일어나십시오. 트로이와 아카이아의 왕들이 굳센 맹세를 나누기 위해 전하를 평원으로 내려오시라고 부르고 있습니다. 파리스와 메넬라우스가 헬레네를 두고 긴 창으로 결투를 벌인다고 합니다."

늙은 왕은 이 말에 몸서리를 쳤다. 그는 명령을 내려 말을 전차에 매게 하고 고삐를 잡아당겼다. 안티놀이 그 옆에 타자, 두 사람은 재빨리 스카이아 문을 빠져나가 평원으로 향했다.

프리암 왕은 전쟁터에 도착하여 두 군대 사이에 멈춘 뒤 전차에서 내렸다. 곧 아가멤논이 그를 영접하러 왔고, 지략이 뛰어난 오디세우스도 따라왔다. 그는 칼을 꺼내어 새끼양 머리의 털을 밀었고, 전령들이 그 털을 트로이와 아카이아의 군주들에게 나누어 주었다. 그리고 아트레우스의 아들 아가멤논은 손을 펼쳐 기도를 올렸다.

"아버지 제우스와, 태양이시여, 강과 대지여, 증인이 되어 주시고 이 서약을 승인해 주소서. 파리스가 메넬라우스를 죽인다면 그가 헬레네와 보물들을 차지하고 우리는 고향으로 돌아가게 하옵소서. 그러나 메넬라우스가 파리스를 쓰러뜨린다면 우리가 그 모든 것을 차지하게 하소서. 만약 이 서약이 깨어진다면 이 몸은 전쟁을 끝까지 밀어부치겠나이다."

그는 이처럼 말한 뒤 일말의 지체도 없이 새끼양의 목을 내리쳤다. 그뒤 트로이와 아카이아 사람들은 술병에서 포도주를 따라 나누며 기도를 올렸다. 일단 서약의 의식을 마친 뒤 프리암 왕이 일동을 향해 말했다.

"트로이와 아카이아 사람들이여 모두 내 말을 들어 주시오. 나는 트로이의 도시 일리오스로 돌아가겠소. 사랑하는 아들 파리스가 메넬라우스와 싸우는 것을 차마 볼 수 없기 때문이오. 오직 불사의 신들만이 두 사람 가운데 누가 죽어야 할지 아시리이다."

노인은 전차에 올라 고삐를 당기며 일리오스를 향해 되돌아갔다.

파리스의 형 헥토르와 그리스의 영웅 오디세우스는

싸울 장소를 논의했다. 그리고 메넬라우스와 파리스 중에 누가 먼저 창을 던질 것인지를 정하기 위해 청동 투구 속에 제비를 던져 넣었다. 그러는 동안 트로이와 아카이아의 병사들은 신들에게 기도를 드리고 있었다. 둘 중 한 사람이 죽어서 두 나라 사람들 모두에게 평화가 임하기를 간구하는 것이었다.

헥토르가 제비가 든 청동 투구를 흔들었더니 파리스의 제비가 먼저 튀어 나왔다. 전사들은 그들의 말과 빛나는 무기 옆에 열을 지어 앉아 있었다. 파리스는 훌륭한 갑옷으로 어깨를 덮었다. 그는 버클이 달린 아름다운 은빛 각반으로 다리를 싸고, 가슴에는 잘 맞는 갑옷을 둘렀다. 청동검을 어깨에 두르고, 멋지게 나부끼는 갈기로 꾸며진 견고한 투구를 머리에 썼다. 마침내 그가 창을 잡으니 손바닥에 알맞게 꽉 잡혔다. 용맹한 메넬라우스도 마찬가지로 무장을 했다.

이렇게 무장한 두 사람은 서로 이글거리는 시선을 던지며 격전지로 나아갔다. 모두가 두려움 속에서 이 싸움이 어떻게 결판날지 기다렸다.

제비를 뽑아 결정된 대로 파리스가 먼저 창을 던졌다. 그 창은 메넬라우스의 방패에 부딪혔지만, 그 끝은 방패를 뚫지 못하고 구부러졌다. 자기 차례가 된 메넬라우스가 제우스에게 이렇게 외치며 긴 창을 잡았다.

"아버지 제우스시여, 내게 몹쓸 짓을 한 파리스에게 톡톡히 앙갚음하게 하옵소서! 후세에는 환대를 원수로 갚는 일을 두려워하게 하소서!"

이렇게 말하고 창을 던지니, 창은 방패와 갑옷을 꿰뚫고 옆구리 근처의 웃옷을 찢었다. 그러나 파리스는 약간 몸을 숙임으로써 죽음을 피할 수 있었다. 바로 그 순간 메넬라우스는 잽싸게 자기의 검을 뽑아 파리스의 투구를 내리쳤다. 그러나 어찌된 일인지 검이 그의 손아귀에서 부서졌다. 메넬라우스는 펄쩍 뛰면서 파리스의 투구의 갈기 장식을 움켜잡고 그대로 아카이아 진영 쪽으

로 끌고 갔다. 자칫하면 이때 파리스는 투구의 가죽끈에 목이 졸려 죽을 뻔하였다. 하지만 여신 아프로디테가 재빨리 손을 써서 투구 끈을 끊어버렸다. 메넬라우스의 손에 남은 것은 텅 빈 투구뿐이었다.

미칠 듯이 화가 난 메넬라우스는 빈 투구를 아카이아 진영으로 내던지고 파리스를 죽이려고 다시 덤벼들었다. 그러나 아프로디테는 파리스를 짙은 안개로 에워싸서는 향기로운 방으로 데려갔다. 그리고 여신은 헬레네를 부르러 갔다. 헬레네는 아직도 트로이 사람들이 모인 높은 망루에 있었다. 아프로디테는 털옷을 짜 주던 늙은 유모의 모습을 하고서 헬레네의 옷자락을 잡아당겼다.

"오십시오! 파리스님이 기다리십니다. 침상에 누워 계신 그분의 말끔하고 환히 빛나는 모습은 방금 싸움터에서 돌아온 사람같이 보이지 않습니다. 마치 춤을 추러 가시는 분의 모습이랍니다."

헬레네는 그녀의 반짝이는 눈동자와 깨끗한 목덜미에서 그가 바로 여신임을 단번에 알아보았다. 헬레네는 공포에 사로잡혀 대답했다.

"오, 무정한 여신이시여, 어째서 저를 또다시 속이려 하시나요? 지금 메넬라우스가 파리스를 이기지 않았습니까? 다시 또 무슨 계략을 꾸미시려는 것입니까? 부디 저를 내버려 두세요. 저는 더이상 메넬라우스와 잠자리를 함께 할 수 없습니다. 모든 트로이 여자들이 저를 욕할 테니까요. 저는 정말이지 너무나 괴롭습니다."

아프로디테가 화를 내며 말했다.

"못된 계집 같으니! 나를 화나게 하지 마라. 나는 너를 차버릴 수도 있다. 내가 너를 각별히 귀여워했던 만큼 너를 미워할 수도 있다는 걸 명심해라."

헬레네는 아프로디테의 분노를 보고 더럭 겁이 났다. 그녀는 하얀 베일을 내리고 아무 말 없이 여신을 따랐다. 다른 트로이인들은 아무것도 보지 못했다.

헬레네가 파리스의 아름다운 거처에 이르자 시녀들은 각기 제 일을 하기 시작하였다. 헬레네는 남편이 기다리는 신방으로 올라갔다.

두 사람이 한 방의 침상에서 쉬고 있을 때, 격분한 메넬라우스는 야수처럼 군중들을 헤집고 다니면서 파리스를 찾아 헤매었다. 그러나 트로이군이나 동맹군 중 아무도 파리스가 숨은 곳을 알지 못했다. 만약 그들이 파리스를 보았다면 감추지는 않았을 것이다. 그들은 파리스를 검은 죽음처럼 증오하고 있었기 때문이다.

그리하여 아가멤논 왕이 그들에게 말했다.

"승리는 명백히 메넬라우스의 것이다. 트로이는 헬레네와 그녀의 재물을 돌려 다오. 그리고 정당한 보상을 치르도록 하라."

아가멤논의 선언에 모든 아카이아인들은 환호와 갈채를 보냈다.

제4장

아가멤논, 전열을 가다듬다

제우스 옆에 모인 신들은 황금 마루 위에 앉아 있었다. 청춘의 여신 테베가 그들에게 넥타를 따라주었다. 갑자기 제우스가 헤라를 보고 비아냥거리며 말했다.

"나의 아내 헤라, 그리고 내 딸 아테나여! 너희들은 메넬라우스를 편드는 듯하면서도 그저 앉아 싸움 구경이나 하는구나. 너희가 수수방관하는 동안 아프로디테는 몸소 파리스의 목숨을 구하러 가기까지 하는데 말이다. 아무튼 승리는 메넬라우스에게 돌아갔다. 모든 신들이 동의만 한다면, 이제 프리암 성은 이대로 놓아 두고 메넬라우스가 헬레네를 데리고 돌아가게 하겠다."

그러나 이 해결책은 헤라와 아테나의 비위에 맞지 않는 것이었다. 그도 그럴 것이, 두 여신은 단지 메넬라우스의 승리뿐 아니라 트로이의 멸망을 갈망하고 있었기 때문이다. 아테나는 제우스에게 반박하고 싶은 마음을 억누르고 묵묵히 앉아 있었다. 하지만 헤라는 분을 참지 못하고 말했다.

"현명하신 양반께서 도대체 무슨 그런 말씀을 하시는 겁니까? 내가 흘린 땀은 허사가 되어도 좋다는 건가요? 트로이를 멸망시키고 프리암과 그의 자손들을 벌주기 위해 저 많은 군대를 모은 이가 바로 나라는 것을 모르신단 말입니까? 하고 싶은 대로 하세요. 그러나 우리 다른 신들은 찬성하지 않을 것이다."

제우스는 매우 기분이 상하여 대꾸했다.

"이런 몹쓸 데가! 프리암과 그 아들들이 그대에게 어쨌길래 그 도시를 파멸시키려 한단 말인가? 프리암과 그 자식들, 트로이 사람들 모두를 산 채로 먹어 치운다면 그 증오심이 가라앉겠는가? 맘대로 해 보라. 우리의 언쟁이 더 큰 불화가 되어서는 안 될 것이다. 하지만 나에게 항상 좋은 제단을 차려 올리는 프리암 왕과 그 백성들이 있는 거룩한 일리오스는 내가 아주 아끼는 도시라는 사실도 잊지 말라."

그때 헤라가 이렇게 말하였다.

"내가 각별히 아끼는 세 도시는 아르고스, 스파르타, 미케네입니다. 하지만 당신이 그 도시들을 미워하여 파괴하더라도 나는 개의치 않겠어요. 나 또한 여신이고,

우리는 같은 혈통을 지녔습니다. 더구나 나는 크로노스의 자식이자 당신의 아내이니 두 배로 존경받아야 할 여신입니다. 우리들이 서로 한 발씩 양보합시다. 그러면 신과 인간들은 우리들을 따를 것입니다. 자, 지금 아테나를 트로이와 아카이아의 전쟁터에 숨어들어간 뒤, 트로이 군대를 충동질하여 먼저 서약을 파기하고 기뻐 날뛰고 있는 아카이아 군대를 공격하도록 시킵시다."

헤라의 이 말을 듣고 신들의 아버지인 제우스는 아테나에게 지상으로 내려가도록 명령했다.

그렇지 않아도 트로이의 멸망을 간절히 바라고 있던 아테나는 올림포스 꼭대기에서 신속하게 뛰어 내렸다. 그녀는 마치 별똥별처럼 대기를 가르며 재빨리 두 군대 사이에 도착했다. 그 광경을 목격한 트로이와 아카이아 사람들은 또다시 무서운 전투가 벌어질 조짐이라고 걱정했다.

여신은 용감한 무사 라오도코스로 변신하여 트로이 군사들 속으로 들어갔다. 그녀는 사람들의 눈에 띄지 않고 한 용사에게 접근했다. 그 용사는 신들과도 견줄 만한 용맹을 지닌 판다로스였다.

"내 말을 들으시오, 판다로스. 당신은 메넬라우스에게 화살을 날려 보낼 정도의 용기가 있지 않소? 트로이 사람 모두가 그대에게 부여할 영예를 상상해 보구려. 메넬라우스가 화살을 맞고 쓰러져 화장을 위한 장작더미 위에 놓여진다면, 파리스는 온갖 호화로운 선물들을 당신께 내릴 것이오. 자, 활의 신 아폴론께 서약하시오. 거룩한 도시 제레이아로 돌아가게 되면 갓난 새끼양으로 제물을 바치겠노라고 말이오."

　　판다로스는 생각해 보지도 않고 그 말에 따랐다. 그는 한쪽 활 끝을 땅에다 대고 몸을 구부린 뒤 활시위를 걸었다. 그의 부하들이 방패들로 그를 막아 주었다. 그가 메넬라우스를 쏘기도 전에 아카이아인들이 그 모습을 보게 될까봐 두려웠기 때문이었다. 그는 화살통을 열고 화살 하나를 활시위에 걸었다. 아폴론에게 기도를 올린 뒤 활시위를 잡아당겨 화살을 쏘아 보냈다. 화살은 바람 소리를 내며 군중들을 헤치고 곧장 메넬라우스에게로 날아갔다.

　　그렇지만 신들은 메넬라우스를 잊지 않았다. 우선 아테나 신이 그를 보호해 주었다. 그녀는 잠자는 아기 옆에서 파리를 쫓아내듯 화살이 빗나가게 하였으니, 허리띠의 쇠고리에 먼저 맞고 미끄러지면서 갑옷이 접혀서 이중으로 된 곳에 꽂히도록 했다. 그래서 화살은 단지 영웅의 살갗만을 스쳤는데, 그 상처에서 시커먼 피가 흘러 나왔다. 피가 메넬라우스의 튼튼한 허벅지를 붉게 물

들였다. 아가멤논 왕은 흐르는 피를 보고 몸서리를 쳤다.

"사랑하는 아우여, 트로이 놈들이 너를 쏘았고, 어겨서는 안 되는 서약을 짓밟았다. 언젠가 그들은 이 위약의 대가를 치르리라. 신들께서 우리의 복수를 대신 해 주시리니! 일리오스는 파괴되고, 프리암은 제 자식들과 함께 죽게 될 것을 나는 믿어 의심치 않는다. 아, 메넬라우스, 네가 죽는다면 내겐 얼마나 큰 고통이 될지! 아카이아인들은 가뭄이 심한 고국으로 돌아가길 원하고, 우리는 헬레네도 포기할 수밖에 없을 것이다."

메넬라우스가 형을 안심시켰다.

"힘을 내십시오. 군대의 사기를 떨어뜨리지 마시구요. 이 날카로운 화살이 급소를 피해 꽂혔으므로, 위험한 상처는 아닙니다."

아가멤논 왕은 즉시 의사 마카온을 불러서 화살을 뽑게 했다. 의사는 흐르는 피를 빨아내고, 그 부위에 부드러운 약초를 발랐다. 그 약초는 켄타우로스 카이론이 예전에 자기 아버지에게 주었던 것이다.

마카온이 메넬라우스를 전력을 다해 치료하는 동안, 트로이 군대가 방패를 앞세우고 위협적으로 진군해 왔다. 아카이아인들은 재빨리 투구와 무기를 갖추고 전투 태세를 갖추었다.

아가멤논 왕은 말과 청동으로 꾸며진 전차를 부하에게 맡기고 친히 병사들이 있는 곳으로 걸어가서 전투의 사기를 북돋워 주었다. 여기저기에서 왕은 명령을 내리고, 전쟁에 대한 각오를 다지게 했다.

"아카이아인들이여, 그대들의 용맹함을 조금도 늦추지 말라! 제우스 신께서 거짓으로 맹세하는 자를 보호하지 않으시리라. 저들이 먼저 서약을 짓밟았으니, 저들의 몸뚱이는 하늘의 독수리들의 먹이가 되리라. 우리는 이 도시를 빼앗고, 저들의 아내와 자식들을 우리 배에 싣고 갈 것이다."

싸울 생각이 부족하여 어물쩡거리고 있는 자들을 보면 그는 분통을 터뜨렸다.

"이 겁장이들아, 부끄럽지도 않느냐? 어찌하여 두려움으로 얼어붙어 있는가? 너희들의 꼴은 마치 넓은 평원을 쏘다니다가 지쳐버린 사슴들 같구나. 너희들은 트로이군이 해변의 우리 배까지 들이닥치도록 기다리느냐? 아니면 제우스의 도우심을 바라는가?"

이처럼 병사의 대열을 돌아다니던 그는 크레타족(族)에까지 다다랐다. 크레타인들은 커다란 산돼지 같은 그네들의 지휘자 이도메네우스를 둘러싸고 있었다. 아가멤논은 그를 보고 반기면서 상냥하게 비위를 맞춰 주었다.

"이도메네우스여, 나는 아카이아 용사들 중에서도 특히 그대를 높이 평가하고 있소. 전쟁터에서 뿐 아니라 우리 용사들이 불길 같은 포도주를 마구 들이켜 대는 연회에서도 그렇다오. 그대의 잔은 언제나 나의 잔과 마찬가지로 가득 채워져 있소. 그대가 원하는 대로 마실 수 있게 말이오. 자, 이제 싸움터로 달려 가시오. 가서 그대의 용맹함을 보여 주구려."

그러자 이도메네우스가 대답했다.

"왕이시여, 나는 그대에게 약속한 대로 언제나 충성을 바칠 것이오. 다른 아카이아 군사들이나 격려해 주시오. 거짓맹세를 바친 트로이는 죽음과 재앙으로 뒤덮일 것이오."

아가멤논은 기쁨에 넘쳐 물러갔다. 그는 벌써 투구를 쓰고 있는 동명이인의 두 명의 아이아스에게로 갔다. 그 두 사람을 따르는 병사가 구름떼 같았다. 그 모습은 흡사 양치기가 높은 곳에서 보았을 때 폭풍우를 예고하는 역청보다 더 검은 구름이 바다 위로 밀려오는 듯했다. 그 양치기가 양떼를 몰고 다니듯 두 아이아스들은 그들 뒤로 창과 방패로 무장한 젊은 용사들을 검은 구름떼처럼 몰고 다녔다. 이를 본 아가멤논은 기뻐서 어쩔 줄 몰랐다.

"그대들 두 분 장군께는 명령을 내릴 필요도 없겠소. 그대들은 이미 자기 군사들을 싸우러 나가게 하고 있으니 말이오."

그렇게 말하고 아가멤논은 그들을 떠났다. 그 다음에 그는 아테네 사람들 사이에서 싸울 생각이 없는 듯 꼼짝하지 않고 있는 메네스테우스를 찾아냈다. 그 옆에는 오디세우스도 있었다. 트로이 사람들과 아카이아 사람들의 군단이 지금 막 움직이기 시작했으므로, 그들은 아직 전쟁터의 함성을 듣지 못한 것이었다.

"메네스테우스, 그리고 언제나 지략이 넘치는 오디세우스여, 자네들은 싸움을 멍청하니 기다리고만 있소? 자네들이 제일 먼저 격전에 뛰어들어야 하지 않겠는가? 내 연회의 제일가는 귀빈으로서 구운 고기와 좋은 포도주를 마음 내키는 대로 먹고 마셨으니 말이오. 그런데 지금 그대들 앞에서 열 개의 아카이아 부대가 싸움터로 나가는데 그대들만 가만히 있을 수 있소?"

오디세우스가 그를 쏘아보며 반박했다.

"아트레우스의 아들 아가멤논 왕이시여! 어떻게 우리가 전쟁터 나가기를 주저한다고 말씀하실 수 있습니까? 우리가 아레스의 혈기를 트로이에 내뿜기만 하면, 당신은 텔레마코스의 아버지가 맨 앞에서 싸우는 것을 보게 될 거요. 당신이 원하는 대로 말이오. 방금 하신 말씀은 정말 어처구니가 없습니다."

그가 화내는 것을 보고 아가멤논은 미소지었다.

"영리한 오디세우스여, 그대 마음이 고귀한 감정으로 가득 차 있음을 알겠소이다. 내 만약 모욕적인 말을 했다면 사과하겠소."

바다의 거센 물결이 해변에 와서 부딪히듯 아카이아 병사들은 전쟁터로 밀려 나갔다. 지휘관들은 명령을 전달하고 그 병사들은 묵묵히 따랐다. 그처럼 거대한 군대가 진격하는 것을 본 사람은 아무도 없을 것이다. 반짝이는 무구는 햇살을 받아 찬연히 빛났다.

한편, 트로이군은 아우성으로 뒤죽박죽이었는데, 그 모습은 마치 사람들이 양의 흰 젖을 짜고 있을 때, 새끼의 부름을 듣고는 끝없이 울어대는 어미양떼들 같았다. 트로이의 동맹군들은 먼 고장에서 불려 왔고, 그들의 언어는 제각기 달랐기 때문에 오합지중이 되어 서로 아우성을 치고 있었던 것이다.

한 편은 전쟁의 신 아레스가 격려하고, 다른 한 편은 지혜의 여신 아테나가 격려하고 있었다. 마침내 두 군대가 만나 창과 갑옷이 맞부딪혔다. 가운데가 불룩 나온 방패가 서로 맞부딪히고 깨지는 굉음이 진동했다. 한 편에선 승리의 함성이 일고, 다른 한 편에선 고통의 울부짖음이 일었다. 검붉은 피가 대지 위에 흘러 넘쳤다.

마치 겨울이 끝나갈 무렵 산 위에서 흘러내린 냇물이 계곡에서 합쳐지고 흘러넘치듯, 신음소리와 환호성이 뒤섞여 끔찍한 아우성이 되었다. 트로이와 아카이아의 병사들은 늑대떼처럼 서로에게 달려들고, 서로의 공격 아래 쓰러졌다. 검이 투구를 베어 두개골이 박살나고, 창이 다른 누군가의 갑옷을 뚫었으며, 투창에는 병사의 목이 걸렸다. 죽음의 그림자가 비명도 지르지 못하고 먼지 속에 쓰러진 수많은 사람들의 눈을 가려주었다. 두려움과 공포가 가히 온 땅을 지배했다.

한편 프리암의 아들들 중 하나인 안티포스가 아이아스를 향하여 날카로운 창으로 찔렀으나 빗나가고, 오디세우스가 아끼는 부하가 대신 맞았다. 마침 그 부하는 트로이 사람 시모이시오스의 시체를 끌어내는 중이었다. 그는 시체의 손을 놓치고 그대로 쓰러졌다. 오디세우스는 부하의 죽음에 미칠 듯 화가 나서 전열의 맨 앞으로 뛰어나갔다. 그는 주위를 살피면서 창을 날려 보냈다. 트로이군이 이 위협적인 모습에 뒤로 물러났다. 오디세우스의 창은 프리암의 서자 데모콘에게 명중했다. 청동의 창끝이 그의 관자놀이를 꿰뚫고 반대편으로 솟아나왔다. 그는 큰 소리를 내며 쓰러졌고, 그의 무장도 함께 쇳소리를 냈다.

트로이군의 전위부대와 헥토르는 후퇴했다. 아카이아인들은 함성을 지르면서 시체를 끌어내고 또다시 진격했다. 이러한 광경에 분개한 아폴론이 끼어들어 트로이 사람들을 큰 소리로 꾸짖은 것은 바로 그때였다.

"트로이인아! 아카이아의 공격에 한 걸음도 물러서지 마라! 저들의 살갗은 돌도 강철도 아니니, 청동에는 상처를 입지 않을 수 없다. 테티스의 아들 아킬레우스도 전장에 나오지 않았고 자기 배에서 가슴을 들볶는 분노만 삭이고 있다."

그러나 제우스가 사랑하는 딸 아테나는 아카이아 편을 들면서 뒤로 물러서는 사람들을 격려하고 있었다. 이처럼 양군의 팽팽한 공격은 더욱 격렬해지고, 시체와 부상자는 먼지를 뒤집어 쓴 채 땅 위에 겹겹이 쌓여갔다.

제4장 아가멤논, 전열을 가다듬다

제5장
디오메데스의 무용담

그때 아테나가 디오메데스에게 힘과 용기를 불어넣어 아카이아의 영웅들 중에서도 특별한 영광을 얻게 했다. 여신은 디오메데스의 투구로부터 격렬한 불꽃이 솟아 오르게 했다.

한편 트로이 쪽에는 다레스라는 자가 있었는데, 그는 헤파이스토스의 사제로서 매우 부유하고 현명한 사람이었다. 그에게는 페게오스와 이다에오스라는 두 아들이 있었는데, 둘 다 전투에 뛰어났다. 그들은 땅에 서 있는 디오메데스를 대적하고자 전차를 탄 채 달려 들었다. 페게우스가 먼저 긴 창을 디오메데스에게 던졌다. 창은 그의 왼쪽 어깨 위로 날아갔다. 이번에는 디오메데스가 창을 던져서 그의 가슴 한가운데를 맞추어 전차 아래로 떨어뜨렸다. 이다에오스는 감히 형의 육신을 거두지도 못하고 전차를 버린 채 도망쳤다. 헤파이스토스는 남은 아들을 구름으로 에워싸서 자신의 사제인 늙은 다레스가 완전히 절망하지 않도록 해 주었다.

디오메데스는 전차의 말을 풀어서 동료들에게 넘겨주면서 함대가 정박하고 있는 곳으로 끌고 가도록 했다. 한편 트로이인들은 다레스의 두 아들 중 하나는 도망가고 하나는 죽어 넘어져 있는 것을 보자 큰 충격을 받았다. 그때 아테나는 아레스의 손을 붙잡고 이렇게 말했다.

"아레스여, 전쟁의 신이자 성벽을 파괴하는 이여, 이제 우리 더이상 이 두 나라의 싸움에 개입하지 말고 내버려두는 것이 어떻겠소? 제우스의 분노를 피합시다."

이렇게 말하고 여신은 아레스를 싸움에서 먼 곳으로 데려가 스카만드로스의 방둑에 앉게 했다. 이때 아카이아인들이 트로이인을 공격하여 모든 지휘관들이 자기가 상대하는 장수들을 하나씩 쓰러뜨렸다.

이처럼 그들이 전대미문의 격렬한 전투를 벌이는 상황이었으므로 아무도 디오메데스가 트로이와 아카이아 중에서 어느 진영에 속하는지조차 알지 못했다.

그는 폭우로 불어난 강물처럼 평원으로 내달렸다. 그것은 강둑도, 꽃이 만발한 과수원도, 그 무엇으로도 막을 수 없는 거센 강물이었다. 그런 디오메데스 앞에서 병사들의 대열은 파죽지세로 무너졌다.

그때 명사수 판다로스가 그를 알아보고 즉시 활을 당겨 갑옷이 싸고 있는 오른쪽 어깨를 맞추었다. 피가 디오메데스의 어깨를 물들였다. 판다로스가 외쳤다.

"힘내라, 위대한 트로이인들이여, 아카이아인 중에서 가장 용맹한 자가 부상당했다. 아폴론 신께서 나로 하여금 리키에를 떠나 이리로 오게 하신 것이 사실일진대, 그는 나의 화살을 맞고는 오래 견디지 못할 것이다."

그러나 그 빠른 화살도 디오메데스를 죽이지는 못했다. 그는 스테넬로스를 불렀다.

"속히 전차에서 내려오라, 벗이여. 그리고 내 어깨에서 이 화살을 뽑아다오."

스테넬로스가 재빨리 화살을 뽑았다. 피가 솟구쳤다. 디오메데스는 아테나에게 기도를 드렸다.

"불굴의 여신이신 아테나여! 당신께서 일찍이 저와 제 부친을 잔혹한 전쟁에서 보호해 주셨던 것처럼, 다시 한번 저를 지켜주소서! 나에게 상처를 입히고 내가 곧 죽을 것이라고 떠들면서 뽐내고 있는 저 놈을 죽이도록 허락하소서."

아테나는 그의 말을 들어 주었다.

"용기를 내라, 디오메데스. 나는 네 눈을 가리고 있던 안개를 걷어서 네가 사람과 신들을 구별할 수 있게 해 주겠다. 그러니 신들과는 절대 대적하지 마라. 다만, 아프로디테가 전쟁터에 내려오거든 그때는 날카로운 청동으로 해치워버려라."

이 말을 듣는 순간 즉시 디오메데스는 용기가 세 배로 늘어나는 것을 느끼면서 트로이 사람들을 쳐부수러 나갔다. 디오메데스가 셀 수 없는 병사들을 죽이는 것을 본 아에네아스는 판다로스를 찾기 위해 전쟁터로 나아갔다. 이윽고 아에네아스는 그를 찾아냈다.

"판다로스여! 그대의 활과 화살은 어디에 있는가? 그대의 영광은 어떻게 된 건가? 어서 제우스에게 두 팔을 벌리고 기도드리고, 저 무사에게 활을 쏘아 보라. 저 자가 누구인지는 모르나 아마도 사람이 아니라 트로이를 대적하는 신인 듯하구나."

"아에네아스, 트로이의 조언자여. 저 사람은 디오메데스가 맞을 거요. 그의 방패와 원추형의 투구, 그 말들을 보니 알아볼 수 있겠소이다. 하지만 전투에 임하는 저 격렬한 모습을 보니 어떤 신의 힘을 얻고 있는 것이 분명하오. 나의 화살은 우리를 달갑게 여기지 않는 불사의 신만이 돌릴 수 있소. 여기 나는 나의 말도, 전차도 가지고 있지 않소. 아버님이 그것들을 끌고 가라고 하셨지만, 여기서는 귀리나 보리 같은 사료가 없을까봐 그냥 내 궁에 두고 왔기 때문이오. 그러니까 나는 활만 가지고 일리오스까지 걸어서 온 것이오. 그렇지만 이 활도 내게는 아무 소용이 없었소. 나는 그것을 가지고 디오메데스와 메넬라우스를 쏘았으나 결국 두 사람을 더 부추기는 결과만을 낳았소. 만약 내가 고향으로 돌아가 아내를 다시 보게 된다면, 나는 이 활을 꺾어서 불 속에 던져 넣어 태워 버리고 말겠소."

아에네아스가 대답했다.

"그런 말 마시오. 우리가 디오메데스와 맞서 싸우지 않는다고 해도 달라질 것은 아무 것도 없소. 내 전차에 타시오. 나의 전차는 트로스의 말이 끌고 있소. 이 말은 추적에 능하고, 평원에서 빠르게 도망가는 데도 뛰어나오."

그들은 빛나는 전차에 올라타고는 말을 빨리 몰아 디오메데스에게로 향했다. 스테넬로스가 그들을 보자마자 외쳤다.

"여보게 디오메데스! 그대와 싸우려고 달려오는 두 명의 전사가 있네. 한 사람은 명사수 판다로스요, 또 한 사람은 아프로디테와 안키세스의 아들 아에네아스라네. 후퇴하게. 목숨을 부지하고 싶거든 선두에 나서지 말게."

디오메데스가 그를 노려보며 말했다.

"도망 같은 소리는 하지도 말게. 그대의 말을 듣지 않겠네. 피하거나 겁낸다는 것은 우리 가문의 전통에는 부끄러운 일이네. 지혜로우신 아테나가 우리에게 저 둘을 죽일 영광을 주셨으니, 우리의 수레를 멈추고 말들을 난간에 묶어두세. 그리고 아에네아스의 말 위로 뛰어올라 아카이아군의 전지로 몰고 가세. 그 말들은 제우스께서 트로스에게 그의 자식 가니메데스의 몸값으로 주신 훌륭한 혈통의 준마라네. 새벽 미명과 태양 아래서 가장 빼어난 말이란 말일세. 우리가 그 말들을 빼앗는다면 대단한 영광이 될 거야."

두 사람이 이렇게 말하고 있을 때, 트로이의 두 사람 역시 다가오고 있었다. 판다로스가 소리쳤다.

"디오메데스여, 내 빠른 화살도 너를 죽이지 못했다. 내 너를 창으로 죽일 수 있는지 한 번 시험해 보리라."

그렇게 말하고 창을 던지니 그 창은 디오메데스의 방패에 와서 부딪혔다. 청동 끝이 바람을 가르며 갑옷을 스쳤다. 판다로스가 외쳤다.

"복부에 상처를 입혔다. 오래 살 수 있을지 모르겠구나."

디오메데스가 그에게 침착하게 대답했다.

"너는 나를 명중시키지 못했다."

이번에는 디오메데스가 자기 창을 던졌다. 아테나는 그 창을 눈 옆, 코 윗쪽으로 이끌었다. 창이 이빨을 관통하여 혀끝을 자르고 턱 밑으로 나왔다. 판다로스가 전차에서 떨어졌고, 그의 목숨도 끊어지고 말았다.

아에네아스는 아카이아인들이 전우의 시체를 끌고 갈까 두려워 그의 긴 창과 방패를 가지고 전차에서 뛰어내렸다. 그는 긴 창을 휘두르며 시체를 보호하기 위해 진격했다. 그러나 디오메데스는 무거운 바위를 들어올려 아에네아스의 넓적다리를 내리쳤다. 영웅은 무릎을 꿇었고, 암흑의 장막이 그의 눈을 가렸다.

만약, 그의 어머니이자 제우스의 딸인 아프로디테가 그것을 알아차리지 못했다면, 아에네아스는 죽었을 것이다. 그녀는 사랑하는 아들을 흰 팔로 안고 자기 옷의 주름속에 그를 에워쌌다. 그러는 동안에 스테넬로스는 긴 갈기를 늘어뜨린 아에네아스의 말을 가로채어 함대쪽으로 끌고 갈 수 있게 다른 친구에게 넘겨주었다.

그 다음에 전차에 다시 오른 스테넬로스는 디오메데스에게 달려갔다.

디오메데스는 연약하기 짝이 없는 여신 아프로디테를 청동창으로 쫓고 있었다. 그는 여신을 소란스러운 전쟁터에서 따라잡아 창으로 그녀의 우아한 손목을 찔렀다. 여신의 성스러운 피 이코르가 솟아났다.

　　그녀는 외마디 소리를 지르고 아들을 떨어뜨렸다. 그러나 아폴론이 아에네아스를 되받아 검은 구름으로 감쌌다. 디오메데스는 여신에게 외쳤다.

　　"제우스의 딸이여, 전쟁과 싸움터에서 떠나시오. 연약한 여자들을 속이는 것만으로는 충분치 않다는 말이오?"

　　아프로디테는 신음소리를 내며 날아갔다. 빠른 발의 이리스로부터 말을 빌려 타고 어머니가 있는 올림포스 산으로 갔다. 아프로디테의 어머니 디오네는 그녀에게 말했다.

　　"아가야! 아프더라도 참고 힘을 내렴. 올림포스에 사는 신들도 서로의 불화 때문에 인간에게 속한 고통을 많이 겪는단다. 너를 대적해서 디오메데스를 격려하는 신은 아테나란다. 불사의 신들과 싸우는 자는 오래 살지 못한다는 것을 모르고 있으니, 디오메데스는 참으로 어리석은 자로구나."

　　자기의 적을 보호하는 이가 아폴론이라는 것을 알고 있으면서도 디오메데스는 전투에서 아에네아스와 붙었다.

그는 세 번이나 아에네아스를 죽이려고 덤벼들었지만 세 번 모두 아폴론이 빛나는 방패로 물리쳐 주었다. 그가 네 번째로 덤벼들었을 때, 아폴론은 무서운 음성으로 꾸짖었다.

"물러나라, 디오메데스여. 스스로 신들과 동등하다고 생각하지 말라. 불사의 신들은 땅 위에서 살아가는 너희 인간들과는 같을 수 없으니까."

디오메데스는 물러났고, 아폴론은 아에네아스를 먼 곳에다 내려 놓았다. 그곳은 아폴론의 신전이 세워져 있는 성스러운 페르가보스였다. 그 다음 아폴론은 아에네아스와 똑같은 모습의 환상으로 만들어냈다. 똑같은 무장을 한 이 환상을 둘러싸고 트로이와 아카이아가 서로 싸웠다. 그들의 가슴을 덮고 있는 소가죽과 가운데가 불룩한 방패와 가벼운 갑옷들이 서로 부딪혔다. 바로 그때, 아폴론이 기세등등한 아레스에게 말했다.

"인간들의 재앙 아레스여, 디오메데스를 싸움터 밖으로 쫓아내 주지 않겠는가?"

이렇게 말하고 아폴론은 페르가보스의 높은 지대로 올라가 앉았으나, 전쟁의 신 아레스는 트로이군에 섞여 들어가 싸움을 재촉했다.

한편, 사르페돈은 헥토르를 준엄한 말로 꾸짖고 있었다.

"헥토르여, 그대의 그 옛날의 용맹함은 어디로 갔는가? 우리 모두 먼 곳에서 자네를 격려하러 오지 않았는가? 그런데 자네는 도무지 꼼짝도 않고, 병사들에게 아내를 지키라는 명령조차 하지 않는구나. 자네와 자네 백성들이 적들의 먹이가 되지 않도록 분발해야 하지 않겠는가."

사르페돈의 말은 헥토르의 가슴에 비수처럼 꽂혔다. 그는 즉시 무기를 들고 전차에서 뛰어내렸다. 헥토르는 날카로운 두 개의 창을 휘두르며 병사들 속으로 들어가서 싸움을 재촉했다. 트로이인들은 돌아서서 아카이아인들과 맞서 싸우기 시작했다. 구름에 휩싸인 광포한 아레스도 트로이인들에게 용기를 불러일으켰다. 아레스는 아폴론이 시키는 대로 트로이의 사기를 높여 주었던 것이다.

한편 저 쪽에는 두 명의 아이아스와 오디세우스, 그리고 디오메데스가 굳건한 자세로 트로이인들을 기다리고 있는데다가, 아가멤논 또한 아카이아를 격려하고 있었다.

"동지들이여, 사내답게 행동하라! 굳센 마음으로 이 거친 전투에 뛰어들어라. 가장 용감한 자들이 싸울 때에만 많은 수가 살아남을 수 있는 법이다. 도망치는 자에게는 아무런 힘도 희망도 없다."

그러자 전쟁터는 활기를 되찾았다. 그러나 신과 인간을 구별할 수 있게 된 디오메데스가 보니 헥토르 옆에는 아레스가 서 있었다. 용감한 디오메데스조차 그 광포한 모습에 몸서리를 치며 물러나 자기 편을 향해 말했다.

"전우들이여, 신성한 헥토르는 전쟁에 대담하기 짝이 없고 창에 능하니 감탄할 만 하도다. 더구나 무서운 신께서 그의 곁에 항상 함께 하시는구나. 지금 전쟁을 좌우하시는 아레스께서 저 자와 동행하고 계신다."

이렇게 말했으나 트로이인들은 이미 가까이 와 있었다. 헥토르는 한 전차에 타고 있던 두 명의 아카이아인을 죽였다. 아이아스가 즉각 대항하여 한 트로이 전사를 긴 창으로 죽였다. 그러나 트로이군의 화살이 사방에서 날아왔기 때문에 아이아스는 그 전사의 무구를 벗겨낼 수 없었다. 여신 헤라는 수많은 아카이아 병사가 죽어가는 모습을 보고 아테나에게 말했다.

"아, 아테나여! 견고한 성벽의 일리오스를 굴복시키고 조국에 돌아가게 해 주겠노라고 우리가 메넬라우스에게 약속한 것이 허사가 되겠구나! 저 광포한 아레스가 미쳐 날뛰게 내버려 둔다면 말이다. 우리도 당장 내려 가자."

아테나가 눈을 빛내며 그 말을 따랐다. 헤라는 서둘러 말을 황금 마차에 매었다. 헤베가 재빨리 전차의 철제 굴대 양 끝에다 바퀴를 달았다. 바퀴는 여덟 개의 칸이 청동으로 되어 있고, 그 주위는 황금으로 되어 있었으며, 기둥은 은으로 만들어진 것이었다. 좌석에는 금과 은으로 된 띠가 둘러져 있었다. 헤베는 금으로 만든 멍에를 은채에다 갖다 붙였다. 그 멍에 밑에 헤라는 싸움터를 그리워하는 발빠른 말들을 놓았다.

아테나는 손수 수놓은 옷자락을 땅 위에 미끄러지게 했다. 그녀는 갑옷을 입고 전쟁을 위한 무장을 했다. 어깨에는 제우스의 방패 아이기스를 걸치고 머리에는 황금 투구를 썼다. 여신들은 전차에 올라탔고, 헤라는 채찍으로 말을 재촉하며 천상의 문이 그들 앞에서 스스로 열리게 했다. 여신들은 제우스를 찾으러 갔다. 신들로부터 먼 곳에 떨어져 있는 제우스에게 다가가서 헤라가 말했다.

"제우스여, 아레스가 저토록 무참한 짓을 저지르고 있는데도 가만히 있으십니까? 아폴론도 아레스를 부추겨서 저런 짓을 하게 하고는 그 비참한 광경을 즐기고만 있습니다. 제가 저 전쟁의 신을 혼내준다면 당신은 제게 화를 내시렵니까?"

그러자 구름을 다스리는 제우스 신이 대답했다.

"가서 해 보라! 아테나로 하여금 아레스에게 대항하여 싸우게 하라. 아테나는 언제나 그에게 따끔한 맛을 보여왔으니까."

헤라는 즉시 채찍으로 말을 몰았고, 두 여신은 별이 수놓인 하늘과 땅 사이를 날아다녔다. 여신들은 일리오스에 다다르자 우선 말들을 풀어서 짙은 안개 속에 감추고, 마치 두 마리의 어린 비둘기가 날아가듯이 서둘러 아카이아군을 도우러 갔다. 아테나는 전차 옆에 있는 디오메데스를 찾아냈다. 그는 판다로스가 입힌 상처를 씻어주고 있었다. 여신이 디오메데스에게 말했다.

"그대는 진정 아버지 티데우스와 너무나 닮지 않았구나! 그대 아버지는 항상 지칠 줄 모르는 투사이셨지, 그런데 그대는? 피곤이 그대의 손발을 망가뜨린 것인가 아니면 두려움에 사로잡힌 것인가?"

용맹한 디오메데스가 대답했다.

"피곤도 두려움도 나를 쇠약하게 하지는 못합니다.

이전에 당신이 제게 아프로디테를 제외하고는 신들과 싸우지 말라고 하셨습니다. 그래서 저는 지금 물러서 있고, 다른 아카이아인들에게도 몸을 움츠리고 있으라고 명령한 것입니다. 저는 아레스께서 이 싸움을 지휘하신다는 것을 알아차렸으니까요."

맑은 눈의 여신 아테나가 그에게 말하였다.

"그대는 참으로 훌륭한 대장부로다. 그러나 이제부터는 아레스도, 다른 불사의 신들 중 어떤 이도 두려워 말라. 너는 내 보호를 받을 것이다. 자, 아레스에게로 말을 몰아라. 그를 공격하거라. 어떤 두려움도 갖지 마라."

여신은 이렇게 말하고 몸소 디오메데스의 전차의 고삐를 쥐었다. 용사 디오메데스가 옆자리에 올라탔다. 그녀는 곧장 아레스에게로 말을 몰았다.

아레스는 디오메데스를 알아보자마자 청동 창으로 그를 죽이려 들었다. 그러나 아테나는 그 창을 한 손으로 잡아 전차에서 멀어지게 했다. 이번에는 디오메데스가 창을 던지니 아테나가 그 창을 아레스의 허리띠 밑 아랫배에 명중하게 했다. 잔혹한 아레스는 만 여 명의 병사가 외치는 듯한 비명을 내질렀다. 그 소리를 듣자 아카이아와 트로이의 군사들은 공포에 사로잡혀 몸을 가누지 못했다.

거센 바람이 불어 더운 김이 사라지는 것처럼 아레

제5장 디오메데스의 무용담

스는 사라졌고, 곧장 구름에 가려진 천상으로 올라갔다. 아레스는 올림포스 꼭대기로 올라가 제우스 옆에 주저앉아 자기 상처에서 흐르는 불사의 피를 보여 주었다.

"아버지 제우스시여, 이 지독한 짓을 보고도 분개하지 않으십니까? 아버님은 불화의 근원을 낳으셨습니다. 당신은 저 잔혹하고 몰상식한 아테나를 낳으시고 그가 무슨 짓을 해도 꾸짖지 않으십니다. 그러니 아테나가 저토록 오만하게 인간들의 싸움에 개입하는 것 아닙니까."

"내게 불평하는 것은 그만 두어라, 변덕스러운 아레스여. 너는 우리 올림포스의 신들 중에서 가장 못난 녀석이다. 너는 불화와 싸움, 전쟁만을 좋아하기 때문이다. 너는 네 어머니 헤라의 좋지 못한 성격을 그대로 가지고 있어."

그리고 나서 제우스는 의술의 신 파이에온에게 아레스를 보살펴주라고 명령했다. 파이에온은 아레스의 상처에 부드러운 약물을 끼얹어 주었다. 무화과즙이 하얀 우유를 금새 응고시키듯, 파이에온은 혈기왕성한 아레스를 금방 낫게 해 주었다. 헤베가 아레스를 씻기고 아름다운 의복으로 갈아입혔다. 헤라와 아테나는 아레스를 전쟁터에서 내몰아냈기 때문에 곧 제우스의 거처로 되돌아갔다.

제6장
헥토르의 작별인사

 신들은 물러갔지만 트로이와 아카이아의 끔찍한 싸움은 혼돈 상태에서 계속되었다. 양 진영의 군사들은 들판에 흩어져서 숨돌릴 겨를도 없이 싸웠다.

 특히 아카이아인들은 트로이가 서약을 깨뜨렸기 때문에 끔찍한 복수에 대한 열망으로 더없이 치열하게 싸웠다. 그리스의 이름높은 영웅들이 트로이의 전사들을 공격했고, 수많은 사람들을 죽였다. 그들의 분투는 병사들의 용기를 끝없이 불타오르게 했다. 반면에 트로이인들은 용기와 굳센 마음을 잃었기 때문에 성곽의 끝까지 밀려 와 있는 형편이었다.

 그때 프리암의 아들 중 하나이자 트로이에서 가장 유명한 점술가인 헬레노스가 전투에 참여할 것을 결심했다. 그는 형인 헥토르와 아에네아스를 찾아가서 말했다.

"전쟁의 무게가 그대들의 어깨를 짓누르고 있소 싸우러 나갈 채비를 하겠소! 군대를 성문에다 모아 주시오. 우리가 여인들의 품 안에 숨어 적들의 웃음거리가 될 수는 없지 않소. 전사들의 싸움을 격려해 주시고, 힘이 들더라도 버틸 수 있게 재촉해 주시오. 헥토르 형님은 성내로 가서 어머니 헤카베를 찾아 주시오. 당장 장로들을 아테나 신전에 불러모으고, 여신의 무릎 위에 어머니가 지닌 것 중에서 가장 아름다운 베일을 바치라고 일러주시오. 또한 여신께 채찍맛을 보지 않은 어린 송아지 열 두 마리를 바치겠다고 약속하게 하시오. 단, 여신께서 트로이와 이 성안의 부녀자들을 불쌍하게 여기신다면, 그래서 우리에게 공포를 자아내는 저 무서운 디오메데스를 일리오스에서 떠나게 해 주신다면 말이오."

헥토르는 곧 자기 동생의 말에 따랐다. 그는 전차에서 뛰어내려 끝이 뾰족한 두 개의 창을 휘두르며 사방의 병사들에게로 돌아다녔다. 그는 병사들을 전심으로 선동했다. 그가 전의를 불어넣은 덕분에 트로이는 다시 흉포한 아카이아와 힘을 겨루게 되었다. 이를 본 아카이아는 불사의 신이 트로이를 구하려고 별이 새겨진 하늘에서 내려왔다고 생각했다. 아카이아는 뒤로 물러났고, 살육도 멈추었다. 헥토르는 기세를 늦추지 않고 힘찬 목소리로 사람들을 격려했다.

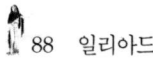

"용감한 트로이 사람들아, 그대들은 모두 먼 곳에서부터 왔다. 사내답게 싸우라! 용기를 잃지 말라. 나는 성내로 가서 노인과 여자들로 하여금 신들에게 기도를 올리며 희생을 바치도록 하겠다."

이렇게 말하고 헥토르의 반짝이는 투구는 전장에서 멀어졌다. 방패를 싸고 있는 검은 가죽이 그의 목과 발꿈치에 부딪혔다.

헥토르가 스카이아 문과 성곽에 도달하자 트로이의 부인네들과 딸들이 그 앞으로 달려왔다. 모두 남편과 자식, 형제들이 걱정되었던 것이다. 그는 여자들을 참여시켜 신들께 다같이 기도를 드리게 했다. 이미 숱한 여인들에게 좋지 않은 소식을 가지고 왔었기 때문이다.

그는 윤기나는 기둥으로 장식된 회랑이 있는 프리암 궁으로 들어갔다. 맨 처음 그를 맞이하러 나온 사람은 헥토르의 어머니였다. 아들이 갑자기 돌아온 것을 보고 어머니는 손을 잡고 말했다.

"내 아들아, 어째서 전쟁터를 떠나왔느냐? 아카이아인들이 곧 도시를 포위하겠구나! 너는 아마도 제우스신께 기도를 올리러 왔겠지? 조금만 기다려라. 내 너에게 제우스와 불사의 신들에게 부어 드릴 꿀처럼 감미로운 포도주를 가져 오마. 신들께 그 술을 바치고 나거든 너도 마시고 힘을 내렴. 네 모습이 너무나 피곤해 보이는구나, 아들아."

"아닙니다, 어머님. 포도주를 권하지 마십시오. 저는 마시지 않겠습니다. 제 용기가 꺾일까 두렵습니다. 더구나 전쟁터의 흙먼지와 피로 더러워진 제 손으로는 신들에게 제물을 드릴 수 없습니다. 어머님은 차라리 성내의 늙은 여인들과 함께 아테나 신전으로 가 주세요. 어머님이 친히 여신의 무릎 위에 가장 아끼는 베일을 바치세요. 그리고 여신께서 트로이의 여자와 아이들을 가엾게 여겨 주신다면 열 두 마리의 어린 송아지를 바치겠다고 약속하세요. 저는 파리스를 찾으러 가서 내 말을 들을 것인지 물어 보겠습니다. 땅이 그 놈을 삼켜 버렸으면! 제우스께서는 그 녀석을 분명히 용감한 아버님과 모든 트로이인들의 불행을 위해 마련해 놓으셨을 겁니다. 그 녀석이 하데스에게 떨어져야 제가 이 고난을 잊을 수 있을 텐데요."

헤카베 왕비는 즉시 자기의 가장 아름다운 베일을 찾으러 갔다. 그 베일은 왕비의 팔 안에서 별빛처럼 빛났다. 신전으로 트로이의 부녀자들이 소집되었다. 모두들 울부짖으며 여신을 향해 손을 들어 올렸다.

헤카베는 아테나의 무릎 위에 베일을 올려 놓고 간절한 기도를 올렸다. 그러나 여신은 기도 소리는 들었지만, 그 청원은 받아들이지 않았다.

이러고 있는 동안 헥토르는 최고의 일꾼들이 지어놓은 파리스의 거처로 향했다. 그는 파리스가 자기의 방안에서 창이며 갑옷, 구부러진 활 등을 닦으며 무기들을 손질하고 있는 것을 발견했다. 헬레네는 여자들 가운데 앉아서 하인들의 일을 지시하고 있었다. 헥토르는 동생을 바라보고 격렬하게 꾸짖었다.

"이 멍청한 놈아, 어찌 네가 이곳에 이처럼 가만히 앉아 있을 수 있느냐. 네놈 때문에 전쟁의 함성이 트로이의 성벽까지 올라오고, 우리 편은 성벽 아래에서 떼지어 죽어가고 있다! 가라. 일어나서 싸우러 가라. 우리 도시가 놈들 때문에 잿더미가 되는 걸 보고 싶지 않다면 말이다!"

파리스가 그에게 대답했다.

"형님의 비난은 정당하십니다. 그러나 제 말을 한번 들어봐 주십시오. 제가 이 방에 머물러 있는 것은 두려움이나 원한 때문이 아니라 슬픔 때문입니다. 그런데 방금 제 아내가 부드러운 말로 전쟁에 나가라고 권하고 있었습니다. 제가 무장을 갖출 테니 기다려 주십시오. 혹은 먼저 가시면 제가 따라 가겠습니다."

헬레네 또한 헥토르에게 달래는 듯한 음성으로 말했다.

"저는 죄많은 암캐에 지나지 않습니다! 어머니가 저를 낳으시던 날에 사나운 바람이 불어 산이나 바다에 내다 버렸다면 좋았을 것을! 그러나 이미 신들께서 저의 재난을 결정하신 일이라면 저는 좀더 용감한 전사의 아내가 되고 싶습니다. 이 남자는 굳센 마음도 없고 앞으로도 영원히 그러겠지요. 저는 이 사람이 곧 자기 나약함의 대가를 치르게 되리라고 생각합니다. 들어오세요, 시아주버님. 저와 파리스의 죄 때문에 마음이 근심으로 가득하실 텐데, 부디 이 의자에라도 좀 앉으세요.. 아아, 제우스는 우리에게 끔찍한 운명을 예정해 두셨을 겁니다. 후세 사람들까지도 저와 파리스를 손가락질할 테니까요."

그러나 헥토르가 대답했다.

"헬레나여, 호의는 고맙지만 내게 앉으라고 하지는 마시오. 그보다는 어서 당신 남편을 전쟁터로 내몰아 주시오. 내 마음은 이미 나의 부재를 아쉬워하고 있을 전쟁터로 달려가고 있소. 이제 떠나기 전에 아내와 자식들을 보러 가야겠소. 내가 돌아올 수 있을지, 아니면 신들께서 이 몸을 적들의 손아귀에 넘겨 주실지 알 수 없기 때문이오."

이 말을 남기고 헥토르가 자기 거처로 떠났다. 그러나 안드로마케와 그의 아들은 그곳에 없었다. 헥토르는 걱정을 하며 하인들에게 물어 보았다. 하인들 중 하나가 안드로마케는 전쟁을 걱정하면서 성벽 쪽으로 갔노라고 가르쳐 주었다. 헥토르는 사람들로 가득 찬 도시를 가로질러 스카이아 문까지 서둘러 갔다. 그가 거기에 이르렀을 때 아내 안드로마케가 달려왔다. 유모가 그 팔에 어린 아스티아낙스를 안고서 쫓아왔다. 헥토르는 말없이 아들을 바라보며 미소지었지만, 안드로마케는 헥토르의 손을 잡고 울음을 터뜨리며 말했다.

"여보! 나는 당신의 용기 때문에 당신을 잃어버리고 말겠군요! 당신의 어린 자식과 곧 과부가 되고 말 이 가엾은 나를 동정해 주실 수는 없나요? 아카이아인들이 모두 당신을 죽이려고 달려드는군요. 당신이 죽어버린다면 저는 차라리 땅 속에 묻혀버리는 편이 나을 겁니다! 저는 아버지도 어머니도 없어요. 당신 밖에 없다구요! 테베를 멸망시키던 날에 아킬레우스는 제 부모님과 일곱 형제를 몰살했지요. 헥토르, 당신은 제게 아버지이자 어머니이고, 형제이자 남편이세요! 아, 저를 불쌍히 여겨 주세요! 이 성채에 머물러 계세요! 당신 자식을 고아로 만들고 아내를 과부로 만드는 일일랑 하지 마세요!"

"안드로마케여, 나 역시 그대와 같은 걱정을 하고 있소! 그러나 전쟁에서 도망친다면 나는 트로이의 남자나 여자들 앞에서 겁장이라고 손가락질 당하게 될 것이오. 더구나 내 마음이 그것을 허락치 않소. 아버지와 나 자신의 영광을 위해 언제나 선두에서 싸울 것을, 그리고 정정당당할 것을 배워 왔기 때문이오. 나는 언젠가 트로이가 멸망할 것임을 알지만, 트로이의 불행한 미래도 당신의 불행만큼 마음에 걸리지는 않소. 어떤 아카이아인이 청동 갑옷을 입고 나타나 슬피 우는 당신을 노예로 데려갈 그 불행한 미래 말이오."

이렇게 말하고 헥토르는 아들에게로 팔을 뻗었다. 그러나 아이는 갈기 장식이 펄럭거리는 투구를 머리에 쓴 아버지의 모습이 무서웠던지 울음을 터뜨리며 유모의 품으로 뛰어 들었다. 안드로마케와 헥토르는 둘 다 웃음을 지었고, 헥토르는 그의 번쩍이는 투구를 벗어서 땅에다 내려 놓았다. 그는 아들을 팔 안에 끌어 안고 입을 맞추며 제우스와 여러 신들께 기도를 올렸다.

"제우스와 다른 모든 불사의 신들이시여, 제 아들이

언젠가 트로이의 왕이 되게 허락하소서. 제 아들이 전쟁에서 이기고 돌아올 때에 사람들이 아버지보다 더 용맹한 사람이라고 말하게 해 주시고, 전리품으로 어머니를 기쁘게 해주는 아들이 되게 하소서!"

그리고 난 뒤 그는 아이를 안드로마케의 손에 넘겨주었고, 그녀는 눈물어린 미소를 지으며 아이를 품에 꼭 안았다. 헥토르는 그러한 아내를 부드럽게 어루만지며 말하였다.

"안드로마케여, 나 때문에 탄식하지 마시오. 어떤 전사도 내게 주어진 시간이 다하기 전에는 나를 저승으로 보낼 수 없고, 그 누구도 운명을 피할 수는 없는 법이오. 집으로 돌아가 당신 일에 신경을 쓰시오. 옷감도 짜고, 실도 잣고, 하인들에게 일도 시키시오. 전쟁에 대한 염려는 일리오스에서 태어난 전사들, 그 중에서도 특히 나에게 속한 것이오."

헥토르는 다시 갈기가 출렁이는 투구를 썼다. 그리고 안드로마케는 눈물을 흘리며 집으로 돌아갔다. 그녀는 몇 번이나 뒤돌아보며 걸음을 옮겼다.

파리스도 더이상은 자기 집에 들어 앉아 있지 않았다. 그는 빛나는 갑옷으로 갈아입고 걸음을 재촉하여 도시에 이르렀다. 한 마리 건장한 종마가 매어놓은 끈을 끊고서 들판을 내달리는 듯한 모습이었다. 그는 자기의 준수한 모습을 의기양양해 하며 달렸고, 투구의 갈기는 그의 어깨 위에서 물결쳤다.

그는 금방 안드로마케와 헤어지고 오는 헥토르와 마주쳤다. 파리스는 꾸물대며 시간을 지체한 것을 사과했으나 헥토르는 그를 안심시켰다.

"아우여, 너는 겁장이가 아니로다! 이 모든 재앙이 너 때문이라고 사람들이 비난하는 소리를 들으면 내 가슴은 너무나 고통스럽단다. 자, 이제 가자! 만약 제우스께서 적들을 트로이에서 몰아내는 것을 허락하신다면, 이 모든 일들은 어떤 식으로든 보상을 받는 셈이 된다."

제7장
헥토르와 아이아스의 싸움

　헥토르와 그의 아우는 투지를 불태우면서 전쟁터로 떠나갔다. 마치 신께서 온 힘을 다해 노를 저어 바다를 건너는 선원들에게 순풍을 보내 주시는 것처럼, 그런 모습으로 두 영웅은 트로이군들에게 나타났다.
　이윽고 그들은 아카이아인들을 무찌르기 시작했다. 아테나는 아카이아인들이 격렬한 전투 속에서 쓰러지는 것을 보고, 올림포스의 정상에서 일리오스로 뛰어 내려왔다. 그러자 트로이의 승리를 바라고 있는 활의 신 아폴론이 그녀에게로 달려 왔다. 두 신은 떡갈나무 아래서 마주쳤다. 아폴론이 먼저 말을 걸었다.
　"위대한 제우스의 딸이여, 어째서 또다시 올림포스를 떠나왔는가? 아카이아의 승리를 위해서인가? 하지만 만약 내가 짐작하는 바가 사실이라면, 나중에도 얼마든지 싸울 수 있으니까 오늘은 우선 전쟁을 멈추는 것이 좋을 거다."

반짝이는 눈의 아테나가 그에게 물었다.

"그러나 어떻게 전쟁을 멈출 수 있겠는가?"

"헥토르의 용맹함을 이용하는 거요." 아폴론이 대답했다. "헥토르가 아카이아인 한 명을 불러내게 말입니다. 그러면 아카이아인들은 그들 중 한 사람을 용사 헥토르와 싸우게 할 것입니다."

프리암의 셋째 아들인 점술가 헬레노스는 신들이 결정한 계책을 알아차렸다. 그는 자기 형 헥토르를 찾아가 그가 신들의 뜻을 헤아리게끔 했다.

헥토르는 매우 기뻐했다. 그가 창의 가운데를 잡고서 트로이 진영의 선두로 나아가니 모든 이들이 꼼짝도 하지 않았다. 저편에서는 아가멤논 왕이 그리스인들을 앉아서 쉬게 했다. 방금 불어온 서풍에 잔잔한 파도가 일어나면 그 밑에 거뭇하니 바다가 드러나 보이는 모양처럼 병사들을 거뭇거뭇하게 들판에 늘어앉았다. 헥토르가 입을 열어 말했다.

"아카이아와 트로이의 군사들이여 모두 내 말을 들어보시오. 여러분께 내 마음에서 우러나오는 바를 말하겠소. 제우스께서는 우리의 서약을 이루어 주시지 않았고, 그대들이 트로이를 점령하거나 아니면 함대 옆에서 몰살을 당할 때까지 재앙을 내리실 것이오. 그것이 내가 이 제안을 하는 이유요. 제우스께서 내 말의 증인이시오. 그대들 중 나와 겨룰 용기가 있는 자는 대열에서 나와 주시오."

이 말을 듣자 용사들은 거부하지도, 받아들이지도 못한 채 침묵했다. 이때 메넬라우스가 아카이아의 진영에서 일어나 자기 편 전사들을 비난했다.

"이 무슨 수치인가! 너희는 아카이아의 사내놈들이 아니라 계집들이로다! 아무도 헥토르와 싸우러 일어서지를 않는구나. 너희는 거기 그렇게 영예도 용기도 없이 앉아 있어라! 나, 메넬라우스가 무장하고 헥토르를 상대하리라. 오직 신들만이 누가 승자가 될지 아시리라."

이 말을 마치자 그는 무구를 갖추었다. 만약 아가멤논 왕이 아우인 그를 붙잡지 않았더라면 그는 결국 죽음을 향해 돌진하는 판국이 되었을 것이다. 헥토르는 그보다 훨씬 더 강했기 때문이다. 아가멤논이 그의 손을 붙잡고 말했다.

"메넬라우스여, 정신이 나갔느냐? 지기 싫어하는 성질만으로는 너보다 기량이 뛰어난 전사와 싸울 수 없는 법이다. 헥토르는 프리암의 아들이요, 모두가 두려워하는 자다. 너보다 훨씬 뛰어난 아킬레우스조차도 저 자와 만나는 것을 두려워한단 말이다. 부하들과 함께 앉아 있어라. 아카이아는 다른 전사를 내보낼 것이다."

메넬라우스는 그의 형이 하는 현명한 말에 설득되었

다. 부하들이 그에게서 무장을 풀어 주었다. 그때 네스토르가 자리에서 일어나 말했다.

"아, 커다란 불운이 아카이아 땅을 엄습하였구나! 모든 사람이 헥토르 때문에 겁에 질려 있는 걸 안다면, 늙은 전사 펠레우스가 통탄하겠구나. 옛날 칼레돈 강변에서 싸울 때처럼 이 몸이 아직 젊고 강성하다면 얼마나 좋을까. 그러면 저 번득이는 투구의 헥토르도 싸움의 적수를 찾을 수 있을 텐데 말이다."

노전사가 이처럼 탄식하며 용사들을 질타하니, 아홉 명의 용사가 우뚝 일어났다. 그들은 존귀한 헥토르와 맞서 겨룰 영웅을 선정할 제비를 뽑았다. 그 결과 아이아스가 뽑혔다. 그는 자기의 제비를 확인한 뒤 그 영예를 기뻐하며 외쳤다.

"전우들이여, 이것은 틀림없는 나의 제비이다. 내가 저 용감한 헥토르를 굴복시키리라. 내가 무장을 갖추는 동안 트로이 사람들이 듣지 못하게 낮은 목소리로 제우스께 기도해 다오. 아니면 큰 소리로 빌어 우리가 아무도 두려워하지 않는다는 것을 보여 주어라."

모두가 제우스에게 간청했다.

"이다를 통치하시는 아버지 제우스여, 아이아스에게 승리를 안겨 주소서. 그러나 당신이 헥토르를 사랑하고 보호하신다면, 두 사람에게 똑같은 힘과 영예를 내려주옵소서."

이렇게 병사들이 기도할 때, 아이아스는 빛나는 청동으로 무장을 했다. 자기 무장을 완전히 갖추었을 때 그는 전쟁의 신 아레스와도 같은 모습으로 전의를 불태우며 뛰쳐 나갔다. 그가 잔인한 미소를 머금고 이처럼 등장하니 이를 바라보며 모든 아카이아 사람들은 뛸 듯이 기뻐하고, 트로이 사람들은 모두 벌벌 떨었고, 심지어 헥토르마저도 심장이 두근거렸다. 그러나 자기 쪽에서 요구한 결투였기에 병사들 속으로 물러서지 않고 버티었다.

아이아스는 청동판 위에 황소 가죽을 일곱 겹이나 만든 거대한 방패를 휘둘렀다. 그는 헥토르에게 다가가 위협적으로 말했다.

"헥토르여, 이제 너는 일 대 일로 부딪히며 알게 될 것이다. 사자같이 담대한 아킬레우스 말고도 아카이아에는 뛰어난 전사가 얼마든지 있다는 것을 말이다. 자, 싸움을 시작하자."

"아이아스, 텔라몬의 아들이여, 나를 아무것도 모르는 어린 아이나 연약한 여인네에 대하듯 하지 말라. 나는 싸움과 살인에 이골이 난 사람이다. 그래서 오래 전부터 그대와 같은 용사를 맞상대해보고 싶었다!"

헥토르는 자기의 긴 창을 휘두르면서 아이아스의 방패 쪽으로 곧장 던졌다. 창 끝이 일곱 겹의 황소 가죽을 꿰뚫고, 방패의 틀을 이룬 청동판까지 닿았으나 뚫지는 못했다. 이번에는 아이아스가 창을 던지니 그 창은 헥토르의 방패를 뚫고 갑옷을 스쳐 튜닉을 찢어 놓았다. 그러나 헥토르는 몸을 굽혀 창을 피했으므로 가까스로 죽음에서는 벗어났다. 두 사람은 창을 다시 잡고 날고기를 먹는 사자와 같은 형상으로 서로에게 덤벼들었다. 헥토르의 창은 적의 방패에 꽂혔으나 그 끝이 구부러져 버렸다. 아이아스가 뛰어 들어가면서 창으로 헥토르의 방패를 찌르자, 그 창은 헥토르의 둥근 방패를 뚫고 들어가 돌진해 오던 헥토르의 목에 큰 상처를 입혔다. 목에서는 시커먼 피가 솟아났다.

그러나 헥토르는 싸움을 멈추지 않았다. 그는 뒤로

제7장 헥토르와 아이아스의 싸움

물러서면서 땅에 있는 검은 바위를 들어 올려 아이아스의 방패 한가운데로 던졌다. 청동이 요란스럽게 소리를 냈다. 그러자 아이아스는 더 무거운 바위를 들어올려 귀가 울릴 정도의 기합을 넣으며 던졌다. 이 공격에 헥토르의 방패가 산산조각이 났고, 그는 땅에 쓰러졌다.

그러나 아폴론은 즉시 헥토르를 일으켜 세웠다. 만약 신과 인간의 사자인 전령들이 끼어들지 않았다면, 두 용사는 결국 목숨을 잃을 때까지 싸웠을 것이다. 전령들은 두 전사 사이에서 단장을 높이 들어올리며 말했다.

"친애하는 영웅들이여, 이제 그만들 싸우시오. 구름을 모으는 제우스께서는 두 사람을 똑같이 사랑하시오. 두 사람은 똑같이 용맹한 전사들임을 우리 모두 인정하고 있소. 그러나 이제 밤이 되었으니, 밤에 맞게 행동하는 것이 좋을 듯하오."

아이아스가 대답했다.

"싸움을 제안한 사람은 헥토르이니 그가 결정하는 대로 나는 따르리라."

이번에는 헥토르가 입을 열었다.

"아이아스여! 신께서는 당신께 힘과 위대함과 분별까지 주셨고, 창을 다루는 데는 아카이아에서 최고가 되게 하셨구려. 오늘은 싸움을 마치도록 합시다. 우리는 나중에 다시 싸울 것이고, 신께서 우리 둘 중 하나에게 승리를 안겨 주실 때까지 그러할 것이오. 이미 어두워졌소. 아카이아의 범선으로 돌아가서 부하들과 함께 즐기시오. 나 역시 위대한 성내로 돌아가 트로이의 남녀들을 위로할 것이오. 그러나 우리가 떠나기 전에 서로 선물을 교환합시다. 우리 둘은 불화로 인해 싸웠으나 우정으로 맺어져서 헤어졌노라고 모든 이들이 말하게 합시다."

헥토르가 은 장식이 박힌 자기 칼을 칼집과 가죽띠와 함께 아이아스에게 주었고, 아이아스는 그에게 심홍빛 가죽으로 된 훌륭한 허리띠를 선사했다. 그리고 나서 한 사람은 아카이아 진영으로, 또 한 사람은 트로이 진영으로 돌아갔다.

헥토르가 무사히 살아 돌아왔으므로 트로이 사람들은 매우 기뻐했다. 사람들은 도시 쪽으로 가는 그를 따라가며 환호했다.

아카이아인들 편에서도 아이아스의 승리에 박수갈채를 보내고 있었다. 아가멤논 왕은 제우스 신에게 다섯 살박이 황소를 바쳤다. 그들은 제물의 가죽을 벗기고 고기를 조각조각 잘라서 정성껏 장작불에 구웠다. 아이아스는 가장 좋은 등심 부위를 대접받는 영예를 누렸다. 그들이 배불리 먹고 마셨을 때, 현명한 노인 네스토르가 입을 열었다.

"아카이아인들이 너무 많이 죽었소. 그들의 넋은 하

데스로 내려갔소이다. 새벽 미명부터 전투를 멈추게 하고 시체를 한데 모아 태운 뒤 공동무덤을 만들어 줍시다. 그리고 나서 성벽과 요새를 만들어 우리 자신과 함대를 스스로 보호할 수 있게 합시다. 트로이군의 공격을 막을 수 있게 말이오."

모든 왕들이 이 제안에 찬성했다.

한편, 트로이인들은 프리암 궁의 문 앞에 모여 소란스러운 집회를 열고 있었다. 트로이의 현자 안테노르가 말했다.

"모두 내 말을 들어 보시오. 메넬라우스에게 헬레네와 재물을 돌려 줍시다. 지금 이 순간에도 우리는 우리 스스로 맺은 신성한 서약을 위반하여 싸우고 있는 셈이오. 우리가 말한 바를 실행하지 않는다면, 어떤 좋은 일도 우리에겐 있을 수 없습니다."

그가 이렇게 말하고 자리에 앉으니 헬레네의 남편 파리스가 일어났다.

"안테노르여, 나는 그대 의견에 동의할 수 없소. 나는 헬레네의 재물을 모두 돌려 주고, 거기에다 내가 가진 재물의 일부까지 내어 놓을 마음까지도 있소. 그러나 헬레네만은 결코 아카이아로 돌려 보낼 수 없소이다."

이렇게 말하고 앉으니 이번에는 사리분별에 밝은 프리암 왕이 입을 열었다.

"지금은 평상시처럼 저녁식사를 나누고 성채마다 파숫꾼을 세워 아침까지 지키도록 합시다. 그리고 날이 밝으면 이다이오스를 아카이아 함대에 보내어 아가멤논과 메넬라우스에게 이 분란의 책임자인 파리스의 제의를 전달합시다. 그리고 또한 우리가 시체를 화장할 때까지만이라도 전쟁을 잠시 멈추자고 요구합시다."

모두가 왕의 말에 동의했다. 새벽이 되자 이다이오스가 아카이아의 범선들로 보내졌다. 그는 파리스의 말과 프리암 왕의 말을 전했다.

그러나 아카이아인들은 전사자들을 화장할 동안만이라도 전쟁을 잠시 쉬자는 프리암 왕의 제안만 받아들이고, 파리스의 제안은 거절했다. 모두가 싸우기를 열렬히 바라고 있었다. 그들은 트로이의 멸망이 가까이 이르렀음을 간파하고 있었기 때문이다.

제8장
트로이의 우세

이튿날, 새벽의 신이 사프란 빛깔의 옷자락을 온 세상에 펴고 있을 무렵, 제우스는 올림포스에서 신들의 회의를 소집하였다. 그가 신들에게 다음과 같이 말했다.

"모든 신들과 여신들은 내 말을 들으시라. 내 마음에서 우러나는 그대로 그대들에게 털어놓을 생각이니까. 나는 그대들 중 어느 누구도 트로이와 아카이아가 싸우는 것을 도와 주러 가지 않기를 바라오. 만약 누군가가 내 말을 따르지 않았다는 것을 알게 되면, 나는 그 신을 붙잡아 지상에서 가장 깊은 구덩이 탈타로스에 집어 던질 것이오. 철문과 청동 문지방이 있는 구덩이 말이오. 그럼으로써 그 자는 내가 모든 신들 중에서 가장 강한 자임을 다시 한 번 알게 될 것이오."

가장 강력한 신이 이렇듯 준엄하게 말하니 모두 놀라

서 아무 말도 못했다. 오직 맑은 눈의 여신 아테나만이 그에게 대답했다.

"오, 우리들의 아버님! 우리 모두는 당신께서 최고의 신이심을 알고 있습니다. 그렇지만 우리는 모두 죽고 말 아카이아 군사들이 불쌍해서 견딜 수 없습니다."

이 말을 듣자 제우스는 사랑스런 딸의 호소에 측은한 마음이 들었다. 그는 즉시 미소를 지으며 대답해 주었다.

"귀여운 딸아, 안심해라. 내가 분명 심하게 말했지만, 너에게 나쁜 말을 하려던 것은 아니다. 따로 생각하고 있는 바가 있다."

제우스는 자기가 몸소 트로이와 아카이아가 싸우는 곳으로 내려가기로 마음먹었다. 그는 전차에다 금빛 갈기를 휘날리는 청동 발굽의 발빠른 말을 매었다. 그 자신도 온통 금빛 갑옷으로 차려 입고 전차에 올라 황금 채찍을 휘두르며 지상으로 내려갔다.

그는 이다 산에 이르러 말을 멈추게 하고, 말들을 풀어 놓은 후 거대한 구름으로 감추었다. 그 다음 자신은 아카이아 함대와 트로이 성을 바라보기 위해 산꼭대기에 걸터 앉았다.

아카이아인들은 자기들의 장막에서 서둘러 식사를 마치고 전쟁 채비를 하였다. 성내의 트로이인들 역시 무장을 하고 있었다. 그들은 비록 사람 수는 적었지만, 자기들의 아내와 자식을 지키려는 결의는 하늘을 찌를 듯했다. 트로이 성의 문이 열리자 기병과 보병이 아우성을 치며 쏟아져 나왔다.

아카이아와 트로이가 전쟁터인 들판에서 맞부딪히자 그들의 창과 청동 갑옷들이 혼란스럽게 뒤섞였다. 방패들이 맞부딪히고 그 요란한 소리가 쟁쟁하게 울렸다. 승리의 함성과 죽어가는 자들의 울부짖음이 울려 퍼졌고, 대지는 피로 물들어 갔다. 하루 종일 창이 날아다니고, 사람들은 쓰러졌다.

그러나 해가 저물기 시작하자 제우스는 그의 황금 저울을 꺼내 놓았다. 한 쪽 접시에는 트로이인들이 죽을 운명을, 다른 쪽에는 아카이아인들이 죽을 운명을 올려 놓았다.

그 다음 그가 저울의 한가운데를 들어올리니 추가 기울며 아카이아 쪽이 내려 왔다. 이것은 이 싸움이 아카이아에게 치명적인 손실을 입힌다는 의미였다. 제우스는 이다의 높은 꼭대기로부터 천둥을 울리게 했고, 번갯불을 아카이아에 던져서 모든 사람이 두려움으로 떨게 했다.

이때에는 어떤 영웅도, 어떤 아카이아인도 감히 전쟁터에 더이상 있을 수가 없었다. 아카이아군은 모두 후퇴하기 시작했다. 오직 늙은 네스토르만이 본의 아니게 그 자리에 남았다. 그의 말이 파리스의 화살을 맞고 넘어졌기 때문이었다. 디오메데스가 그를 발견하고 도와주지 않았더라면 이 노인은 목숨을 잃었을 것이다.

"네스토르, 내 전차에 올라 타 보면 내가 아에네아스에게서 뺏아온 트로스의 말이 어떤 것인지 아실 겁니다. 이 말들을 몰아 트로이군에게로 달려갑시다. 내 손에 쥔 창이 얼마나 위험한 것인지 헥토르가 알게 해 줍시다."

그들은 헥토르에게로 달려갔다. 디오메데스가 창을 던졌다. 헥토르는 그 창을 피했으나 한 부하가 가슴에 그 창을 맞고 전차에서 굴러 떨어졌다. 헥토르의 가슴이 찢어지는 듯한 고통에 휩싸였다.

이 광경을 본 제우스가 디오메데스의 말들 앞에 번갯불을 던졌고, 분노의 유황불이 치솟았다. 네스토르의 손에서 고삐가 풀려 나가자 그는 디오메데스에게 말했다.

"디오메데스여, 말머리를 돌리시오. 당신도 제우스께서 지금은 헥토르에게 승리를 안겨 주시리라는 걸 잘 알겠지요."

"그대 말씀은 지당하시오." 디오메데스가 비통한 마음으로 대답했다. "언젠가 헥토르는 말하겠지요. 디오메데스는 내 앞에서 도망쳐서 자기 함대로 숨었다고 말입니다. 그가 이 사실을 의기양양해 하기 전에 차라리 땅이 나를 삼켜 버렸으면 좋겠구려!"

그는 세 번이나 후퇴하기를 망설였다. 그러나 세번째에는 지혜로우신 제우스가 트로이의 승리를 알리는 신호로 이다의 정상에서 천둥을 울려퍼지게 했다. 헥토르가 힘찬 음성으로 트로이인에게 외쳤다.

"트로이여, 그대들의 힘과 용맹함을 보여 줄 시간이 되었다. 나는 제우스께서 내게 위대한 영광과 승리를 약속해 주시고, 저 아카이아인들에게는 고난을 주실 것을 느끼고 있노라. 어리석은 자들 같으니! 그들은 자기 함대 앞에 이처럼 형편 없는 성벽을 쌓아 놓았다. 이 성벽은 결코 우리를 멈추게 할 수도 없을 뿐더러 말들조차 단번에 그들이 파 놓은 참호를 뛰어 넘으리라! 함대로 달려 가자. 파괴의 불을 지피고, 연기로 앞을 보지 못하는 아카이아인들을 죽여버리자!"

헥토르의 이 격앙된 말을 듣고 올림포스의 신들조차

분개했고, 그 신들 중 다수는 제우스의 말을 거역하고 서라도 아카이아를 그들을 기다리는 멸망으로부터 구하러 가고자 했다.

한편 제우스는 트로이에 그와 같은 열기를 불러 일으켜 아카이아 진영으로 진격하게 했다. 만약 여신 헤라가 아가멤논에게 아카이아의 사기를 불러일으킬 수 있는 힘을 주지 않았다면, 함대는 불길 속에서 파멸하고 말았을 것이다.

아가멤논 왕은 장막과 범선을 돌아다니면서 전사들의 가슴 속에 잠자고 있던 자긍심을 일깨웠다. 그리고 나서 왕은 제우스께 기도를 올렸다.

"오, 제우스여. 저는 여지껏 기름진 살코기와 넓적다리 고기를 태우지 않고는 당신의 위대한 신전을 지나친 적이 한 번도 없나이다. 부디 아카이아인들이 죽음의 운명을 피하게 하옵소서."

제우스는 이 간청을 들었다. 그는 왕의 눈물에 마음이 움직여 발톱 사이에 날렵한 암사슴의 새끼를 붙들고 있는 독수리 한 마리를 보내 주었다. 이 표식을 보고서 아카이아군은 다시 용기를 얻어 트로이로 달려 들었다.

디오메데스는 선두에 서서 트로이를 공격했고, 아이아스와 다른 전사들이 그를 따랐다. 모두 화살을 날려 보내고, 더할 나위 없는 열정으로 창을 휘둘렀다.

그러나 헥토르는 그를 향해 날아오는 모든 창과 공격을 피했다. 한 사수가 그에게 빠른 화살을 쏘았으나 그 화살은 빗나가 헥토르의 용감한 부하 중 한 명에게 명중했다. 정원의 양귀비가 봄날의 이슬과 자기 열매의 무게 때문에 고개를 숙이듯이 부상자의 머리가 그 투구의 무게 때문에 수그러들었다. 다음 순간 또 화살이 날아 들었으나 역시 헥토르를 맞추지 못하고 그의 마부를 즉사시켰다. 헥토르는 분노로 무서운 고함을 지르며 전의를 불태웠다.

이 순간 제우스는 다시금 트로이의 기세를 올려 주었다. 그들은 아카이아인들을 깊은 해자가 있는 곳까지 밀어 부쳤다. 헥토르는 공포를 자아내며 앞으로 나아갔다. 사자나 산돼지를 사냥개가 빠른 발로 쫓듯이, 헥토르는 아카이아를 쫓아가면서 뒷편에 머물러 있던 자들을 죽여 나갔다. 아카이아인들은 도망쳤고, 대다수는 트로이 사람들의 손 아래 쓰러지면서도 말뚝과 참호가 있는 곳까지 이르렀다. 그들의 범선까지 도착한 사람들은 서로를 붙잡고 신들에게 팔을 뻗어 기도를 올렸다. 헥토르는 아름다운 갈기를 휘날리는 말을 몰고 여기저기를 휩쓸고 다녔다. 그의 눈은 살생을 즐기는 아레스나 고르곤을 닮은 것처럼 보였다.

제우스의 아내 헤라는 이 광경을 보고 동정심에 사로잡혔다. 그녀는 아테나에게 아카이아를 예정된 파멸에서 구해 내라고 재촉했다. 아테나 역시 제우스가 아킬레우스의 어머니 테티스의 간청을 들어주느라 트로이에 승리를 주고 아카이아에 죽음을 주는 데 분개하고 있었다. 그래서 아테나도 헤라에게 말했다.

"말을 준비해 주십시오, 헤라여. 그동안 저는 제우스의 집으로 가서 무장을 갖추겠습니다. 만일 우리 둘이 전쟁터에 내려 온 것을 보고도 저 흔들리는 투구의 헥토르가 기뻐하게 될 두고 봐야겠습니다."

헤라는 서둘러 황금의 전차에 말을 매었고, 그동안 아테나는 수놓인 아름다운 옷을 벗고 아버지의 갑옷으로 갈아입었다. 그리고 나서 찬란한 전차에 올라 무겁고 견고한 창을 잡았다. 헤라는 말을 몰았다. 올림포스의 문이 요란한 소리를 내면서 여신들 앞에서 열렸다. 한편 이다의 꼭대기에서 이 모습을 본 제우스는 엄청난 분노에 사로잡혔다. 그는 금빛 날개의 이리스를 심부름꾼으로 보냈다.

"가라, 재빠른 이리스여! 저들을 돌아가게 하여 내 눈에 보이지 않게 하라. 그렇게 안 하면 나도 해야할 바를 하겠다. 저들의 빠른 말을 짓이기고, 두 여신을 전차 밖으로 던져버린 뒤 전차도 부숴버릴 테다. 내 벼락에 맞아 입는 상처는 십 년이 지나도 낫지 않을 것이다. 그러면 눈이 맑은 아테나도 제 아버지를 거역한 대가가 어떤 것인지 알게 되겠지. 헤라에 대한 노여움은 그 다음 문제다. 헤라

는 언제나 내 뜻에 반대되는 짓만 해 왔으니까."

이리스는 바람처럼 날아가 올림포스의 첫번째 문에서 여신들에게 제우스의 협박을 전했다. 이 말을 듣고 헤라 여신은 자기의 딸 아테나에게 말하였다.

"아! 폭풍우를 주관하는 제우스의 딸이여, 나는 한낱 죽을 운명인 인간들을 위해서 제우스와 다툴 수는 없다. 각자는 제 운명에 따라서 살기도 하고 죽기도 하는 것! 제우스는 정의로우니 그의 뜻을 따라 아카이아 쪽이든 트로이 쪽이든 싸움이 결판날 것이다."

그리고 나서 말을 돌렸으니, 두 여신은 비통한 심정

으로 신들이 모여 있는 곳에서 자기들의 자리로 돌아갔다. 그리고 서로 나란히 앉아서 수근거리며 트로이군을 해칠 방법을 모색하였다.

신들의 왕 제우스가 올림포스로 돌아왔으나 그들의 불평에는 귀도 기울이지 않았다. 제우스는 이 싸움판이 어떻게 결말날지 알고 있었던 것이다. 아킬레우스가 일어나 스스로 전투에 다시 뛰어들기 전에는 트로이군은 결코 진격을 멈추지 않을 것이다.

그때 태양의 찬란한 빛이 바다 속으로 사라져가고 있었다. 승리를 눈앞에 둔 트로이인들은 날이 저무는 것을 아쉬워하며 바라보았으나, 아카이아인들은 밤이 오기만을 간절히 바라고 있었기에 기쁜 마음으로 어둠을 환영하였다.

헥토르는 배에서 멀리 떨어진 곳으로 트로이 장병들을 모이게 했다. 그곳은 강가 빈터로서, 병사의 시체 따위는 전혀 보이지 않는 곳이었다. 헥토르는 황금 테로 가장자리를 두르고 끝은 청동으로 빛나는 창에 기대어 말했다.

"트로이군이여, 내 말을 들으시오. 아카이아 함대와 병사들을 전멸시키기 전에는 우리의 도시 일리오스로 돌아가지 않으리라 생각했었소. 그러나 밤이 왔고, 이 밤이 저들을 도와주는구려. 밤의 어둠에 따릅시다. 말을 풀고 저녁 식사를 마련하십시다. 성내에서 기름진 양과 소를 끌고 오고, 우리 집에서 감미로운 포도주도 가져 오시오. 밤새 불을 피울 수 있게 장작을 쌓으시오. 적들이 어둠을 틈타 넓은 바다로 도망가게 할 수는 없소. 단 한 명의 아카이아 군사도 우리의 날카로운 창과 검에 아무 상처도 입지 않고 제 고향으로 돌아갈 수는 없을 것이오! 이제부터는 어느 누구도 트로이를 향해 싸움을 걸어올 수 없을 거요. 말을 기르는 우리 트로이인에게는 절대로!"

헥토르의 말에 트로이 군사들은 환호성을 올렸다. 그들은 멍에에서 땀에 젖은 말들을 풀고 야영할 준비를 했다.

그들은 불사의 신들에게 희생을 바쳤고, 바람이 짙은 연기를 천상으로까지 날리게 했다. 트로이 사람들은 희망에 부풀어 자기들의 야영지에서 밤을 보냈다. 하늘의 별만큼이나 많은 모닥불이 들판 곳곳에 피워져 있었다. 각 모닥불마다 오십 여 명의 병사가 불길을 둘러싸고 앉아 있었다. 말들은 전차에 붙어서 흰 보리를 먹으며 새벽의 여신 오로라가 황금 옥좌에 나타나기만을 기다렸다.

제9장
오디세우스의 간청

　트로이 군사들이 보초를 서고 있는 동안, 아카이아 진영은 공포에 사로잡혀 있었다. 가장 용맹한 자들마저 절망하고 있었다. 모두 심장이 갈기갈기 찢기는 듯한 슬픔과 굴욕감을 느끼고 있었다. 마치 시커먼 파도가 온갖 해초를 토해 놓듯이 아카이아인들의 마음은 산산히 흩어졌던 것이다.
　더할 수 없이 괴로워하던 아가멤논은 전령들에게 일러 여러 부족의 영주들을 아고라로 조용히 불러오게 했다. 모두가 슬픔에 가득 찬 모습으로 참석했다. 아가멤논은 자리에서 일어서서 눈물을 흘리며 한탄했다.
　"동지들이여, 아카이아의 영주와 왕족들이여, 제우스 신께서는 이 몸이 어두운 미궁에 빠질 것을 아셨소. 그는 내게 트로이의 성벽을 무너뜨리게 해 주겠다고 약속하셨으면서도, 지금 이처럼 많은 병사를 잃은 나에게 아무 영광도 없이 아르고스로 돌아가라 명령하고 계시오! 하지만 그것이 그를 기쁘게 하는 것이라면, 배를 타고 도망갑시다, 동지들이여. 우리의 조국, 사랑하는 땅으로 말이오. 우리는 결코 트로이를 함락시킬 수 없을 테니까 말이오."

아가멤논이 이렇게 말하자 아카이아인들은 슬픔이 너무나 커서 아무 말도 못하고 가만히 있었다. 한참 후에 디오메데스가 입을 열었다.

"오, 왕이시여, 당신의 분별없는 말에 대항하는 것을 허락해 주시기 바랍니다. 신들께서는 당신에게 권력을 주셨으나 무엇보다도 큰 미덕인 굳센 마음은 주시지 않았습니다. 큰일이군요! 당신이 방금 말씀하셨듯이 아카이아의 아들들은 용기도 없는 약골인 줄 아십니까? 당신 마음이 얼른 뒤로 물러서고 싶어 조바심을 낸다면 배를 끌고 떠나십시오. 그러나 나머지 아카이아 사람들은 모두 트로이를 함락시킬 때까지 남을 것입니다. 만약 그들도 도망치기 원한다면, 그래도 나와 스테넬로스는 남아서 싸울 것입니다. 우리는 이곳에 신의 뜻을 따라 왔으니까요!"

아카이아인들이 디오메데스에게 박수를 보냈다. 그 다음으로 현자 네스토르가 말을 이었다.

"지극히 고명한 아트리데스 아가멤논 왕이여, 그대

인간들의 왕에게 내가 말하고 싶은 것이 있소 나의 조언을 들으시오. 우리의 반대에도 불구하고 그대가 아킬레우스의 장막에서 브리세이스 아가씨를 끌고 온 그날부터 나는 걱정 뿐이었소. 당신은 신들께서 사랑하시는 용사 아킬레우스와 화해해야만 하오. 그에게 훌륭한 선물들을 제안하고 달콤한 사과의 말로써 그의 분한 마음을 달래 주시오. 그대가 그를 부당하게 모욕했으니 그래야 하오."

아가멤논이 이처럼 대답했다.

"오, 노인이여, 그대 말씀은 모두 지당하오. 나의 어리석은 거만함을 이제야 깨달았소. 나 역시 아킬레우스가 신들께서 아끼는 용사라는 것을 알고 있고, 제우스께서 재앙으로 우리를 몰아세우시는 것도 그가 전쟁터에서 물러난 이후부터라는 것을 알고 있소. 지금은 나도 그와 화해하고 그에게 수많은 선물을 제공하고 싶소. 한 번도 쓰지 않은 세 발 솥 일곱 개, 황금 십 탈란트, 훌륭한 솥 스무 개, 경기에서 우승한 말 열 두 마리, 일솜씨가 뛰어난 일곱 명의 미녀를 줄 것이오. 그리고 브리세이스 아가씨도 돌려 보내겠소. 준엄한 맹세를 걸고 하는 말인데, 나는 아직 그 여자와 한 침대에 든 적이 없소이다. 그리고 우리가 트로이 성을 차지하게 된다면, 그는 자기 함대에 엄청난 황금과 청동을 싣게 될 뿐 아니라 헬레네 다음 가는 트로이의 미녀들을 스무 명이나 골라 가지게 될 것이오. 그리고 아르고스로 돌아가 내 딸과 결혼시키고 일곱 개의 도시를 주리다. 그가 자기 분노를 누그러뜨리기만 한다면, 이 모든 것들이 그의 소유가 될 것이오!"

네스토르가 대답했다.

"참으로 영예로우신 아트리데스여, 그대의 선물은 소홀히 할 수 없는 것들입니다. 서둘러 아킬레우스에게 전령을 보냅시다. 전령으로는 아이아스와 오디세우스가 좋겠소. 물로 손을 씻고 제우스에게 기도합시다. 부디 우리에게 자비를 베풀어 주시기를!"

그러자 전령들이 해변을 따라 파도가 철썩대는 소리를 들으면서 떠났다.

전령들은 아킬레우스의 배에 이르렀고 기타라를 뜯으며 마음을 달래고 있는 그를 발견했다. 아름다운 기타라는 은빛 받침이 달려 있었다.

아킬레우스는 화음을 자아내며 영웅들의 공적을 노래하고 있었다. 그 옆에는 파트로클로스가 혼자 앉아서 노래하는 것을 듣고 있었다.

두 사람이 나타나자 아킬레우스는 깜짝 놀라서 벌떡 일어섰다. 그는 그들에게 인사를 건넨 후 진홍빛 천으로 덮인 자리에 앉게 했다.

"두 분 모두 안녕하셨소. 두 분이 어떤 필요로 오셨던 간에 잘 오셨습니다. 나의 불미스러운 분노에도 불구하고, 두 분은 아카이아 사람들 중에서 나와 제일 친한 분들이 아닙니까?"

그리고 나서 그는 파트로클로스에게 좋은 포도주를 가져 오라고 했다. 파트로클로스는 친구의 말을 따랐다. 아킬레우스는 커다란 도마 위에 양과 기름진 염소, 그리고 역시 기름진 돼지의 등심살을 늘어놓았다. 그는 그 고기들을 조각조각 썰어서 장작불 위에 굽기 전에 꼬챙이에 꿰었다. 고기가 익는 동안 소금을 뿌리고 예쁜 바구니에 빵을 담아오게 했다. 그들은 먹고 마시기 전에 희생의 제물을 불에다 집어 던졌다. 그 다음에 비로소 요리 접시에 손을 내밀었다. 그들이 배고픔과 갈증을 채우고 났을 때 오디세우스가 아킬레우스에게 말했다.

"고맙소, 아킬레우스 그대는 우리를 정중하게 대접해 주시었소. 그러나 즐거운 식사를 맛보는 것이 우리에게 허

제9장 오디세우스의 간청

락된 일은 아니오. 왜냐하면 우리는 지금 무서운 재난에 직면하고 있기 때문이오. 우리의 견고한 함대를 구할 수 있을지 아니면 아주 잃게 될지 모르는 처지에 있소. 트로이와 그 동맹군들이 우리 성벽 발치에 야영을 하면서 셀 수도 없을 만큼 모닥불을 피워 놓고 있소. 그들은 우리한테 달려 들 때만 기다리고 있다오. 제우스조차 그들에게 상서로운 조짐을 보내주고 계신다오. 그는 헥토르에게 무서운 광기를 주셨소. 아킬레우스여, 이제 그대가 일어설 때요. 그대가 아직도 트로이의 분노에서 아카이아를 구할 뜻만 있다면! 그러지 않는다면 훗날 후회하게 될 거요. 그대 심장을 갉아먹는 분노를 누그러뜨리시오. 아가멤논이 그대에게 수많은 선물을 주실 것이오. 비록 이 선물과 선물주는 사람이 가증스럽겠지만, 적어도 당신을 신처럼 존경하고 자랑스러워하는 아카이아인들에게는 측은히 여기는 마음을 가지기 바라오."

아킬레우스가 대답했다.

"오디세우스와 아이아스여, 그대들이 번갈아가며 말할 필요 없도록 내가 생각하는 바를 분명히 말하겠소. 진실을 마음 속에만 감추고 있고 입 밖으로 말하지 않는 자를 나는 저승에 내려가는 것보다 증오한다오. 아가멤논이 나를 이해하고 화해하려는 것이라고는 생각지 않소. 그는 그저 내가 적들과 목숨을 걸고 싸우게 하려는 것뿐이오.

우리의 전리품 분배는 뒷전에 물러나 있는 자에게나 최선을 다해 싸우는 자에게나 똑같았소. 나는 셀 수 없이 많은 밤들을 새워가며, 또 낮은 낮대로 피투성이가 된 채 싸웠고 성들을 점령했소. 나는 그 성들에서 보물을 빼앗아 와서 뱃전에 앉아 아무 일도 하지 않은 아가멤논에게 고스란히 바쳤소. 그는 그 보물들을 아주 약간만 나누어주고 나머지는 자기가 챙겼소. 그런데 거기에다 나의 전리품을 빼앗기까지 했단 말이오. 아카이아인들이 왜 트로이인과 싸우고 있는 거요? 헬레네를 위해서? 아가멤논과 메넬라우스만 자기 아내를 사랑할 줄 안답디까? 성품이 바르고 현명한 사내라면 누구나 자기 아내를 사랑하는 법입니다. 비록 브리세이스가 포로로 끌려왔다고는 하나 내가 그 여자를 진심으로 사랑했던 것처럼 말이오. 아가멤논은 이처럼 나를 욕보였으니, 어떤 보배로운 선물로도 나를 설득할 수 없을 거요. 나는 더이상 싸우고 싶지도 않고, 내일이라도 배에다 짐을 싣고 바다로 나갈 생각이오. 그대들은 노잡이들이 온 힘을 다해 바다를 건너는 모습을 보게 될 것이오. 그대들과 모든 아카이아인들에게 내가 충고를 한다면, 결코 일리오스의 최후를 보지 못할 테니 집으로나 돌아가라고 말하겠소이다. 제우스께서는 트로이를 지키시고 그 백성들에게는 충천한 사기로 채워주시고 있단 말이오."

그가 이렇게 말했을 때 두 전령은 너무나 강력한 거

절에 위축되어 아무 말도 하지 못했다. 그들이 떠나려 할 때 아킬레우스가 또다시 말했다.

"가시오. 가서 내 뜻을 전하시구려. 더이상은 여러분의 간구로 내 마음을 괴롭게 말아 주시오. 나는 피비린내 나는 전쟁에 대해 아무 뜻도 없소이다. 존귀한 헥토르가 나의 장막에까지 들이닥친다면 나 자신을 방어하고 그를 몰아내겠지만, 그 전에는 어림도 없소."

전령들이 아가멤논의 장막으로 되돌아오자 아카이아 사람들은 그들 주위에 몰려들어 황금 술잔을 들이대며 경과를 물어보았다. 오디세우스가 아가멤논 왕의 질문들에 먼저 대답했다.

"인간들의 왕 아가멤논이여, 아킬레우스는 결코 분노를 누그러뜨리지 않을 것이고, 당신에 대해 아직도 화가 나 있는 상태입니다. 그는 당신의 선물을 모두 거부했고, 함대와 군대를 구하고 싶으면 당신이 알아서 하라고 하더군요. 더구나 날이 밝으면 조국의 땅으로 돌아가기 위해 바다에 배를 띄우겠다고 협박했습니다."

이 말을 듣고 모두 침묵했다. 마침내 디오메데스가 입을 열었다.

"아킬레우스에게 부탁하러 가지 않는 편이 더 나았을 겁니다. 그의 마음은 교만으로 꽉 차 있군요! 그 자는 자기 마음이 내키거나, 어떤 신이 그를 재촉하지 않는 한 다시 싸우지 않을 겁니다. 이제 쉬러 가십시다. 장미빛 미명으로 새벽의 여신이 나타나거든 함대 앞에 전차와 군대를 정렬시킵시다. 그때 아가멤논 당신이 사람들을 격려해서 싸우게 하시고, 당신 자신도 맨 앞에서 싸우십시오."

　모두 이 말에 박수갈채를 보냈다. 그들은 제단에 술을 올린 뒤 장막으로 돌아가 누웠고, 금방 잠이 들었다.

제10장

반역자 돌론

아카이아의 영주들과 장군들은 함대 옆에서 깊은 잠에 빠져 있었다. 그러나 아가멤논만은 잠을 이루지 못하고 갖가지 상념으로 괴로워하고 있었다.

그가 트로이의 야영지를 바라보니 일리오스 앞에는 수많은 모닥불이 타오르고 있었고, 플룻 소리며 사람들이 떠드는 소리가 들려 왔다. 그는 다시 아카이아 군대를 바라보고 머리칼을 쥐어뜯으며 한숨을 토해냈다.

아가멤논은 결국 네스토르를 찾아갔다. 왕은 자기 배에서 멀지 않은 장막에서 그를 찾아냈다. 네스토르는 푹신한 침대에 누워 잠을 자고 있었다. 주위에는 네스토르의 무구가 놓여 있었다.

"오, 네스토르! 나는 전쟁에 대한 걱정으로 사지가 부들부들 떨리고 있소. 당신은 내가 어떻게 해야할지 알까

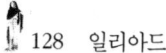

하여 왔소이다. 적의 전사들은 먼 곳에 있지 않으니 그들이 이 밤에 쳐들어오지는 않을지 모르겠소."

네스토르가 대답했다.

"신중하신 제우스 신께서 헥토르가 원하는 대로 다 들어주시지는 않을 겁니다. 제 생각에는 아킬레우스가 자기 마음에서 그 극심한 분노를 거두기만 한다면 그때는 헥토르가 끔찍한 고통을 맛보게 될 것 같군요. 그렇지만 저는 기꺼이 당신을 따를 것입니다. 우리 함께 다른 영주들을 부르러 갑시다. 오디세우스, 디오메데스, 두 명의 아이아스와 이도메네우스를 부릅시다."

이처럼 말하고 네스토르는 가슴을 튜닉으로 감싼 뒤 튼튼한 발에 아름다운 샌달을 신었다. 진홍빛 양모 망토를 두르고, 끝이 뾰족한 창을 든 그는 영웅들을 깨우러 갔다. 용사들은 부름을 받고 한 자리에 모여 앉았다. 네스토르가 입을 열어 말했다.

"전우들이여, 트로이군 사이로 잠입할 만큼 담대한 전사는 없는가? 적의 병사를 하나 끌고 온다던가 그들의 작전을 밝혀줄 법한 정보를 염탐해 올 자가 없단 말인가? 그 용사는 하늘에 올라가서도 위대한 영광을 누리게 되리라."

긴 침묵을 깨고 디오메데스가 입을 열었다.

"네스토르여, 나의 마음이 나를 트로이의 야영지로 내몰고 있소. 하지만 만약 오디세우스가 나와 동행해 준다면 훨씬 안심이 될 것 같구려. 그는 지혜가 뛰어나니, 우리 둘이 함께라면 활활 타는 불길에서도 살아 돌아올 수 있을 것이오."

그리하여 두 전사는 무장을 튼튼하게 갖추고 떠났다. 아테나는 그들의 길가에 백로 한 마리를 보내어 좋은 징조를 나타내 주었다. 그들은 밤이 어두워 보지는 못했지만, 그 새의 울음소리를 들었다. 이것을 듣고 오디세우스는 아테나에게 기도를 올렸다.

"이 시간 우리와 함께 계시옵소서, 아테나여. 우리가 트로이를 무찌르고 우리들의 함대로 돌아올 수 있게 도우소서."

그리고 나서 그들은 두 마리 사나운 사자처럼 깊은 밤길을 시체와 무구, 그리고 핏자국을 헤치고 전진하였다.

한편, 헥토르는 트로이군을 잠들게 내버려 두지 않았다. 그는 가장 중요한 인물들을 소집하여 긴밀한 회의를 열고 있었다.

"누가 감히 아카이아 진영으로 다가가서 그들이 함대 앞에서 계속 깨어 있는지, 아니면 겁을 먹고 도망갈 준비를 하고 있는지 살펴보고 올 수 있겠소? 내가 그 자에게는 전차 한 대와 빛깔이 좋은 말 두 필을 선사하겠소이다."

트로이 사람 중에서 돌론이라고 하는 자가 나섰는데, 그는 황금과 청동을 많이 가진 신성한 전령의 아들이었다.

그는 외모가 추했으나 매우 빠른 발을 가지고 있었다.

"헥토르여, 나의 마음과 용맹함이 적의 함대에 가서 정탐하기를 원합니다. 하지만 그대의 단장에 걸고, 아킬레우스가 끌던 청동 전차와 말을 내게 주겠다고 맹세하십시오. 그러면 제가 뛰어난 정탐꾼이 되겠습니다."

헥토르가 자기의 단장을 잡고 맹세했다.

"헤라의 남편 되시는 제우스께서 우리의 증인이시다. 그 전차는 그대 말고는 어떤 트로이인도 끌고 다니지 못하리라."

돌론은 즉시 활을 어깨에 매고 하얀 늑대 가죽을 뒤집어 썼다. 머리에는 족제비 가죽으로 만든 투구를 쓰고 날카로운 창을 쥐고 야영지를 떠났다.

그러나 오디세우스가 먼저 돌론을 보았다. 그가 디오메데스에게 말했다.

"저 자가 적의 야영지에서 나왔소. 저 자가 들판을 약간 넘어가도록 내버려 두었다가 쫓아가서 붙잡읍시다."

이 말이 끝나자 그들은 시체들 사이에 몸을 숨겼다. 돌론이 그들을 지나쳐갈 때까지 기다린 두 사람은 노새 두 마리가 남긴 고랑을 따라 뛰어갔다. 돌론이 그 소리를 듣고 발길을 멈추었다. 그는 뒤를 돌아보자마자 두 명의 적군을 알아보았다. 돌론은 도망가려고 했으나 디오메데스와 오디세우스는 두 마리 맹견이 숲 속에서 날카로운 송

곳니로 어린 사슴을 쫓듯이 그 뒤를 쫓았다. 그러자 돌론은 적의 파수꾼 속에 섞이려고 했다. 그 순간 디오메데스가 창을 똑바로 던져 돌론의 어깨만 살짝 스치게 했다. 그는 공포에 질려 감히 더 도망갈 수 없었다. 두 전사는 헐떡거리면서 그를 따라잡았고, 팔을 붙잡았다. 돌론이 눈물을 흘리면서 그들에게 매달렸다.

"살려 주십시오. 당신들에게 몸값을 드리겠습니다. 제 집에는 금과 무쇠가 많이 있습니다."

영민한 오디세우스가 그에게 대답하였다.

"죽음 따위는 걱정할 필요도 없다. 그러나 진실을 말해 다오. 너는 시체를 거두러 온 것이냐 아니면 헥토르가 우리를 정탐하라고 보낸 것이냐?"

돌론은 벌벌 떨면서 대답했다.

"헥토르가 저를 꼬신 것입니다. 제게 아킬레우스의 전차와 말을 주겠다고 약속하면서 저를 정탐꾼으로 보냈습니다."

오디세우스가 미소를 지으며 그에게 대답했다.

"너는 대단한 포상을 바랬구나. 아킬레우스가 아니면 인간의 몸으로는 그것들을 길들일 수도 없을 텐데.

그의 전차와 말을 욕심내다니, 쓸데없는 짓이다. 그러나 진실을 말해라. 너는 헥토르를 어디에 두고 왔느냐? 그의 무구와 말은 어디 있느냐? 파수대와 다른 트로이 사람들의 장막은 어디에 있느냐? 그들의 작전은 어떤 것이냐?"

돌론이 대답했다.

"모든 진실을 말해 드리겠습니다. 헥토르는 일리오스의 묘지 근처에서 영주들과 더불어 회의를 열고 있습니다. 야영지 주위에는 보초가 없는데, 왜냐하면 모든 트로이인들은 모닥불 옆에서 깨어 있기 때문입니다. 그러나 먼 곳에서 온 동맹군들은 트로이인들이 깨어 있기 때문에 그들을 믿고 바닷가에서 자고 있습니다. 그러나 만약 여러분께서 군대와 맞부딪힐 생각이라면 야영지의 가장자리에 있는 트라키아 병사들 쪽으로 가시는 것이 좋습니다. 트라키아 왕 레소스도 거기 있습니다. 저는 그의 말보다 더 훌륭한 말은 본 적이 없는데, 눈보다 더 희고 바람처럼 빠른 말입니다. 또 금과 은으로 장식되어 있는 전차도 본 적이 있습니다. 무구도 모두 금으로 된 것으로, 신들에게나 합당할 법한 귀한 명품입니다. 지금 저를 여러분의 함대로 끌고 가시든가 아니면 돌아오실 때까지 이 자리에 묶어두고 제가 참말을 했는지 거짓말을 했는지 알아 보십시오."

디오메데스가 돌론을 노려보며 말했다.

"도망갈 생각은 말아라, 돌론이여. 네 말은 도움이 되었지만, 만약 우리가 너를 돌려 보낸다면 너는 우리를 감시하거나 공격하기 위해 돌아올 것이다. 하지만 네가 목숨을 잃는다면 더이상 아카이아에 누를 끼치는 일은 없겠지."

이 말을 마치고 디오메데스는 검으로 돌론의 목을 내리쳤고, 그의 목은 흙먼지 속으로 굴러 떨어졌다.

그들은 트라키아 병사들의 장막으로 전진했다. 그들은 피곤을 못이겨 잠들어 있었고, 말은 그들 옆에 매여 있었다. 아름다운 무구들은 세 줄로 땅 위에 정렬되어 있었다. 그들 가운데 레소스 왕도 잠자고 있었다. 레소스의 빠른 말은 전차의 뒷좌석에 묶여 있었다. 오디세우스가 먼저 그 모습을 보고 디오메데스에게 손가락으로 가리켰다.

"갑시다. 무기를 드시오. 병사들을 해치우시오. 내가 말을 맡겠소."

맑은 눈의 아테나가 디오메데스에게 강력한 힘을 불어넣었다. 그는 주변의 병사들을 몰살시켰다. 죽어가는 사람들이 신음소리를 내고 땅은 삽시간에 피로 물들었다. 사자가 목자 없는 양떼에 달려들듯이 디오메데스는 트라키아 병사들에게 달려들었다. 그가 레소스를 죽인 것은 열세번째였다. 오디세우스는 좋은 말굽을 지닌 말들을 풀어서 활로 후려쳐 가면서 야영지 밖으로 몰아갔다. 그는 전차에서 빛나는 채찍을 가져오는 것을 잊었기 때문이다. 그리고 나서 그는 디오메데스를 부르는 휘파람 신호를 보냈다. 디오메데스는 전차까지 훔칠까 아니면 더 많은 트라키아인을 죽일까 생각하고 있었다. 그때 아테나가 디오메데스에게 다가왔다.

"어떤 신이 트로이인들을 깨울지도 모르니 어서 돌아갈 생각을 하거라."

여신의 말에 디오메데스와 오디세우스는 말 위에 뛰어 올라 아카이아 함대로 재빨리 달려갔다.

그러나 아폴론은 아테나가 디오메데스 옆에 있는 것을 보았다. 그는 화를 내며 트로이인들을 깨웠다. 그들이 트라키아인들의 시체를 발견했을 때 고함 소리와 형용할 수 없는 아우성이 일어났다.

아카이아의 두 영웅이 돌론을 죽인 그 장소까지 이르자, 오디세우스는 말을 멈추었다. 디오메데스가 땅에 내려와 돌론의 피로 물든 유품을 거두었다. 그 다음 다시 채찍질을 하며 그들의 함대로 힘껏 달려갔다. 그들이 오는 소리를 맨 먼저 들은 사람은 네스토르였다.

"오, 동지들이여, 아카이아의 왕자와 영주들이여. 발빠른 말들의 발굽 소리가 내 귓가에 들려오는구려."

그가 말을 미처 끝내기도 전에 두 영웅이 그들의 말에서 내려 모습을 나타냈다. 오디세우스는 돌론의 유품인 무구들을 아테나에게 드릴 제물로 쓰고자 자기 배에 갖다 놓았다.

두 사람은 바닷물로 들어가 땀을 씻어내고 다리와 허벅지, 어깨를 닦았다. 바닷물이 그들을 상쾌하게 해 주었다. 그 다음에 두 사람은 잘 닦은 욕조로 들어갔다. 마지막으로 그들은 온몸에 향유를 바르고 식탁에 앉았다. 그리고 아테나에게 영광을 돌리는 술병에서 감미로운 포도주를 따랐다.

제11장
아가멤논의 무용담

 새벽의 신이 신과 인간들에게 빛을 주려고 침상을 떨치고 일어났을 때, 제우스는 불화의 여신 에리스를 아카이아의 함대 곁으로 보냈다. 여신은 그녀의 손에 무서운 전투의 조짐을 들고 갔다. 그녀는 오디세우스의 검은 범선에 멈추어 서서 무서운 비명을 질러댔다. 그 비명은 아카이아 인들의 가슴 속에 미칠 듯이 전력을 다해 싸우고 싶은 심정을 불러 일으켰다. 곧 사람들은 도망가고 싶은 생각이 사라지고 싸움 외에는 아무 바랄 것이 없게 되었다.
 아가멤논은 힘찬 음성으로 전쟁 준비를 하라고 지시했다. 그 자신도 청동 갑옷으로 온몸을 감싸고, 다리는 은장식이 새겨진 아름다운 각반으로 감쌌다. 그는 가슴을 키프로스의 왕이 선사한 갑옷으로 덮고 어깨에는 황금 장식으로 빛나는 검을 둘러 매었다. 그리고 나서 아름다운 방패로 전신을 가리고 양쪽에 뿔이 달린 투구를 썼는데, 그 꼭대기에는 무시무시한 말갈기가 나부끼고 있었다. 마지막으로 그는 끝이 뾰족한 튼튼한 두 개의 창을 들었다.

아카이아 군대는 거대한 함성과 함께 참호의 가장자리로 달려 나갔다. 창공에서는 잔혹한 제우스가 불안한 혼란을 선동하면서 피로 얼룩진 이슬방울을 내리게 했다. 그것은 수많은 영웅들의 죽음을 알리는 것이었다.

트로이의 선두에는 헥토르가 빛나는 방패와 함께 나와 있었는데, 그 모습은 마치 불길한 별이 검은 구름 저편에서 다가오는 것 같았다.

두 군대는 마치 보리를 수확하는 자들이 넓은 보리밭의 양쪽 끝에서부터 베어 나가는 모습처럼 서로를 향해 진군했다. 트로이와 아카이아 군대는 서로 죽이고, 상처를 입혔다. 그 모습은 사나운 기세의 이리떼들 같았고, 어떤 쪽도 월등하지 않았다.

태양이 밝게 비치는 동안 화살이 양쪽에서 비오듯 했고, 병사들은 하나 둘 죽어갔다. 그러나 장작불로 저녁식사를 준비할 시간이 되자 모두들 팔에 힘이 빠지고 마음은 지쳤다. 그래도 아카이아 병사들은 힘을 내어 적들을 무찔렀다.

아가멤논은 맨 처음에 달려들어 트로이 군대의 지휘관 중 한 사람을 죽였다. 그밖에도 수많은 병사들을 단창에 베고, 그들의 빛나는 갑옷을 완전히 벗겨 가슴을 드러나게 했다. 한 마리 사자가 연약한 암사슴 새끼들을 이빨 사이에 물고 찢어 발기듯이, 아가멤논은 그의 창으로 프리암의 아들을 둘이나 죽였다. 기병들이 도망가는 기병들을 죽이고, 보병들은 보병들을 죽였다. 그들의 무게와 요란한 말발굽 소리 속에서 엄청난 흙먼지가 들판에서 피어올랐다.

제우스는 아가멤논 왕이 적을 죽이고 아카이아인들을 격려하고 있을 때에도 헥토르를 창과 흙먼지, 살육과 피에서 먼 곳에 피해 있도록 해 주었다. 아가멤논의 칼날 아래 트로이 사람들의 목이 굴러 떨어지는 모습은 마치 화재의 불길 아래 숲의 나무들이 무너져 내리는 것과 같았다. 놀란 말들은 비어 있는 전차를 이리저리 끌고 다녔다.

마침내 트로이인들은 도망치면서 들판으로 물러났고 트로이 성내에서 피난처를 찾고자 했다. 그러나 아가멤논은 고함을 지르고 피로 젖은 손을 휘두르면서 그들을 계속 추격했다.

트로이군이 그들의 높은 성곽 앞에까지 이르렀을 때 제우스는 이다 산 꼭대기로 내려와 금빛 날개의 전령 이리스를 불렀다.

"가거라, 재빠른 이리스여. 헥토르에게 가서 군대가 적과 싸우고 있는 동안 쉬고 있으라 전하거라. 그렇지만 곧 아가멤논은 창에 맞거나 화살을 맞을 것이다. 그가 치료를 하러 전차에 오를 때 내가 헥토르에게 적들을 밀어 부칠 수 있는 힘을 줄 것이다."

이리스는 그의 전갈을 가지고 헥토르에게 달려갔고, 헥토르는 자기 무구를 가지고 전차에서 뛰어내려 사방으로 뛰어다니면서 트로이군에게 무서운 결전을 치를 용기를 일깨우고 있었다. 저쪽에서 아가멤논은 군사들을 이끌고 몸소 전열의 선두에 서서 트로이군을 향해 돌진하고 있었다.

창과 죽창, 칼과 돌의 공격이 빗발쳤다. 아가멤논은 전의를 불태우며 트로이의 용사들과 맞붙었으나, 한 병사

가 그에게 검으로 공격했고, 그 순간 다른 병사는 팔꿈치 밑을 창으로 찔렀다. 피할 새도 없이 창끝이 아가멤논의 팔을 꿰뚫었다. 아가멤논은 부들부들 떨었으나 싸움을 멈추려고 하지 않았다.

상처에서 따뜻한 피가 오랜 시간 흘렀지만 아가멤논은 개의치 않고 병사들의 대열을 창으로 쓰러뜨렸다. 그러나 상처 부위가 말라서 피가 더이상 흐르지 않게 되자 도저히 전차에 오르지 않을 수 없는 극심한 고통을 느끼게 되었다. 그는 마음이 지쳐가는 것을 느끼고 마부에게 함대 쪽으로 말을 몰라고 명했다. 싸움에서 물러나기 전에 그는 병사들에게 외쳤다.

"동지들이여, 아카이아의 영주와 왕자들이여, 나는 물러나 함대를 지키고자 하니, 그대들은 트로이군을 무질러 주시오."

이 말이 끝나자 마부는 채찍질을 하며 쏜살같이 말을 몰았다. 말의 가슴팍은 땀으로 범벅이 되었다. 그들은 먼지를 무섭게 일으키며 부상당한 왕을 싸움터에서 먼 곳으로 모셨다.

헥토르는 아가멤논의 퇴각을 눈치채자마자 힘찬 음성으로 외쳤다.

"트로이와 동맹국의 전우들이여, 여러분의 용기를 모아 주시오! 무섭도록 용맹한 전사 아가멤논이 물러났소!

제우스께서는 우리에게 영광을 주시고자 하오! 비할 데 없는 승리를 거두러 갑시다. 자, 아카이아인들에게로 단단한 말발굽을 울리며 진격하시오."

스스로의 실력을 믿는 헥토르는 보라빛 바다를 휩쓸어 파도를 일으키는 폭풍처럼 싸움터의 최전방에 뛰어들었다. 그는 아카이아의 왕자들을 죽이고 수많은 머리를 아수라장에 떨어지게 했다. 헥토르의 분투는 이처럼 아카이아에 치명적인 재난이었고, 만약 오디세우스가 디오메데스를 격려하지 않았다면, 그들 모두는 함대 옆에서 죽거나 잡혔을지도 모른다.

"디오메데스여, 우리에게 용기가 있다고 말할 수 있겠소? 동지여, 내 옆으로 오시오. 헥토르가 우리 함대를 차지하게 된다면 지독한 치욕이 될 것이오."

디오메데스가 대답했다.

"물론 나는 남아서 끝까지 싸우겠지만 그러나 우리가 버틸 수 있는 것도 잠깐이오. 제우스 신께서 트로이에게 승리를 안겨 주고 싶어하시는 것이 분명하오."

그리고는 마치 대담한 두 마리 멧돼지가 사냥개에게 반격을 가하듯 두 용사는 트로이인들을 대적하였다. 덕분에 도망가던 아카이아인들은 한숨을 돌렸다. 그러나 영웅들의 열의에도 불구하고 아폴론과 제우스는 트로이인들을 보호해 주었다. 디오메데스는 파리스의 화살에 맞아 발등에 상처를 입었고, 오디세우스는 방패를 뚫는 공격을 받아 갑옷과 가슴팍의 살갗이 찢겨나갔던 것이다. 그러나 아테나는 그 상처가 깊어지지 않게 해서 치명상이 되지 않게 했다. 용감한 메넬라우스가 오디세우스를 부축하고 싸움터에서 먼 곳으로 끌고 나갔고, 그 사이 부하가 전차를 대기시켰다. 아이아스는 싸움터에서 날뛰며 사람과 말들을 죽이고 있었다.

이때에 파리스의 화살이 마카온의 오른쪽 어깨를 명중시켰다. 네스토르는 즉각 전차에 이 의술의 명인을 태우고 말을 채찍질하여 함대 쪽으로 달려갔다.

아킬레우스는 자기의 뱃머리에 서서 싸움터의 참상과 아카이아의 패주를 바라보고 있었다. 그는 땀으로 범벅이 된 말들을 보다가 거기에 타고 있는 사람이 네스토르와 의사 마카온이라는 것을 알아차렸다. 그는 두 사람을 도와주기 위해 자기의 친구 파트로클로스를 불렀다. 파트로클로스는 즉시 장막에서 뛰어나왔다. 그러나 그는 이것이 죽음과 불행에 맞닥뜨리게 될 계기가 될 줄을 알지 못했다.

"나를 불렀나, 아킬레우스? 무슨 일이 있는가?"

아킬레우스가 그에게 대답했다.

"나의 진실한 친구여, 나는 지금 아카이아인들이 내게 무릎을 꿇고 도와 달라고 간청하기를 기대하고 있네. 그들의 최후가 임박하고 있기 때문일세. 그러니 자네가 가 주게, 파트로클로스여. 네스토르에게 가서 그가 싸움터에서 데려온 부상자가 누구인지 물어보게. 내가 얼핏 보기에는 마카온인 것 같은데, 말들이 너무 빨리 달려서 얼굴을 제대로 보지 못했다네."

그래서 파트로클로스는 장막이 있는 데로 힘껏 달리기 시작했다. 한편 전차는 진영에 도착했고 네스토르와 마카온은 그곳에서 내렸다. 그들은 땀에 젖은 튜닉을 바닷바람에 말리고 네스토르의 막사로 들어가 앉았다. 아름다운 머리칼의 헤카메데가 갈증을 달랠 양파와 꿀, 밀가루를 가져왔다. 그리고 포도주에 염소젖으로 만든 치즈를 섞어서 밀가루를 뿌렸다. 두 사람은 그것을 마시고 서로 이야기를 나누며 휴식을 취했다.

파트로클로스가 이때 장막의 입구에 나타났다. 네스토르가 그에게 앉을 것을 청했기 때문에 그는 대답했다.

"나는 앉아서 쉴 겨를이 없소. 아킬레우스가 나를 보냈기 때문이오. 그는 당신이 데려온 부상자가 누구인지 궁금해 하고 있소. 그러나 나는 이미 그가 전사들의 치료자 마카온이라는 것을 확인했소. 나는 곧 그에게 가서 이 사실을 말해 줘야겠소. 내 친구가 얼마나 참을성이 없고 화를 잘 내는지 잘 알기 때문이오."

그러나 네스토르가 분개하며 그에게 대답했다.

"아킬레우스가 무엇 때문에 아카이아의 아들들이 트로이의 화살에 상처입는 것을 걱정한단 말이오? 그는 우리가 줄초상을 치르고 있는 줄 모른단 말이오? 가장 뛰어난 용사들은 모두 부상을 입었소. 디오메데스, 오디세우스, 아가멤논 모두가 말이오. 그런데도 아킬레우스는 아카이아를 걱정도 안하고 동정도 안 하고 있소. 그는 정녕 우리 함대가 잿더미가 되고 아카이아 사람들의 씨가 마를 때까지 기다리겠다는 것이오? 아킬레우스는 자기 힘을 오직 자기 자신만을 위해 쓰려고 하겠지만, 언젠가 아카이아 전군이 멸망하게 되면 그도 땅을 치고 후회하게 될 것이오. 내 말을 들어 보시오, 파트로클로스여. 그대가 전쟁터로 떠나올 때 그대 부친께서 하시던 말씀을 기억해 보시오. 그는 이렇게 말씀하셨소. '내 아들아, 아킬레우스는 그 태생에 있어서나 힘에 있어서나 너보다 뛰어난 자다. 그러나 네가 그보다 나이가 많으니 너는 그에게 지혜롭게 조언해 주는 사람이 되어야 한다.'라고 말이오. 그대는 이 말씀을 잊어서는 안 되오. 아킬레우스를 설득해 주시오. 아마 그대 말은 들어 주지 않겠소? 만약 아킬레우스가 싸우지 않겠다거든, 그대에게 그의 훌륭한 무구를 주어 대신 싸움터로 보내달라고 말해 보시오. 트로이인들은 그대를 아킬레우스로 착각하고 겁에 질려 달아날 것이오. 그러면 아카이아 사람들은 잠시나마 숨을 돌릴 수 있을 테니 말이오."

이렇게 말하여 네스토르는 파트로클로스의 가슴에 용기가 끓어오르게 했다. 그는 서둘러 아킬레우스에게로 돌아갔다.

제12장

성벽 습격

 트로이인들은 아카이아 진영을 보호하기 위해 쌓아놓은 성벽 발치의 참호까지 진군하는 데 성공했다. 아카이아 사람들은 자기들의 함대와 세간살이를 지키기 위해 이 성벽을 세웠던 것이다. 그러나 그들이 성벽을 쌓기 전에 신들에게 제물을 바치지 않았기 때문에 요새는 오래 버틸 수가 없었다.
 성벽 앞에서는 여전히 싸움이 격렬하게 일어나고 있었다. 아카이아 사람들은 제우스가 휘두르는 채찍 아래 기세가 꺾여 함대 쪽으로 밀려나고, 돌개바람 같은 헥토르의 진격을 두려워하고 있었다. 그는 부하들을 이끌고 해자를 헤치고 요새를 포위했다. 그러나 해자가 너무 넓은 데다가 양쪽으로 말뚝들이 촘촘히 박혀 있었다. 안테노르의 아들 폴리다마스가 용감한 헥토르에게 다가와 말하였다.

"헥토르, 그리고 트로이와 동맹국의 영주들이여, 이 건너기 어려운 해자를 우리들의 발빠른 말로 가로질러 가려 한다는 것은 아무래도 미친 짓이오. 우리는 전차를 타고 공격할 수도 없고 내려갈 수도 없소. 그리고 아카이아가 반격을 하게 된다면 우리들은 이 참호 속으로 굴러 떨어질 것이오. 그렇게 되면 우리 중의 단 한 사람도 다시는 성에 돌아갈 수 없을 것이오. 내 말을 따르시오. 전차를 끄는 마부들은 모두 말을 참호 옆으로 비키게 하고, 우리들은 무구를 갖추고 걸어서 그대를 뒤따르는 겁니다. 죽음의 운명이 진정 적에게 내려져 있다면, 아카이아는 더이상 저항하지 못할 것이오."

헥토르는 이 현명한 조언을 받아들였다. 그는 전차에서 뛰어내렸고, 나머지 트로이 군사들은 그를 뒤따랐다. 그들은 아카이아가 더이상 반격할 수 없으리라는 말을 믿었다. 트로이인들은 각기 다섯 개의 조로 나뉘어 자기 영주들을 따랐고, 곧 함대에 침입할 수 있으리라는 확신에 넘쳤다.

트로이인들이 참호를 건넜을 때 그들은 담대함과 기대에 가득 차서 성벽을 기어오르기 시작했다. 아카이아인들은 성벽 위에서 기다리고 있다가 성벽을 기어오르는 트로이인들을 창으로 찔렀고, 무거운 돌을 그들의 머리 위로 굴러 떨어지게 했다. 돌에 부딪힌 투구와 방패가 요란한 소리를 냈다. 아카이아 사람들은 치명적인 재앙에 대한 두려움으로 조금도 기세를 늦추지 않고 대항하였다. 그 치명적인 재앙이란 다름 아니라 그들의 함대와 전리품들이 적에게 점령당하는 것이었다.

이 전쟁에서 아카이아를 보호하는 신들은 올림포스 꼭대기에서 모두 비통해하고 애달파했지만, 제우스는 자기 생각을 번복하려 하지 않았다. 그는 헥토르에게 승리의 영광을 주고자 했기 때문이다. 그는 이다 산에서 거센 돌풍을 일으켜 아카이아 군사들의 얼굴에 먼지를 뒤집어 씌웠다. 트로이 사람들은 이 신호에 더욱 더 용기를 얻어 성벽을 힘차게 공격했다. 그들은 가로대를 뽑아 버리고, 측면의 벽을 허물어 버린 뒤, 기둥을 지렛대로 들어 올리려고 했다.

두 명의 아이아스는 아카이아의 전의를 되살리기 위해 동분서주하고 있었다. 그러나 위대한 헥토르뿐만 아니라 어떤 트로이 사람도, 만약에 제우스가 뿔을 들이밀면서 저항하는 물소떼에 달려드는 사자와 같은 모습으로 자기의 친아들 사르페돈을 내보내주지 않았다면, 성문을 부술 수 없었을 것이다. 사르페돈은 사방으로 균형이 잡힌 청동 방패를 들고 있었는데, 그 안쪽에는 소가죽을 여러 겹 씌운 후 금으로 못질하여 고정시킨 것이었다. 그는 힘센 손으로 성벽의 가로대를 잡아당겨서 그대로 완전히 뽑아버렸다. 마침내 성벽은 갈라져서 길을 내주게 되었다.

새롭게 용기를 얻은 헥토르가 트로이군을 향해 외쳤다.

"트로이여, 진군하라! 아카이아의 성벽을 모조리 무너뜨려라! 사방으로 파괴의 불을 질러라!"

모든 트로이인들이 이 말을 듣고 성벽으로 달려들어

가로대를 타고 오르며 날카로운 창으로 아카이아 사람들을 위협했다.

그때 헥토르는 날카롭고 뾰족한 거대한 바위를 들어올려 가볍게 성문의 가운데를 내리쳤다. 사실 그 돌은 매우 무거워서 힘센 장정 둘이서도 들어올릴 수 없는 것이었는데 제우스가 그것을 가볍게 해 주었기 때문에 헥토르는 단숨에 들어올렸던 것이다. 큰 소리를 내며 문짝이 양쪽으로 부서졌고, 돌은 옆으로 나가 떨어졌다.

헥토르는 잽싸게 적군의 진영으로 뛰어 들었다. 그의 눈은 이글이글 불타는 듯했고, 그가 걸친 갑옷과 손에 든 청동 창에서는 빛이 반짝였다. 그는 손에 두 개의 창을 쥐고 진격했다. 신이 아니고서는 누구도 헥토르를 멈추게 할 수는 없었을 것이다.

그는 수많은 트로이인들에게 성벽을 넘어가라고 명령을 내렸고 모두는 그 말을 따라 돌진했다. 몇몇은 벽을 기어오르고, 몇몇은 성문을 통해 진격하여 공격하였다. 아카이아인들은 공포에 떨면서 함대를 향해 도망갔다.

제13장

포세이돈의 개입

　　한편 제우스는 헥토르와 트로이 사람들을 보살펴서 적의 함대까지 밀어부친 뒤 그들을 거친 싸움에 휘말리도록 내버려두었다. 그리고 자신은 빛나는 눈을 트로이에로 돌렸다. 그는 그 사이에 감히 다른 불사의 신이 전쟁에 끼어들리라고는 생각하지 않았다.

　　하지만 바다의 신 포세이돈이 바다에서 나와 사모스 섬의 최고봉에 올라갔을 때, 그는 그곳에서 아카이아군이 트로이에게 격파당하는 것을 보고 동정심을 느꼈다. 그는 제우스에 대해 몹시 기분이 상해서 싸움에 끼어들기 위하여 사모스 섬의 산봉우리에서 내려왔다. 그의 불사의 발 밑에서 산과 숲이 흔들렸다. 그가 세 발자국을 떼어 놓자 자기의 찬란한 집이 있는 바다의 심연에 도달하였다.

그곳에서 포세이돈은 청동 발굽에 금빛 갈기를 지닌 빠른 말을 전차에 매었다. 그리고 나서 잘 만들어진 채찍을 쥐고서 전차에 올라탔다. 그가 물결 위를 달리자 사방에서 바다의 괴물들이 자기들의 왕을 알아보고 기뻐하며 날뛰었다. 바다는 기쁨에 넘쳐 길을 열어주었다. 말들이 어찌나 쏜살같이 달려갔는지, 그의 전차에는 물거품조차 묻지 않았다. 말들은 그를 아카이아의 함대까지 데려갔다. 그는 말과 전차를 으슥한 곳에 매어 놓고 아카이아 군대로 갔다.

불길과 폭풍우를 방불케 하는 기세로 진군해 오는 트로이의 병사들은 엄청난 괴성을 지르면서 전의를 불태우고 있었다. 그들은 헥토르의 뒤를 따르고 있었다.

포세이돈은 예언자 칼카스의 모습을 하고서 두 명의 아이아스를 격려하기 시작했다. 그는 자기의 지팡이로 그들을 쳐서 힘과 담대함을 불어 넣어 주었고, 그들의 손과 발을 가볍게 해 주었다. 그리고 나서는 빠른 날개의 독수리가 높은 절벽 위에서 빙빙 돌다가 다른 새를 채려고 쏜살같이 땅으로 내려오듯이, 번개처럼 빠르게 그들에게서 멀어졌다.

포세이돈은 이어서 함대 옆에서 좀 떨어져 있던 병사들을 격려하러 갔다. 그 병사들은 피곤으로 지쳐 있었고, 트로이인들이 거대한 성벽을 넘어 온 이후부터는 쓰라린 괴로움에 가득 차 있었다. 그들은 이미 이 불행에서 도망갈 가망조차 없어져 버렸다고 생각하여 눈물만 끊임없이 흘리고 있었다. 이들의 이런 모습을 본 포세이돈이 말했다.

"아, 이 무슨 수치란 말인가! 아카이아의 젊은 병사들이여, 나는 여러분들의 용기를 믿었었소. 지금 트로이인들이 우리 함대 옆에서 싸우고 있소. 옛날 같았으면 감히 저들이 아카이아의 용맹에 정면으로 도전하지도 못했을 거요. 비록 아가멤논이 아킬레우스를 모욕했었고 벌을 받을 만도 하지만, 그것이 우리가 싸움을 포기해도 좋다는 이유는 될 수 없소. 우리는 이미 싸움에 참여하고 있고, 우리의 성문을 파괴한 헥토르가 함대 옆에서 싸우고 있단 말이오."

그래서 아카이아인들은 다시 한 번 헥토르와 트로이 사람들을 기다리며 자기들의 함대 옆에서 전투를 시작했다. 창과 창이 부딪히고 방패와 방패가 부딪혔다. 투구와 투구가 불꽃을 튀기고 사람과 사람이 서로 죽이고 싸웠다. 투구에 달린 갈기와 창들이 흔들리고 모든 사람들이 싸우고자 하는 투지에 가득 차서 전진하였다.

그러나 트로이 사람들이 이루는 무리 위로 헥토르가 전진해 왔다. 그가 진격해 오는 모습은 마치 홍수로 절벽 벼랑에서 굴러 떨어지는 둥근 돌들 같았다. 그런 기세로 그들은 바다에 도착하여 아카이아의 장막과 범선에 이르렀다. 그러나 그들은 거대한 사람들의 대부대에 부딪혀 멈추지 않을 수 없었다. 헥토르가 외쳤다.

"트로이군이여, 리키아군이여, 달다노이군이여, 현재의 위치를 사수하라! 신들 중에서 가장 위대하신 분이자 천둥을 울리는 제우스께서 우리를 붙잡아 주시니, 아카이아는 우리의 창 앞에서 도망가고 말리라!"

마치 돌풍이 소용돌이치며 계속 불어올 때 길가가 모래 먼지에 싸이는 것처럼, 아카이아와 트로이는 격렬한 싸움 속에 휩싸여갔다. 그들은 날카로운 창으로 서로를 찔러죽였다. 청동 투구와 잘 닦인 갑옷과 방패의 빛이 눈을 부시게 했다.

서로의 의지를 겨루는 것은 크로노스의 두 아들 제우스와 포세이돈도 마찬가지였다. 자신들의 의지를 시행하느라 그들은 용사들을 무서운 고통으로 괴롭히고 있었다. 제우스는 헥토르와 트로이에 승리를 주어 아킬레우스의 분노를 달래 주고자 했으나 아카이아 군대의 전멸까지 원한 것은 아니었다.

한편, 하얀 바다에서 은밀히 빠져나온 포세이돈은 아카이아를 응원해 주고 있었다. 그러나 제우스는 신들 중에서 가장 연장자였고 포세이돈보다 사리분별력이 있었다. 바로 그 이유 때문에 포세이돈은 그에게 순종해야 했고, 아카이아에게 도움을 주는 것도 자기를 숨겨가면서 해야 했다.

그들이 타오르는 불꽃처럼 싸우는 동안, 헥토르는 군사를 아카이아 군대에로 이끌면서, 사방에서 그들을 공격했다. 그러나 아카이아의 용기를 꺾는 것은 그리 쉬운 일이 아니었다. 더구나 아이아스가 고투하고 있는 헥토르에게 달려들었다.

"더 가까이 오거라, 가소로운 자여! 너는 어째서 아카이아를 괴롭히려 드느냐? 우리는 싸움에 익숙한 병사들이다. 우리를 꺾는 것은 제우스의 가혹한 채찍뿐이다. 너는 우리 함대를 파괴하려 하지만, 그 전에 우리 손에 너희 도시가 점령되고 강탈당할 것이다."

아이아스가 이렇게 말할 때에 독수리 한 마리가 그의 오른쪽 하늘 높이 날아갔다. 아카이아 사람들은 이 길한 조짐을 보고 기쁨의 탄성을 질렀다. 그러나 헥토르는 아이아스를 향해 외쳤다.

"거짓말장이에다 오만하기까지 한 자 아이아스여, 무슨 말을 하느냐? 차라리 제우스 신이 너의 아버지이고 헤라 여신이 너의 어머니였으면 얼마나 좋았을까 하고 기도나 하거라. 오늘이 아카이아와 너 자신에게 치명적인 날이 되는 것은 움직일 수 없는 사실이다. 그런데도 네가 감히 내 창을 대적하려 한다면 너는 정녕 죽을 것이다. 내 창은 너의 연약한 육신을 갈가리 찢어 놓을 테니 말이다. 네 살과 비계가 아카이아 함대 위로 날아 다니는 독수리와 개들의 배를 채워 주게 될 것이다."

헥토르가 이렇게 말하고 선두에서 지휘하니, 트로이인들은 고함을 지르며 그를 따랐다. 아카이아인들은 또다른 함성으로 부응했고, 두 군대의 아우성은 제우스의 빛나는 창공에까지 울려퍼졌다.

제14장

헥토르의 부상

 네스토르는 마침 막사에서 술을 마시고 있는 중이었으나, 밖에서 들려오는 전사들의 고함소리를 놓치지 않았다. 그는 마카온에게 말하였다.
 "지금 젊은 병사들의 고함소리가 함대 주변에서 시끄럽구려! 헤카메데가 물을 데워서 그대 상처의 피를 씻어줄 동안 여기서 몸을 덥혀 주는 포도주나 마시고 계시오. 나는 무슨 일이 일어나고 있는지 보러 가야겠소."
 네스토르는 방패를 들고 막사에서 나갔다. 거기서 그는 가슴아픈 광경을 보게 되었다. 아카이아 병사들은 사기를 잃고 있었고 트로이군은 그들을 맹추격하는 것이었다. 그는 거대한 성벽이 허물어진 것을 보았다. 노인은 걱정이 되면서도 지금 전투에 섞이는 것이 좋을지 아니면 아가멤논을 찾아갈 것인지 망설였다. 그러다 결국 아가멤논과 합류하는 편이 보다 상책일 것이라는 판단을 내렸다.

아가멤논이 있는 곳에서 그는 트로이의 창에 부상당한 아카이아의 귀족들을 보았다. 모두 아카이아의 운명을 탄식하면서 제우스가 그들의 멸망을 원하고 있다고 생각하였다. 마침내 아가멤논은 모든 희망을 상실한 채 배를 바다에 띄워 밤이 오면 도망쳐 버리자고 제안했다. 그러나 오디세우스는 그의 비겁함을 호되게 꾸짖었다.

"아트리데스 아가멤논이여, 어떻게 그처럼 흉칙한 말을 입밖으로 낼 수 있습니까? 당신은 우리에게 명령하지 말고 비겁자들의 군대나 지휘하시구려. 우리는 제우스 신께서 잔혹한 전쟁을 쫓아다니도록 운명지어 준 사람들입니다. 젊어서부터 늙어 죽을 때까지 싸워야 할 운명이란 말입니다. 그런데 당신이 저 위대한 도시 트로이를 포기한다면 우리는 도대체 무엇을 위해 그동안 그토록 많은 고통을 감내했단 말입니까? 왕답지 못한 말씀은 하지도 마시오. 아카이아 사람들 중 그 누구도 그런 말은 듣지 않습니다. 더구나 바다에 배를 끌어내라는 명령은 제가 보기에는 당치도 않습니다. 그것은 이미 승승장구하고 있는 트로이의 투지만 더 북돋워 주는 일 밖에 안 됩니다!"

아가멤논은 이 준엄한 비난에 느끼는 바가 있었으

므로 도망가려던 생각은 그만두기로 했다. 그때 디오메데스가 두 사람의 대화에 끼어 들었다.

"나는 비록 가장 나이가 어리지만 영예로운 혈통을 타고 태어났으니 여러분은 제 말을 들어 주셔야 합니다. 지금 전쟁터로 가십시다. 비록 부상당한 몸이지만 우리가 몸을 사리고 있는 병사들의 사기를 북돋워 줍시다."

모두 이 말에 동의하고 아가멤논이 앞장을 서서 싸움이 벌어지고 있는 아수라장으로 떠났다.

그들이 떠나는 것을 본 포세이돈은 노인의 모습을 하고서 그 뒤를 따랐다. 그는 아가멤논 왕의 오른손을 잡고서 용기를 불어넣어 주었다. 그리고 나서 커다란 고함을 지르며 앞장서 달려나갔다. 그는 그 힘을 아카이아 사람들의 가슴 속에 쏟아 부어 주었고, 쉬지 않고 싸울 수 있는 용기를 주었다.

아가멤논, 오디세우스, 네스토르, 그리고 디오메데스는 싸우고 있는 사람들 사이에 이르렀다. 그들은 비록 부상을 입었으나 전열을 다시 가다듬고 무구를 교환하게 했다. 즉 튼튼한 사람들에게는 강하고 무거운 것을 주고, 강성하지 못한 자들에게는 가벼운 것을 주었다. 그리고 모두가 빛나는 무장을 가다듬고 진격하니, 대지를 뒤흔드는 자 포세이돈이 그들을 앞질러 나갔다. 포세이돈은 그 튼튼한 손에 날카롭고 무서운 검을 쥐고 있었는데, 그의 번개처럼 무서운 형상은 사람들을 공포에 질리게 했다.

저편에서는 명망높은 헥토르가 트로이의 전열을 정비하고 있었다. 양군은 모두 무시무시한 전쟁을 준비하고 있었다. 푸른 머리카락의 포세이돈은 아카이아를 지휘하고, 제우스의 보살핌을 받는 빛나는 영웅 헥토르는 트로이를 지휘하는 셈이었다. 해변에 밀려오는 파도는 병사들의 장막 있는 곳까지 출렁이고 있었다. 두 나라 사람들은 엄청난 함성과 함께 서로 쳐들어갔다. 넓은 바다에서 태풍에 의해 몰아치는 파도도, 산꼭대기의 숲을 불태우는 대화재도, 거대한 떡갈나무에 불어닥치는 바람도 아카이아와 트로이가 서로에게 달려들면서 일으키는 함성과는 비교할 수 없을 것이다.

선두에 있던 헥토르는 그의 창을 마침 자기 쪽을 보고 정면으로 돌아선 아이아스에게 던졌다. 그 창은 방패의 띠와 검을 둘러매는 띠가 십자 모양으로 교차하는 곳에 맞았다. 그 띠들이 아이아스를 보호해 준 셈이었다. 헥토르는 공격이 실패하자 화를 내면서 병사들 틈으로 물러났다. 그러나 그가 물러나려고 몸을 숙였을 때 아이아스는 큰 돌 하나를 집어 들었다. 거기에 놓여있는 큰 돌들은 함대를 정박시킬 때 쓰는 것들이다. 아이아스는

그 돌로 헥토르의 가슴 한가운데를 향해 내던졌다. 떡갈나무가 천둥벼락을 맞아 넘어지듯, 헥토르는 흙먼지 사이로 나자빠졌다. 투구가 굴러 떨어지고 무구들은 요란한 쇳소리를 울렸다.

그의 부하들이 비명을 지르며 달려가 자기들의 방패로 에워쌌다. 그들은 헥토르를 팔에 안고 말과 전차를 매어 둔, 싸움터에서 떨어진 곳으로 데려갔다. 그들은 물이 소용돌이치는 스카만드로스 강의 나루터에 이르러 헥토르를 씻겼다. 헥토르는 정신을 차리고 두 눈을 떴다. 그리고 일어나 앉더니 곧 다시 무릎을 꿇고 검은 피를 토했다. 그리고는 도로 땅 위에 드러누워 정신을 잃고 다시 눈을 감았다. 시커먼 어둠이 그의 눈 앞을 가로막았다. 아이아스의 공격이 그만큼 격심한 타격을 주었던 것이다.

　사람들이 헥토르를 끌고 나가는 것을 목격한 아카이아 사람들은 한층 더 전의를 북돋우면서 트로이군에 달려 들었다. 그들은 싸움 외에는 아무 생각도 할 수가 없었다.

제15장

전투에서의 탈환

 생각치도 않았던 아카이아 측의 반격에 놀란 트로이인들은 도망을 치기 시작했다. 그들은 우선 참호 앞에 버려둔 전차로 되돌아가려고 했으나 많은 이들이 아카이아의 공격에 나가 떨어지고 죽음을 당했다. 공포가 트로이 사람들의 마음을 사로잡아 그들은 도망가는 것 외에는 다른 생각을 할 수 없었다.

 한편, 그동안 제우스는 헤라를 비롯한 여러 신들의 속임수와 꾐에 넘어가 다른 곳에 가 있었다. 그러다가 문득 이다 산 꼭대기에서 몸을 기울여 전쟁터를 바라보게 되었다. 그가 보니, 트로이 사람들은 도망치기 바쁘고, 헥토르는 부하들에게 둘러싸인 채 들판에 쓰러져 있었다. 헥토르가 피를 토하는 것을 본 제우스의 마음은 동정심으로 가득 찼다.

더구나 포세이돈이 전쟁터에서 아카이아 군사들을 격려하는 것을 보았을 때 그의 마음은 분노로 가득 찼다. 그는 헤라를 무서운 눈으로 노려보며 말했다.

"신들이 모여 있는 곳으로 가서 이리스와 이름난 명사수 아폴론을 불러오시오. 이리스는 아카이아 군대로 가서 포세이돈에게 싸움에 참견하지 말고 물러나라고 전하시오. 그리고 아폴론에게는 헥토르에게 용기를 불어넣어 다시 일어나게 하시오."

제우스가 이렇게 말하니 헤라는 서둘러 올림포스로 날아올라가 이리스와 아폴론을 찾았다.

"제우스께서 그대들에게 이다 산으로 곧 오라고 명하십니다."
두 명의 불사의 신은 서둘러 날아갔다.

그들이 도착했을 때 제우스는 향기로운 안개 속에 휩싸여 있었다. 그는 먼저 이리스에게 말하였다.

"가거라, 이리스여, 바다의 왕 포세이돈에게 가서 싸움에서 물러나 신들의 모임에 참석하든지, 아니면 거룩한 바다로 돌아가라고 이르거라. 만약 그가 내 말을 거역하거든 잘 생각해 보라고 해라. 그의 힘도 강력한 것이 사실이지만, 내가 공격한다면 당해낼 재간이 없을 테니까. 나의 능력은 그의 능력을 넘어서고 나는 그보다 연장자임을 일깨워 주어라."

공기처럼 가벼운 발로 이리스는 성스러운 일리오스에 내려와 땅을 뒤흔드는 포세이돈 앞에 나타났다.

"푸른 머리카락의 포세이돈이여, 나는 제우스가 보내서 왔습니다. 그는 당신에게 싸움에서 물러나라고 명했습니다. 만약 그대가 따르지 않는다면 그는 당신과 싸울 것입니다. 제우스는 그대가 자기와 동등하다고 생각하는 것을 언짢아 하십니다."

포세이돈은 분개하며 대답했다.

"그 무슨 건방진 소리인가! 제우스는 나를 힘으로 억압하려 하는구나! 나는 그와 동등하다! 제우스와 나, 그리고 죽은 자들을 다스리는 하데스는 셋 다 크로노스와 레아의 삼형제 아들들이다. 우리는 세계를 삼분해서 담당하고, 각자는 자기 몫을 받았다. 내게 주어진 몫은 바다요, 하데스에게는 어둠의 왕국이 주어졌고, 제우스는 넓은 하늘을 다스리게 됐다. 하지만, 땅은 우리 셋 모두에게 똑같이 속하는 영역이란 말이다. 그가 강한 것은 사실이지만 내가 그에게 복종할 이유는 없다."

이리스가 그에게 물었다.

"제우스께 지금 말씀하신 대답을 그대로 전해도 될까요? 지혜로운 정신에는 융통성이 필요합니다."

"잘 말해 주었다, 이리스. 전달자는 그대처럼 분별력을 갖추는 편이 좋을 거다. 그러나 제우스가 자기와 동등한 나에게 그 따위 말로 내 영역을 침범하려 드니 내 마음이 몹시 상한단 말이다. 하지만 아무리 화가 나도 내가 양보해야지. 그러나 제우스가 나와 헤라, 헤르메스, 헤파이스토스의 반대에도 불구하고 계속 트로이에게 승리를 안겨주려 한다면, 그때 우리의 증오는 걷잡을 수 없게 될 것이다."

포세이돈은 이렇게 말하고 아카이아 군대를 떠나서 바다 속으로 잠겨들었다. 한편 제우스는 아폴론을 오게 했다.

"친애하는 아폴론이여, 지금 가서 헥토르를 찾아라. 술장식이 달린 방패를 가지고 가서 그를 구하고 아카이아 영웅들의 기세를 꺾어 놓아라. 그리고 헥토르에게 용기를 주어 아카이아를 함대까지, 아니, 헬레스폰트까지

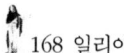

몰아내게 하라. 나는 어떻게 해서 아카이아에게 한숨 돌릴 겨를을 주게 되었는지 알아보러 가야겠다."

그는 이렇게 말했고, 아폴론은 아버지의 뜻에 순종했다. 아폴론이 상황을 살펴보니 헥토르는 이미 위대한 힘을 되찾았고 가벼운 발걸음으로 병사들의 사기를 북돋워주기 위하여 병사들에게 가는 중이었다. 아카이아 쪽은 헥토르의 난데없는 등장에 혼비백산했다. 그들은 헥토르가 죽어가고 있다고만 생각했던 것이다.

격렬한 전쟁이 다시 시작되었다. 헥토르를 선봉장으로 하고 아폴론의 비호를 받는 트로이가 먼저 공격하였다. 아폴론이 들고 있는 방패 아이기스는 대장장이의 신 헤파이스토스가 제우스에게 인간들의 두려움을 자아내게끔 만들어 준 것이었다. 아카이아인들은 떼를 지어 저항하였다.

이 아우성 속에 화살은 바람을 가르며 날아다니고 창은 바닥에 떨어졌다. 그 무기들은 젊은 병사들의 육신을 뚫거나 땅에 떨어졌다. 전사들의 육신을 맛보지 못한 화살들은 피를 빨아들이는 흙 위에 꽂혔다.

그러나 아폴론이 무서운 고함을 지르면서 아카이아 사람들에게 아이기스를 들이밀었더니 그들의 마음이 두려움으로 떨리고 용기가 사라졌다. 한밤중에 목자가 없는 틈을 타서 야수가 암소떼나 양떼를 습격했을 때처럼 아카이아 사람들은 무서운 공포에 사로잡혔다.

아카이아 사람들은 함대 옆에 모여 트로이의 공격으로부터 그곳을 지키려고 애쓰고 있었다. 그들이 신들에게 기도를 올릴 때 제우스는 그 기도를 듣고 천둥을 울렸다. 천둥 소리에 트로이 사람들은 제우스의 뜻이 아카이아를 공격하라는 것이라고 생각하고 더욱 격렬히 싸웠다. 그들은 고함을 지르며 성벽을 기어오르고 뾰족한 물푸레나무 창으로 함대 앞에서 싸우며 말을 몰았다. 아카이아 사람들은 함대의 높은 곳에서 끝에 청동을 박은 긴 말뚝을 가지고 트로이 사람들을 힘겹게 몰아내고 있었다.

제16장

파트로클로스 전사하다

 그리스 사람들과 트로이 사람들이 뱃전에서 싸우고 있을 때 파트로클로스는 아킬레우스의 장막으로 달려갔다. 파트로클로스는 들어서자마자 뜨거운 눈물을 흘렸다. 아킬레우스는 측은한 마음이 일어 그에게 물어보았다.

 "어째서 꼬마 계집애처럼 울고만 있는가, 파트로클로스여. 엄마의 옷자락을 붙잡고 쫓아가면서 안아 줄 때까지 떼를 쓰는 꼴이 아닌가? 파트로클로스여, 무슨 근심이 있는가? 지금 뱃전에서 파멸로 치닫고 있는 아카이아 때문에 우는 것인가? 아무 것도 숨기지 말고 말하게. 자네 친구인 내가 근심의 이유를 알 수 있게 말일세."

 파트로클로스가 수심에 가득 차서 대답하였다.

 "오, 아킬레우스, 지상에서 가장 용맹한 자여! 나의 눈물을 가지고 놀리지 말게. 지금 이 순간 아카이아에

커다란 재앙이 임했으니 말일세. 가장 뛰어난 우리 용사들이 이미 부상을 입었다네. 디오메데스, 오디세우스, 아가멤논이 모두… 오, 아킬레우스, 자네가 냉혹했기 때문일세! 자네는 그 힘을 아무 쓸모없이 자기 자신만을 위해 간직하고 있네. 푸른 바다가 그대를 낳아서인지 그대 영혼은 드높은 절벽처럼 매정하군. 그러나 만약 자네가 분노를 누그러뜨리기를 원치 않는다면, 적어도 나만은 그대 병사들의 선두에 나서게 보내 주게. 재앙 속에서 신음하는 아카이아인들에게 희망이 될 만한 인사라도 가

지고 가게 해 주기 바라네. 내게 그대 갑옷과 무구를 걸치게 해 달란 말일세! 트로이인들은 나를 그대로 착각하고 도망치겠지!"

파트로클로스는 아킬레우스에게 사정했다. 그는 어리석게도 자기의 운명과 목숨에 어떤 일이 일어날지 모르고 있었던 것이다. 기분이 상한 아킬레우스가 그에게 대답했다.

"무슨 말을 하는가, 파트로클로스여? 자네는 아가멤논 왕이 브리세이스를 데려감으로 나를 괴롭힌 전모를 보지 않았나? 그 이후로 내 마음을 갉아먹고 정신을 혼란스럽게 하는 이 검은 근심을 누구보다 잘 알고 있지 않은가?

그러나 지난 일을 따져서 본들 무엇하겠나. 언제까지나 이 마음 속에서 분노를 지속시킬 수는 없는 일일세. 그러니 내 무구를 지니고 나의 용감한 미르미돈 병사들을 이끌고 나가게나. 아카이아 병사들은 바닷가에 몰려 있을 걸세. 트로이군은 온 도시 사람들이 담대함을 가지고 출전했을 것이네. 그들은 아카이아에서 내 투구가 빛나는 것을 보지 못했을 테니. 가게, 파트로클로스! 그들에게 달려들어 그들을 함대에서 먼 곳으로 몰아내게! 타오르는 불길로 우리의 배들을 다 태워 버리게 내버려 두지 말게나.

하지만 이 말을 명심하게. 트로이인들을 함대에서 먼 곳까지 몰아내고 돌아와야 한다는 것이네. 내가 없을 때 싸움을 좋아하는 트로이인들과 계속 싸우면 그것은 오히려 내게 수치를 안겨 주게 될 걸세.

들판에서는 사람들이 멋대로 치고 받고 싸우도록 내버려두게. 자, 신들에게 기원하세. 아카이아와 트로이의 단 한 사람도 죽음을 피하지 못하기를. 그리고 오직 우리 둘만이 살아남아서 트로이의 거룩한 성벽을 무너뜨리게 되기를 말일세."

아킬레우스와 파트로클로스가 이렇게 말하고 있을 때 트로이의 불길이 아카이아의 함대를 태우기 시작했다.

파트로클로스는 서둘러 친구의 무구를 갖추었다. 그는 사방으로 빛이 나는 갑옷을 입었다. 다리에는 은으로 된 복사뼈 가리개를 단 각반을 차고, 은빛 장식이 박힌 검을 둘러 매었다. 그리고 나서 가죽 방패를 들고 머리에는 말갈기가 나부끼는 훌륭한 투구를 썼다. 양 손에는 두 개의 튼튼한 단창을 쥐고 있었다. 그러나 파트로클로스는 아킬레우스의 긴 창만은 남겨두고 갔다. 그 창은 너무나 무거워 오직 그 주인만이 쓸 수 있었기 때문이다. 파트로클로스는 그의 친구 아우토메돈에게 부탁하여 말을 전차에 매게 했다. 아킬레우스의 병사들은 용기와 전의를 다지며 그들의 장막에서 무장을 갖추었다. 그들은 아킬레우스의 명령으로 전쟁터에서 기량을 발휘하지 못하고 있었기 때문에 싸움터에 나갈 기대에 몹시 부풀어 있었다.

 미르미돈 병사들은 파트로클로스를 따라서 굳게 뭉쳤다. 방패와 방패가 부딪히고 투구와 투구가 충돌했다. 사람들은 서로를 죽이려고 덤벼들었다.

 병사들이 떠나고 난 뒤 아킬레우스는 곧장 자기의 막사로 들어갔다. 그는 궤짝의 뚜껑을 열고 제우스에게 술을 바칠 때만 사용하는 귀한 술잔을 꺼냈다.

그는 그 잔을 유황으로 닦은 뒤에 맑은 물로 헹구었다.

그리고 자기 손도 씻은 후 불꽃같은 빛깔의 포도주로 잔을 채웠다. 그는 하늘을 바라보며 제우스 신께 기원을 올렸다.

"제우스여, 당신께서는 아카이아에 타격을 가하고 트로이가 우세하게 하심으로써 이미 저의 기원을 들어주셨습니다. 오늘 다시 한 번 제 서원을 들어 주십시오. 저는 배들이 모여 있는 이 곳에 남았으나 제 친구가 미르미돈의 선봉장이 되어 싸우고 있습니다. 그의 마음을 굳세게 해 주시고 승리를 안겨 주소서. 제 친구가 무사히 건강한 모습으로 돌아오게 해 주십시오."

제우스는 이 기도의 일부는 들어주었으나 다른 부분은 들어주지 않았다. 함대에서 트로이인을 몰아내게 해 달라는 기도는 들어주었으나 파트로클로스의 귀환은 허락하지 않았던 것이다.

파트로클로스와 미르미돈 병사들은 벌집의 벌떼들처럼 함대 주위에서 함성을 올리며 맹렬한 기세로 트로이군에게 덤벼들었다. 트로이 사람들은 사방으로 빛을 뿜는 무구를 걸친 파트로클로스를 보고 그를 아킬레우스라고 생각했다. 드디어 그 무서운 용사가 분노를 거두고 다시 싸움에 나온 것이라 믿었던 것이다. 트로이군은 공포에 사로잡혀 목숨을 부지하기 위해 뿔뿔이 흩어졌다.

트로이 사람들이 무서운 소란 속에서 도망을 치고

있을 때 파트로클로스와 그의 부하들은 해변에서 타오르고 있는 불길을 진압했다. 그러나 파트로클로스는 단지 함대를 구하는 것만으로 만족하지 않고, 트로이의 전멸을 바라고 있었다. 그가 빛나는 창을 싸움터의 가장 많은 사람들이 모여 있는 곳에 던지면서 싸우고 있는 사이에 아카이아의 영주들은 트로이의 병사들을 죽였다. 사나운 늑대들이 산 중턱에서 목자가 자리를 비운 틈을 타 양들을 습격할 때처럼, 아카이아인들은 용기를 잃고 도망치는 트로이인들을 공격하였다.

도망치는 트로이 사람들의 아우성이 길마다 가득 찼다. 엄청난 흙먼지가 하늘로 올라가고, 말들은 발굽을 울리면서 함대에서 멀리 떨어져 있는 도시 쪽으로 향했다.

파트로클로스는 위협적인 함성을 지르면서 퇴각하는 트로이 군대를 추격하였다. 트로이 병사들은 전차의 차축 아래로 떨어지고, 그 전차들은 부서지는 소리를 내면서 뒤집혔다. 파트로클로스의 마음은 헥토르를 잡고 싶었지만, 헥토르는 이미 너무나 빠른 그의 말을 타고 달아난 뒤였다. 파트로클로스가 트로이의 선두 전열을 쳐부수고 그들을 함대 쪽으로 몰아갔기 때문에 그 병사들은 도시로 돌아갈 수 없었다. 그는 그들을 해변과 성벽 사이로 몰아넣어 전멸시켰다.

그는 맨 먼저 그의 창을 방패 사이로 드러난 프로

노스의 가슴에 던졌다. 이어서 테스토르에게 일격을 가했다. 테스토르는 너무나 두려운 나머지 전차 속으로 기어 들어가 숨었다가 고삐를 놓쳐 버렸다. 그것을 파트로클로스가 놓치지 않고 오른쪽 뺨을 창으로 찔렀고, 그 창이 치아를 관통하였다. 파트로클로스가 창을 다시 잡아당기자, 마치 어부가 물고기를 바다에서 건져내듯이 사람이 전차에서 딸려 나왔다.

 수많은 영웅들이 자기 동지들의 죽음에 대한 원수를 갚으려는 파트로클로스의 공격에 쓰러졌다. 드넓은 평원이 검과 창으로 방패의 가죽과 청동을 내리치는 공격 아래 신음하였다.

 그러나 사르페돈은 자신의 전우들이 파트로클로스의 무창날에 죽임을 당하고 흩어지는 모습을 보고 그의 전차에서 뛰어 내렸다. 파트로클로스가 그를 알아보고 자기도 전차에서 뛰어 내렸다. 날카로운 발톱을 가진 두 마리의 독수리가 깎아지른 절벽 위에서 서로 큰 소리를 지르며 맹렬히 싸우는 것처럼 그들은 서로에게 달려들었다. 사르페돈이 던진 창이 파트로클로스의 어깨를 스쳐 지나가자, 파트로클로스가 다시 추격하면서 던진 창이 사르페돈의 심장을 맞추었다. 사르페돈은 떡갈나무나 큰 소나무가 목수의 손에 넘어지듯 큰 소리를 내며 쓰러졌다. 그는 쓰러져서 신음하면서도 전우들의 이름을 불렀

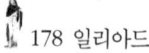

으나, 곧 죽음의 그림자가 그의 눈앞을 뒤덮었다.

한편 제우스는 빛나는 눈으로 이 아수라장을 지켜보면서 파트로클로스의 죽음을 계획하고 있었다. 그는 헥토르가 이 전쟁터에서 파트로클로스를 죽이고 그의 무구를 벗기게 하는 것이 어떨까 생각해 보았다. 그러나 그보다는 파트로클로스가 좀 더 많은 트로이 병사들을 죽이고 헥토르와 트로이군을 도시 쪽으로 밀어 내도록 하는 것이 좋겠다고 생각했다. 그래서 제우스는 헥토르의 용기를 잠시 누그러뜨렸고, 헥토르는 겁을 먹고 전차에 올라 트로이 병사들을 이끌고 도망치게 되었다.

바로 그때 파트로클로스는 아킬레우스의 당부를 따르지 않고 말을 몰아 트로이군을 뒤쫓고 있었다. 만약 친구가 시킨 대로 그때 함대로 돌아왔더라면, 그는 자신을 기다리고 있는 죽음의 그림자를 피할 수 있었을지도 모른다. 그러나 제우스의 뜻은 인간들의 그것보다 더 큰 힘을 지닌 것이다. 그는 가장 용맹한 인간에게 겁을 먹게 하기도 하고, 스스로 격려하여 전쟁터로 몰아낸 이들에게서 승리를 거두어 들이기도 하는 것이다.

이렇게 신들이 그의 죽음을 준비하고 있을 때 파트로클로스는 미처 도망가지 못한 트로이 병사들을 죽이고 있었다. 분전하고 있는 파트로클로스에게는 트로이의 높은

제16장 파트로클로스 전사하다

성벽을 차지할 순간이 가까이 다가온 것처럼 여겨졌다.

그는 세 번이나 성벽에 발을 딛고 뛰어 올랐으나 세 번 다 아폴론이 빛나는 방패로 그를 저지하고 불멸의 손을 뻗어 그를 밀어냈다. 아폴론은 제우스로부터 트로이 사람들을 도와 주라는 분부를 받고 파트로클로스의 죽음을 준비하러 온 것이었다. 마침내 파트로클로스가 네 번째로 성벽에 뛰어 오르자 아폴론은 솔직한 말로 그를 타일렀다.

"물러가라, 파트로클로스여. 트로이의 드높은 성벽이 그대 손에 무너지도록 운명지워져 있지는 않느니라. 아킬레우스가 제 아무리 강하다고 해도 그 또한 그렇게 할 수 없느니라."

바로 그 순간 헥토르가 성문에 도착하였다. 아폴론은 젊고 용감한 병사의 모습을 하고서 그에게 다가가 말했다.

"헥토르여, 전투를 포기하지 마십시오. 그대의 말을 파트로클로스에게로 모십시오. 그대는 그를 죽일 수 있을 것입니다. 아폴론께서 그대에게 승리를 안겨 주실 것입니다."

그리고 나서 신은 병사들의 무리 속으로 사라졌다. 그리고 헥토르는 동지들을 떠나서 홀로 파트로클로스에게 말을 몰았다. 파트로클로스는 전차에서 뛰어내려 크고 뾰족한 대리석 조각을 집어 들고, 그것을 있는 힘껏 던졌다. 그 돌은 헥토르의 전차를 몰고 있던 마부 케브리온의 이마에 정통으로 맞았다. 그는 마치 물 속으로 뛰어드는 잠수부처럼 전차에서 떨어졌다. 파트로클로스가 환호를 올렸다.

"아하, 참으로 날렵한 자로군! 마치 물속으로 뛰어드는 모습이로다! 그게 정말 물이라면 조개를 한 무더기 따올 텐데."

이에 헥토르가 수레에서 뛰어내려 파트로클로스를 맞아 싸웠다. 그들은 두 마리의 사자가 산 위에서 잡아 올린 수사슴을 사이에 두고 싸우는 것처럼, 지금 생명을 걸고 싸웠다. 서로 가차없이 청동창을 휘두르면서 서로를 죽음에 몰아넣으려고 격렬하게 맞싸우는 것이었다. 파트로클로스는 헥토르의 발을 붙잡고 늘어졌고, 헥토르는 파트로클로스의 머리채를 잡고 놓지 않았다.

트로이와 아카이아는 또다시 격렬한 전투에 돌입했다. 날카로운 창과 날아 다니는 화살이 사방을 뒤덮었고, 무거운 돌덩이들이 방패를 망가뜨렸다. 케브리온의 시체는 돌보아 주는 사람 없이 흙먼지를 뒤집어쓰고 쓰러져 있었다. 해가 넘어가기 시작할 무렵이 되자 아카이아의 전세가 우위를 차지했고, 그들은 케브리온의 시체를 창검이 난무하지 않는 곳으로 끌고 가서 그의 무구를 벗겼다.

그동안 파트로클로스는 무서운 고함을 지르며 세 번이나 트로이군에게 달려들었고, 아홉 명의 병사를 죽였다. 그러나 그가 네 번째로 달려 들었을 때, 그의 생애의 최후가 가까워져 있었다.

아폴론은 짙은 구름으로 자기 몸을 감싸고 파트로클로스의 뒤에 서서 손으로 양 어깨 사이의 넓다란 등짝을 내리쳤다. 그 순간, 파트로클로스의 눈에 경련이 일어났고 그는 심한 어지러움을 느꼈다. 아폴론이 그의 머리에서 투구를 벗기자 투구는 말발굽 아래 떨어져 데굴데굴 굴러갔고, 투구의 말총 장식은 피에 젖어 흙먼지 속에 파묻혔다. 파트로클로스의 무거운 창은 그의 손 안에서 산산히 부서졌다. 아폴론이 그의 갑옷을 벗기자 그는 정신을 잃었고, 그의 수족은 축 늘어졌다.

이때 트로이의 기병 에우포르보스가 파트로클로스의 뒤로 다가와 창으로 찔렀다. 그는 파트로클로스가 무구를 빼앗긴 것을 알고 있었으나 그래도 정면으로 싸우는 것은 두려웠기 때문에 창을 거두고는 그대로 도망쳤다. 파트로클로스는 죽음을 면하기 위해서 자기 전우들이 있는 곳으로 물러나려고 했다.

파트로클로스가 부상을 입고 물러서는 것을 본 헥토르는 그에게 달려들어 창으로 옆구리를 찔렀다. 그 창은 그대로 몸을 꿰뚫었다. 파트로클로스는 멧돼지가 사

자의 발 아래서 헐떡이다가 쓰러지는 것처럼 요란한 소리를 내면서 땅 위에 쓰러졌다.

헥토르는 흥분하며 기뻐했으나 파트로클로스는 간신히 숨을 쉬며 이렇게 말하였다.

"헥토르여, 지금은 신들께서 너에게 승리를 주셨기에 너는 영광과 교만으로 가득 차 있지만, 이것만은 알아둬라, 나를 죽게 하는 것은 신들이지 네가 아니다. 이제 너 또한 최후의 날을 맞이하리라. 그리고 나의 이 말을 기억해라. 이제 너는 오래 살지 못할 것이다. 아킬레우스의 손에 네가 죽게 될 날이 머지 않았다."

그가 이 말을 마치자, 영혼은 그의 젊은 육신을 떠나갔다.

제17장

메넬라우스의 무용담

메넬라우스는 파트로클로스가 트로이 사람들의 손에 죽임을 당한 것을 보고 친구의 시신을 거두어 가려고 했다. 그는 창을 쥐고 접근하는 자는 누구든지 죽일 준비를 하고 있었다. 그러나 트로이의 에우포르보스는 감히 시신 앞에 다가와 메넬라우스에게 말했다.

"명망높은 메넬라우스여, 시체를 버려 두고 물러나라. 파트로클로스를 맨 먼저 친 것은 나다. 나의 승리에 끼어들지 말고 내가 그의 물건들을 가져가게 내버려 두라."

메넬라우스는 분노를 참지 못하고 이렇게 대답했다.

"성난 표범도, 사자나 멧돼지의 허세도 너의 교만함에는 미치지 못하겠구나. 그래도 네가 나에게 대든다면 너에게는 후회밖에 남을 게 없을 것이다."

이때 에우포르보스가 둥근 방패를 내리쳤으나 창

끝이 구부러져 그것을 뚫지는 못했다. 메넬라우스는 제우스에게 빌면서 창을 던졌다. 그때 에우포르보스가 뒷걸음질을 했기 때문에 날카로운 창 끝이 그의 섬세한 목살을 관통했다. 그는 자기 무구들 사이로 떨어졌다. 금빛으로 빛나는 그의 머리칼이 피로 물들었다. 메넬라우스는 곧 그의 무구를 벗겼다.

　그래서 어떤 트로이인도 감히 메넬라우스를 공격하지 못하고 있었다. 하지만 아폴론은 헥토르가 달려들게끔 부추겼다. 트로이 병사들을 이끌고 그에게 달려드는 헥토르 앞에서 메넬라우스조차 퇴각하지 않을 수 없었고, 결국 파트로클로스의 시신도 포기해야 했다.

　헥토르는 몸소 파트로클로스의 무구를 벗겼다.

그의 머리를 쳐서 그것을 개에게 내주려고 멈춰섰다. 그때 탑처럼 커다란 방패를 든 아이아스가 도착했다. 아이아스가 보니 헥토르는 사람들의 무리에 둘러싸여 무구만 챙겨가고 시신은 아무렇게나 버려 두고 있었다.

아이아스와 메넬라우스는 가슴을 짓누르는 애도의 심정으로 전우의 시체를 감시하였다. 한편 헥토르는 자기의 무구를 벗고 아킬레우스의 존귀한 무구로 갈아입고 있었다. 헥토르를 아끼는 제우스조차 이다 산 꼭대기에서 이 모양을 보고 심기가 상해서 혼자 생각하였다.

"가련한 인간이로다! 너는 네게 닥쳐오고 있는 죽음은 꿈에도 생각하지 못하고 인간들 가운데 가장 용맹한 자의 이름난 무구를 입으려 드는구나. 너는 그 자의 친구를, 그것도 지극히 다정하고 용감한 자를 죽이고 그 머리와 어깨에서 무구를 취하였구나! 내 너에게 큰 힘을 주겠으나, 너는 전쟁이 끝나도 그 무구를 안드로마케에게 건네줄 수는 없을 것이다!"

그리고 제우스는 그가 앞으로 어떻게 될지 생각하며 푸른 속눈썹을 깜박거렸다. 그가 아킬레우스의 무구를 헥토르의 몸에 맞게 하니, 그 순간 힘과 용기가 그의 팔다리에서 흘러넘치는 듯 했다. 그가 트로이 군대 앞에 나타났을 때 그는 아킬레우스의 무구 아래에서 더욱 빛이 나는 듯했으며 사람들은 그의 말에 크게 고무되었다.

"싸움에서 이기든 지든 그것은 각자의 운명이오. 파트로클로스의 시신을 트로이 성까지 끌고 가는 사람은 보상으로 전리품의 반을 받게 될 것이오. 그 나머지 반은 내 것이 될 거요. 그러니 그 사람의 영예는 나와 동등한 것이오."

그가 이렇게 말하니 모두가 아카이아군으로 달려들었다. 그들은 메넬라우스와 아이아스로부터 파트로클로스의 시신을 탈취할 수 있으리라 기대했던 것이다. 그러나 그것은 어리석기 짝이 없는 기대였다! 결국 그 시신을 빼내려다 수많은 사람들이 죽어 버리고 말았던 것이다.

트로이 군사들은 진군했고 헥토르가 그들을 이끌었다. 그들은 함성을 드높이며 강물이 불어서 하구에서 바다로 흘러드는 기세로 앞으로 나아갔다. 그러나 수많은 아카이아 군사들이 아이아스와 메넬라우스를 도와 파트로클로스의 시신을 지키려고 달려들었다. 그들은 시신을 둘러싸고 청동 방패로 울타리를 쳤다. 제우스는 짙은 구름을 그들의 빛나는 투구 위에 펼쳤다. 제우스는 아킬레우스의 친구를 사랑하고 있었고, 그의 시신이 개의 먹이가 되기를 원치 않았던 것이다.

파트로클로스에 대한 제우스의 은총으로 트로이 군사들은 후퇴했다. 그러나 아폴론은 트로이의 승리를 바라고 있었기 때문에 트로이의 장군 아에네아스에게 말했다.

"신의 뜻을 거역하면서 어떻게 성스러운 일리오스를 구하겠는가? 제우스께서 승리를 주시고자 하는 쪽은 그대들이란 말이다. 그런데 그대들은 겁장이들처럼 도망만 치고 있구나."

아에네아스는 활의 신 아폴론을 알아보고는 곧장 헥토르에게 외쳤다.

"헥토르여, 그리고 트로이와 동맹국의 영주들이여, 일리오스로 도망간다는 것은 수치가 될 것이오. 제우스께서는 우리가 승리자가 되기를 원하시오. 아카이아에게 돌진하여 파트로클로스의 시신을 함대로 가져가지 못하게 합시다."

그리고 그는 전사들의 선두 대열에 뛰어 들었다. 그들은 아카이아 군대에 맞서서 전의를 불태우며 싸웠다. 대지가 진홍빛 피로 물들었다.

하루 종일 파트로클로스의 시신을 둘러싸고 살륙이 계속되었고, 사람들은 무릎이며 발, 손과 눈이 모두 피와 먼지로 뒤덮여 있었다. 트로이 전사들은 트로이 쪽으로, 아카이아 전사들은 함대 쪽으로 시신을 끌고 일진일퇴를 거듭했다. 무서운 아우성이 일어났다. 이렇게 제우스는 사람들과 말들이 하루 종일 파트로클로스의 시신을 가지고 싸움을 벌이게 했다.

한편 아킬레우스는 사랑하는 친구가 죽은 사실을 전혀 모르고 있었다. 왜냐하면 사람들은 함대에서 멀리 떨어진 트로이 성벽 아래에서 싸우고 있었기 때문이다. 그는 자기가 아니고서야 일리오스를 무너뜨릴 수 없다는 것을 잘 알고 있었고, 파트로클로스가 트로이인들을 성문까지만 몰아낸 뒤 살아 돌아올 거라고 생각하고 있었다.

그날이 저물 때 메넬라우스는 아이아스의 조언을 따라 아킬레우스에게 그의 친구가 죽었다는 비보를 전하기 위해 안틸로코스를 보냈다.

"안틸로코스여, 이리로 좀 와 보시오, 우리에게 닥친 이 슬픈 소식을 그대가 들을 수 있게… 그대는 이미 신께서 아카이아 사람들을 괴롭히시고 트로이에게 승리를 주시리라는 것을 알고 있었을 거요. 아카이아에서 으뜸가는 용맹을 자랑하던 파트로클로스가 죽었소. 빨리 아킬레우스에게 달려가 이 불행한 소식을 전하시오. 어서 시신을 구하러 오라고 하시오. 헥토르가 그의 무구를 탈취해 갔으니 말이오."

안틸로코스는 이 소식을 듣고 소스라치게 놀랐다. 기가 막혀서 벌어진 입조차 다물지 못했다. 눈물이 앞을 가리고 말문이 막혔다. 그러나 그는 슬픔으로 미어지는 가슴을 안고 아킬레우스의 장막이 있는 곳으로 떠났다. 그동안 아카이아 사람들은 아이아스와 메넬라우스의 지휘 아래 마침내 파트로클로스의 시신을 트로이 군사로부터 빼앗아오는 데 성공했다. 그들은 시신을 팔에 안고 싸움터를 벗어나 배를 대어 놓은 곳으로 달려갔다.

제18장

아킬레우스의 무구

 안틸로코스는 함대 옆에 이르러 아킬레우스를 찾았다. 아킬레우스는 자기 배 앞에서 아무 것도 모른 채 걱정하며 불안해 하고 있었다. 안틸로코스는 그에게 다가가 뜨거운 눈물을 쏟으며 이 슬픈 소식을 전했다.
 "이럴 수가 있습니까, 아킬레우스여. 나는 그대에게 슬픈 소식을 알려드리러 왔습니다. 파트로클로스가 죽었습니다. 그리고 모두가 그의 벌거벗은 시신을 놓고 싸우고 있습니다. 헥토르가 무구를 모두 벗겨 갔기 때문입니다."
 이 말에 어두운 고통이 아킬레우스를 덮쳤다. 그는 두 손으로 먼지와 아궁이의 재를 움켜쥐고 그것을 자기 머리에 뿌리고, 얼굴과 튜닉을 더럽혔다. 그러더니 흙먼지 속에 벌렁 누워서 머리카락을 쥐어 뜯었다. 그와 파트로클로스가 전쟁에서 잡아 온 여인들이 다 함께 고통

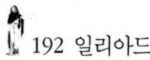

스럽게 울먹이며 가슴을 치고 장막에서 물러났다. 안틸로코스 역시 아킬레우스의 손을 꼭 붙잡고 울음을 토했다. 아킬레우스가 창으로 자기 목을 찔러 자해할까봐 두려웠던 것이다.

아킬레우스의 통곡 소리가 너무나 끔찍했기 때문에 그의 어머니인 여신 테티스마저도 바다의 심연에서 그 소리를 듣게 되었다. 그녀는 비통해하며 말했다.

"나의 자매들인 네레이데스들아, 내 말을 들어 보게! 나는 영웅들 중에서도 가장 용맹하고 뛰어난 남자를 세상에 낳았지. 나는 그를 비옥한 땅의 수목처럼 키웠고, 트로이와 싸우라고 범선에 태워 보냈지. 하지만 나는 그 아이가 살아서 돌아오는 것을 볼 수 없을 것 같네. 아들이 저렇게 고통받고 있는데도 나는 아무 도움도 못되는군."

그녀 앞에서 바닷물이 갈리자, 그녀는 해변을 따라 아킬레우스의 함대가 있는 데까지 이르렀다. 거기서 그녀는 눈물을 흘리면서 아들의 머리를 감싸 안아 주었다.

"내 아들아, 어째서 울고 있느냐? 숨김없이 말해 보아라."

"어머니, 저는 더이상 살고 싶지 않습니다. 세상에서 가장 사랑하는 친구를 잃었기 때문입니다. 헥토르는 나의 친구를 죽이고, 신들께서 아버지 펠레우스에게 선사하신 빛나는 제 무구들까지 빼앗아 갔습니다. 저는 이제 파트로클로스의 원수를 갚기 위해 헥토르를 제 창으로 찔러 죽이고야 말겠습니다."

테티스는 눈물을 쏟으며 그에게 말하였다.

"내 아들아, 네가 그런 말을 하다니, 꼭 그렇게 일찍 죽어야 되겠느냐? 헥토르가 죽은 다음에는 반드시 네 차례가 올 텐데."

그러자 아킬레우스는 눈물을 흘리며 애통해했다.

"아! 함대 옆에 앉아 있는 나는 아무 짝에도 쓸모없는 짐짝 같구나! 나는 헥토르 때문에 쓰러진 수많은 친구들도 파트로클로스도 구하지 못했습니다.

아! 내 마음을 괴롭혔던 분노에 저주 있으라! 나는 과거는 잊어버리겠습니다. 괴롭지만 내 친구를 죽인 헥토르를 징벌해야겠으니까요. 죽음의 운명도 만약 그것이 제우스와 불사의 신들이 원하시는 바라면 받아들이렵니다. 오, 어머니, 저를 만류하지 마십시오. 어머님의 다정함은 알고 있지만, 제 마음은 이미 결정을 내렸습니다."

여신 테티스가 그에게 대답하였다.

"오, 내 아들아, 트로이인들이 너의 무구를 가지고 있다는 사실을 잊지 말아라. 헥토르가 그 무구로 자기 어깨를 덮고 있다. 내일까지는 싸움터로 나가지 마라. 대장장이 신 헤파이스토스에게 너를 위해 새로운 무구를 직접 만들게 하겠다. 새벽까지는 돌아오마."

여신 테티스는 이렇게 말하고 은빛 발로 올림포스에 올라갔다.

이러는 동안 아카이아인들은 헥토르 앞에서 달아나 헬레스폰트와 그들의 함대 쪽으로 달아났다. 그들은 더 이상 파트로클로스의 시신을 창더미 속에서 꺼내올 수조차 없었다. 세 번이나 헥토르가 시신의 발을 붙잡고 끌었으나 세 번 다 아이아스가 그를 시체에서 밀쳐냈다. 그러나 양치기들이 굶주린 사자에게서 더이상 양을 지키지 못할 때처럼, 아이아스도 더이상 헥토르를 파트로클로스에게서 떼어내지 못하게 되었다. 만약 헤라가 제우스와 그밖의 다른 신들 모르게 이리스를 아킬레우스에게 보내 주지 않았더라면, 헥토르는 분명 파트로클로스의 시신을 끌고 가버렸을 것이다.

"일어나요, 아킬레우스. 인간 중에 가장 두려운 자여, 파트로클로스를 구하러 가세요. 헥토르는 시신의 목을 잘라 말뚝에 박을 생각으로 갖은 애를 쓰고 있답니다. 일어나세요. 나를 보내신 분은 헤라 여신이랍니다."

"하지만 무구도 없이 어떻게 전투에 나간단 말이오?"

"참호 옆으로 가서 그대의 모습을 트로이 군사에게 보여 주세요. 그대의 모습을 보기만 해도 트로이 병사들은 겁에 질려 후퇴할 겁니다."

이렇게 말하고 이리스는 사라졌다.

과연 아킬레우스가 모습을 드러내어 천지가 뒤흔들릴 듯 고함소리를 지르니, 그 소리가 트로이 군사들의 귓전에 울리자마자 그들은 모두 무서워 벌벌 떨었다. 훌륭한 갈기를 지닌 말들도 이미 반쯤은 돌아선 모습이었다. 전차를 모는 마부들은 아킬레우스의 머리 위에서 불길이 활활 타오르는 것을 보고 공포에 떨었다. 그 불길은 여신 헤라가 타오르게 한 것이었다. 세 번이나 참호 옆에서 아킬레우스가 소리를 질러대니 트로이 사람들은 모두가 도망가기 바빴다.

아카이아 사람들이 파트로클로스의 시신을 팔에 안고 전쟁과 트로이의 창검이 없는 곳까지 왔다. 그들은 시신을 침상 위에 뉘였다. 모두가 그 침상을 에워싸고 눈물을 흘렸다. 아킬레우스는 날카로운 청동창에 찢기고 상한 친구의 모습을 보자 뜨거운 눈물을 가눌 수 없었다. 자기 자신이 무구와 말과 전차를 주어 싸움터로 보낸 친구를 살아서 두 번 다시 만날 수 없게 된 것이다.

밤이 새도록 아카이아 사람들은 파트로클로스의 시신을 앞에 두고 눈물을 흘렸다. 아킬레우스는 수많은 병사들의 목숨을 앗았던 자기의 손을 친구의 가슴에 올려놓았다. 그가 흐느껴 우는 모습은 새끼 사자가 사냥꾼에게 죽임을 당한 것을 발견한 어미 사자와 같았다.

"오, 파트로클로스, 그대 다음에는 내가 이 땅 속에 묻힐 테니, 헥토르의 머리와 빼앗긴 무구를 가져오기 전에는 그대를 묻지 않으리라. 내가 이 약속을 지키기 전까지는 그대를 나의 뱃전에 뉘어 둘 것이다. 우리가 포로로 잡은 트로이와 달다노이의 여자들이 그대를 둘러싸고 밤낮없이 눈물을 흘리리라."

아킬레우스는 이렇게 말하고 부하들에게 큰 세 발 솥에다 목욕물을 데우라고 명령했다. 물이 충분히 덥혀지자 그들은 파트로클로스의 몸을 씻기고 기름을 발랐다. 그리고 아홉 해를 묵힌 고약으로 시체의 속을 채우고 깨끗한 수의를 입힌 뒤 그 위에 하얀 삼베를 덮어 주었다.

이러는 사이 테티스는 헤파이스토스의 집에 도착했다. 그의 집은 헤파이스토스가 손수 청동으로 지은 것이었다. 그는 땀을 뻘뻘 흘리면서 풀무 주위에서 왔다갔다 하고 있었다. 그는 스무 개의 세 발 솥을 만드는 중이었다. 그 솥들 아래에는 황금으로 만든 바퀴가 달려 있어서 신들의 회합이 있을 때는 저절로 움직였다가 제자리로 돌아올 수 있게 되어 있었다.

여신을 보고 헤파이스토스는 모루 앞에서 무시무시한 상체를 일으키고 불에서 풀무를 떼어 놓았다. 그리고 해면을 집어들더니 얼굴과 털투성이 가슴을 닦았다. 그는 튜닉을 입고 단장을 들고 절뚝거리면서 여신에게로 왔다. 테티스는 뜨거운 눈물을 흘리며 그에게 자신이 찾아 온 이유를 설명하였다.

"아! 헤파이스토스여, 모든 여신들 중에서 나처럼 불행한 여신은 없을 겁니다! 나는 모든 영웅 중에서도 가장 뛰어난 자를 아들로 두었지요. 그 아들은 양지바른 정원에 소중하게 심은 나무처럼 고이고이 길렀습니다. 그리고 나서 나는 그 애를 트로이와 싸우라고 트로이의 해변으로 보냈습니다. 그 애가 다시는 자기 집으로 돌아오지 못할 거라는 것을 알면서도 그랬던 것입니다! 그런데 아폴론은 내 아들의 무구를 걸치고 나간 친구 파트로클로스를 죽였습니다! 그래서 제가 지금 당신의 무릎에 매달려 호소하는 겁니다! 머지 않아 죽게 될 제 아들에게 지금 당장 갑옷과 투구, 방패, 그밖의 무구들을 만들어 주세요. 그 아이의 무구는 트로이군들이 모두 가져가 버렸습니다."

절름발이 신 헤파이스토스가 이렇게 대답했다.

"염려마시고 마음의 안정을 찾으십시오. 제가 당신의 아들을 죽음의 운명에서 구할 수 있다면 좋겠습니다만, 그것은 제가 어떻게 할 수 있는 일이 아니군요. 그렇지만 훌륭한 무구를 만들어 드릴 수는 있습니다. 간단한 일이지요. 모든 사람들이 놀람과 존경을 표시할 만한 것으로 만들어 드리지요."

그렇게 말하고 헤파이스토스는 곧바로 풀무 앞으로 가서 풀무에 불을 지피고 작업에 착수하였다. 풀무들은 스무 개의 도가니 아래에 놓여 있어서 헤파이스토스가 지시하는 대로 때로는 격렬하게, 때로는 세심하게 바람을 일으켰다.

신은 불 속에 청동과 주석을 던져 넣기도 하고, 값진 금과 은을 집어 넣기도 했다. 그는 모루 위에 녹은 쇳물을 쏟아부은 후 한 손에는 커다란 망치를 들고 다른 손에는 집게를 들고 열심히 그것을 두들겼다. 그는 우선 크고 단단한 방패를 만들고, 거기에 다양한 장식을 박은 뒤 빛나는 테두리를 세 겹으로 둘렀다.

　방패의 중심에는 그것을 꾸며주는 갖가지 문양을 그려 넣었다. 그는 거기에 대지와 천상과 바다를, 태양과 달과 별들을 새겼다. 그리고 나서 아름다운 두 도시를 새겨 넣었다.

　한 도시는 평화로운 곳으로 결혼식과 점잖은 연회가 보였다. 모두가 노래를 부르고 있고, 기타라의 화음이 거기에 어우러지고 있는 광경이었다. 다른 한 도시는 전쟁이 벌어져 포위당하고 있는 모습이었다.

도시는 두 군대 사이에 끼여 있는 형국이었고 여자들과 아이들, 노인들이 성벽을 감시하고 있는 모습이었다.

헤파이스토스는 그 다음에 잘 가꾸어 놓은 기름지고 비옥한 밭을 새겨 넣었다. 그는 또 인부들이 낫으로 이삭을 베고 있는 밭을 새겼다. 그리고 다음에는 포도송이가 주렁주렁 달린 과수원을 새겨 넣었다. 포도알은 모두 황금색이었고, 시렁을 받치고 있는 것은 은색이었다. 젊은 남녀들이 바구니에 달콤한 과일들을 담아 나르고, 한 아이는 즐겁게 노래하고 춤추면서 그들을 따르고 있는 모습이었다. 그렇게 모두가 발로 장단을 맞추며 춤을 추는 광경이 새겨졌다.

그리고 또 절름발이 신 헤파이스토스는 아름다운 골짜기에서 하얀 양떼가 노니는 목장을 새겨 넣었다. 그리고 다시 한 번 아름다운 처녀들과 청년들이 손에 손을 잡고 흥겹게 춤추는 무리들을 그 안에 새겨 넣었다. 젊은 여인들은 부드러운 드레스를 입고 있었고, 젊은 청년들은 기름을 입힌 것처럼 반들반들하게 짜여진 직물로 만든 튜닉을 입고 있었다. 그들은 머리에 아름다운 꽃으로 된 화관을 쓰고 있었고, 모두들 둥글게 원을 이루며 다양한 모습으로 춤을 추고 있었다. 그리고 나서 헤파이스토스는 마지막으로 놀랄 만큼 잘 만들어진 이 방패의 가장자리에 힘차게 흐르는 오케아노스 강을 새겨 넣었다.

방패를 완성하고 난 뒤 그는 불빛보다 더 찬란한 갑옷을 제작하였다. 그 다음에는 튼튼한 투구를 만들었다. 그 투구는 있는 솜씨를 다 부린 훌륭한 것으로 황금 앞가리개가 붙어 있었다.

　　그렇게 해서 절름발이 신 헤파이스토스는 무구들을 완성해서 아킬레우스의 어머니 앞에다 내놓았다. 테티스는 올림포스의 눈덮힌 꼭대기들을 한 마리 매처럼 날아서 눈부시게 빛나는 무구들을 아들에게 가져 갔다.

제19장

아킬레우스가 분노를 거두다

새벽의 여신이 사프란 빛깔의 옷자락을 끌며 물결 위에 등장했을 때 테티스는 아킬레우스의 함대에 도착하였다.

그녀는 그토록 사랑하는 아들이 눈물에 젖어 파트로클로스의 시신에 엎드려 있는 것을 찾아냈다. 그의 부하들도 주위에 모여 함께 울고 있었다. 여신이 그들 가운데 나타나 아킬레우스의 손을 붙잡고 말했다.

"내 아들아, 비록 슬픈 일이지만, 그는 신들의 뜻에 따라 죽은 것이니 그를 내버려 두어라. 그보다 헤파이스토스가 만든 이 훌륭하고 아름다운 무구를 받거라. 이런 것을 그 어깨에 걸친 자는 여지껏 본 적이 없다."

여신은 이렇게 말하고 완성된 무구를 아킬레우스 앞에 내놓았다. 그의 부하들은 겁에 질렸다. 왜냐하면 그들은 무구의 눈부신 광채를 차마 똑바로 볼 수가 없어서 벌벌 떨고 있었던 것이다. 그러나 아킬레우스는 그 물건을 보자마자 새로운 용기와 분노가 샘솟는 것을 느꼈고 두 눈은 불꽃처럼 타올랐다. 아킬레우스가 기쁨에 넘쳐 그 놀랄 만한 작품에 넋이 빠져 있는 동안 테티스가 말했다.

"내 아들아, 이제는 분노를 거두고 아가멤논 왕과 화해하거라. 그리고 어서 무장을 하려무나."

그리고 나서 테티스는 그에게 담대함과 굳건함을 불어 넣어 주었다.

아킬레우스는 무서운 고함을 질러 싸움터의 아카이아 용사들을 재촉하면서 해안으로 달려 갔다. 배에 남아 있던 자들과 전부터 배의 키를 잡아오던 자들이 모두 다 아킬레우스가 다시 나타나는 것을 보려고 모였다. 디오메데스와 오디세우스 역시 창에 기댄 채 절뚝거리면서 나타나 병사들의 맨 첫 줄에 가서 앉았다. 아가멤논도 부상당한 몸을 이끌고 맨 나중에 나왔다.

이렇게 모든 아카이아 사람들이 아고라에 모였을 때 아킬레우스가 입을 열었다.

"아가멤논 왕이여, 젊은 여자 하나를 위해 우리가 다투는 것보다는 서로의 말을 들으려 했더라면 좋았을 것을! 얼마나 많은 병사들이 적의 손에 쓰러져 흙을 입에 물고 죽었는지! 헥토르와 트로이군에게만 좋은 일이 되어 버렸소이다. 아카이아 사람들은 오랫동안 우리의 그 저주받을 불화를 기억할 것이오. 어쨌든 지금은 고통스럽더라도 과거는 잊읍시다. 오늘로 나는 나의 분노를 거두겠소. 그리고 아가멤논 왕은 당장 아카이아 병사들을 불러 주시오. 나는 트로이의 군사들을 쳐부수러 가겠소."

이처럼 아킬레우스가 자신의 분노를 거두어 들이자 병사들은 크게 기뻐했다. 그리고 아가멤논 왕 자신도 자기가 무력을 사용하여 그의 전리품을 빼앗은 지난 날의 과오를 인정했다. 그는 아킬레우스에게 한없는 포상을 약속했다.

그러나 아킬레우스는 포상에는 전혀 관심이 없고 오직 싸움에 대한 생각뿐이었다. 그때 오디세우스가 입을 열었다.

"아킬레우스여, 그대의 용맹함은 알지만 굶주리고 있는 아카이아 병사들을 싸움터로 내몰 수는 없습니다. 전투가 길어질 테니까요. 전사가 아무 것도 먹지 않은 채 하루 종일 싸울 수는 없는 노릇입니다. 아무리 사기가 높다 해도 굶주림과 갈증은 병사들을 괴롭히고 손발을 맥없이 풀어지게 합니다. 아가멤논에게 그대에게 줄 포상들을 아고라로 가져 오게 해서 그것으로 연회를 베

제19장 아킬레우스가 분노를 거두다

풀게 하십시오. 아가멤논이 그대에게 마땅히 해야 할 바를 하는 것을 모두가 지켜보도록 말입니다. 그리고 아트리데스 아가멤논이여, 당신은 앞으로 누구에게나 바르게 행동하시기 바랍니다."

그리하여 아가멤논은 자기 장막에서 아킬레우스를 위한 연회를 베풀었다. 아킬레우스는 싸우고 싶은 마음이 굴뚝 같았으나 선물과 요리가 나오고, 두 사람 사이에 새로운 동맹을 다질 때까지 기다려야만 했다. 그러나 그는 자기에게 제공되는 음식만큼은 모두 거절했다. 친구가 죽은 지금 그에게 남아 있는 욕망은 피와 살륙에 대한 것밖에 없었기 때문이다. 그는 긴 한숨을 내쉬며 부르짖었다.

"오, 내 벗들 가운데에서도 가장 다정한 이여, 예전에 그대는 내게 정성을 다한 음식을 준비해 주곤 했었지. 아카이아가 트로이 사람들을 상대로 싸움을 하고 있을 때도 말일세. 그리고 지금 그대는 적들의 창에 찢긴 채 쓰러져 있고, 내 마음은 회한에 가득 차서 아무 음식도 받아들일 수 없다네. 나는 이보다 더 슬플 수는 없을 걸세. 설령 아버님이 돌아가신다 해도 나는 흔들리지 않고 트로이와 싸우고 있을 걸세. 스키로스에서 자라고 있을 내 아들이 죽는대도 이보다는 덜 슬플 걸세."

그의 눈물을 보고 있던 제우스는 측은한 마음이 들

어서 자기의 딸 아테나에게 말하였다.

"내 딸아, 어찌하여 너는 네가 아끼는 영웅을 저렇게 내버려 두느냐? 더이상 아킬레우스가 네 안중에 없단 말이냐? 그는 자기 뱃전에 앉아 친구의 죽음을 슬퍼하고 있구나. 다른 이들은 먹고 마시는데 저 자는 아무 것도 먹지 못하는구나. 가거라! 가서 저 자에게 배고픔이 미치지 못하게 넥타와 암브로시아를 가슴에 부어 주어라."

그렇지 않아도 그럴 생각을 하고 있던 아테나는 이 말에 서둘러 떠났다. 날카로운 소리를 내는 바다 독수리의 형상을 하고 아테나는 공기를 가르며 천상에서 뛰어

내렸다. 아카이아 사람들이 자기 장막 아래에서 무장을 갖추고 있을 때 아테나는 아킬레우스의 가슴에 넥타와 암브로시아를 부어 주었다. 그리고 나서 여신은 아버지의 거처로 돌아갔다.

북풍에 실려 와서 두텁게 쌓여 있던 눈들이 공기 중으로 날리듯이, 늘어서 있던 함대에서 빛나고 견고한 투구와 불룩한 방패, 여러 겹의 청동 갑옷, 물푸레나무 창들이 쏟아져 나왔다. 그 무구들의 광채는 천상에까지 이르고 대지는 병사들의 발 아래 진동하는 것처럼 느껴졌다.

아킬레우스도 이를 갈면서 무구를 갖추었다. 그의 두 눈은 불꽃처럼 이글거렸고 가슴 속에는 고통스러운 분노가 가득하였다. 트로이에 대한 노여움에 휩싸인 그는 헤파이스토스 신이 직접 만든 무구로 전투 채비를 했다.

우선 그는 다리를 은빛 버클이 달린 훌륭한 각반으로 단단히 에워쌌다. 그리고 가슴에는 갑옷을 걸쳤다. 그는 황금 장식이 박힌 청동검을 어깨에 둘러 매고, 크고 견고한 방패를 잡았다. 방패는 마치 달덩이처럼 빛났다. 그는 또 별처럼 빛나는 갈기 달린 투구를 머리에 썼다. 이처럼 아킬레우스가 이름 높은 절름발이 신 헤파이스토스가 선사하신 무구가 자기에게 잘 들어맞는지 시험해 보고 있었다. 모든 무구들은 날개라도 달린 듯 해서 마치 날 수도 있을 것 같았다. 마지막으로 그는 창꽂이에서 아버지가 물려 준 창을 뽑아 들었다. 그 창은 너무나 무거워 다른 병사들은 들 수도 없었고, 오직 아킬레우스만이 다룰 수 있는 것이었다.

아우토메돈과 알키노스는 훌륭한 고삐를 가진 아킬레우스의 전차에 말을 매고 재갈을 물렸다. 아우토메돈이 거기에 올라 빛나는 채찍을 잡았고, 아킬레우스가 전차에 탔다. 그는 큰 소리로 말들에게 당부했다.

"크산테스와 발리오스여, 위대한 혈통을 지닌 명마들이여, 이번에는 너를 모는 자를 아카이아 군대의 야영지까지 돌아오게 해 다오. 너희는 전쟁에서 붙잡힐지라도 너희를 모는 자는 파트로클로스처럼 죽게 내버려 두어서는 안 된다."

그러자 멍에를 맨 크산테스가 고개를 숙였고, 갈기가 멍에받이에서 흘러내려 땅에까지 닿았다. 헤라 여신께서 그 말이 말할 수 있게 하신 것이다.

"지극히 용감하신 아킬레우스님, 오늘 우리들은 당신을 구하겠습니다. 그러나 당신의 최후의 날이 가까와졌나이다. 제우스께서 그렇게 정하신 것이니, 저희들도 그것은 어쩔 수 없습니다. 트로이 사람들이 파트로클로스의 무구를 가져간 것은 저희가 겁이 많아서도 아니고 저희의 달음질이 느려서도 아닙니다. 그를 죽인 것이 아

제19장 아킬레우스가 분노를 거두다

폴론이시고, 그 신께서 트로이에 승리를 안겨 주시기 원했기 때문이지요. 우리가 가장 **빠른** 바람의 신 제퓌로스처럼 달린다고 해도, 당신은 한 신과 한 인간의 공격만큼은 피하실 수 없을 것입니다."

아킬레우스는 격노하여 자기 말에게 이처럼 대답하였다.

"크산테스여, 어째서 네가 나에게 죽음을 알려주느냐? 그것이 네게 무슨 상관이냐? 나 역시 내가 아버지의 집에서 멀리 떨어진 이곳에서 죽을 운명임을 안다. 그러나 내 심장이 멈추는 것도 트로이를 박살내고 난 다음의 일이다."

그는 이와 같은 말을 던지고 무서운 함성을 높이 지르면서 말을 몰아 전열의 선두로 뛰어 나갔다.

제20장

신들의 참전

 아킬레우스를 중심으로 단단히 무장한 아카이아 사람들은 전의를 불태우고 있었다. 그리고 트로이 병사들도 들판에 솟아 있는 고지에서 전열을 가다듬고 있었다.
 한편, 제우스는 신들을 올림포스 꼭대기에 불러 모으기로 결정했다. 모두가 그의 부름을 받고 절름발이 명장(名匠) 헤파이스토스가 솜씨를 부려 만든 회랑 아래로 와서 자기 자리에 앉았다. 그들 중에서 바다에서 온 포세이돈이 맨 처음 입을 열었다.
 "번개의 신이여, 우리들을 또다시 부른 것은 무슨 까닭입니까? 트로이와 아카이아에 대해 상의하기 위해서입니까? 그들은 곧 전투를 다시 시작할 것 같더군요."
 제우스가 그에게 대답하였다.
 "그렇다. 말하자면 그런 이유로 그대들을 전부 모이

게 한 셈이다. 너무나 많은 인간들이 죽을 운명으로 나아가는 것 같아 걱정이구나. 하지만 나는 올림포스 꼭대기에 앉아서 인간들이 싸우는 것을 두고 보기만 하기로 결심했다. 대신 그대들은 모두 각자 마음대로 트로이와 아카이아를 도와 주러 가도 좋다. 아킬레우스는 파트로클로스가 죽은 이후로 분노에 사로잡혀 있다. 자칫하면 그가 정해진 운명을 넘어서 트로이의 성벽을 허물고 사람들을 부들부들 떨게 하지 않을까 걱정이다."

이렇게 제우스는 신들을 유례없는 치열한 전투에 참여하도록 선동하였다. 모든 신들은 편가름을 하여 싸움을 준비하게 되었다. 헤라, 아테나, 포세이돈, 지혜가 넘치는 헤르메스와 절름발이 신 헤파이스토스가 아카이아의 함대가 있는 쪽으로 떠나갔다. 한편 트로이 쪽에는 전쟁의 신 아레스, 긴 머리카락을 한 활의 신 아폴론, 그의 누이이자 사냥의 여신인 아르테미스, 그리고 아프로디테가 차례로 내려갔다.

신들이 인간들에게 아직 미치지 못했을 때, 아카이아 쪽은 자신감과 신념에 가득 차 있었던 반면에 트로이는 공포에 사로잡혀 있었다. 아킬레우스가 다시 나타났기 때문이다. 빛나는 무구를 입고 흡사 전쟁의 신처럼 나타난 그의 모습에 모든 트로이 군사들은 두려워 벌벌 떨었다.

그러나 신들이 곧 전쟁에 합류했다. 아테나는 참호 앞에서 고함을 질렀고, 그 소리는 곧 해변가의 파도 소리와 함께 울려퍼졌다. 검은 폭풍과도 같은 아레스도 트로이 성의 꼭대기에서 소리를 질렀다. 곧 불사의 신들은 두 나라 사이의 전쟁을 개시했다.

제우스는 높은 하늘에서 오랫동안 천둥을 울리고, 포세이돈은 광활한 대지와 산봉우리들을 뒤흔들었다. 땅 밑에서는 하데스가 자신의 옥좌에서 깜짝 놀라서 뛰어나올 정도였다. 포세이돈이 대지를 찢어서 인간과 신들의 눈에 자기의 무시무시한 집을 드러나게 할까 봐 염려되었던 것이다.

아킬레우스는 무엇보다 헥토르와 맞서 싸우기를 원했다. 그는 원수의 피를 맛보기 원했던 것이다. 그러나 아폴론은 아에네아스가 그와 창으로 겨루게 했다. 아폴론은 프리암의 아들 리카온의 모습과 음성으로 꾸미고 아에네아스에게 말을 걸었다.

"트로이의 왕자 아에네아스여, 교만한 아킬레우스와 싸우겠다고 트로이의 왕족들 앞에서 맹세한 것은 어떻게 된 건가?"

아에네아스가 이렇게 대답했다.

"어째서 그대는 나에게 저 교만한 아킬레우스와 싸

움을 하라고 하십니까? 어떤 병사도 아킬레우스를 상대할 수 없다는 것을 그대도 알고 계시겠지요. 신들 가운데 하나가 언제나 저 자와 함께 하면서 그를 보호해 주고 있단 말이오. 아킬레우스의 화살은 언제나 목표에 명중하고, 누군가의 몸에 박히기 전까지는 결코 멈추지 않는다오. 그러나 만약 한 신께서 나를 도와 주신다면, 그가 비록 온 몸이 청동으로 되어 있다고 해도 그리 쉽게 이기지는 못할 겁니다."

아폴론이 아에네이아스에게 말했다.

"용사여, 그대 역시 영생하시는 신들에게 기원을 올리도록 하시오. 아킬레우스가 바다의 여신에게서 태어났다지만, 당신의 어머니도 제우스의 따님이신 아프로디테가 아닙니까! 창을 들고 저 자에게 맞서구려. 저 자의 모욕적인 언사나 위협이 그대를 멈추게 할 순 없을 거요!"

이 말은 트로이의 왕자에게 크나큰 용기를 주어서 그는 창을 잡고 앞으로 뛰어나갔다.

올림포스의 꼭대기에서 제우스의 아내 헤라는 아에네이아스의 모습을 보았다. 여신은 자기가 보호하는 아킬레우스가 걱정이 되었다. 그러나 포세이돈은 그녀를 안심시키고, 싸움을 구경하기 위해 드높은 언덕으로 데려갔다.

그들은 마주 보이는 언덕에 트로이를 보호하는 신들인 아폴론과 아레스가 있는 것을 보았다. 그리고 신들은 전부 다 앉아서 무서운 전쟁이 인간들 사이에 일어나기를 꾀하면서도 시간을 끌고 있었다.

그들 아래에서 온 들판이 사람들과 말들로 가득 차고, 대지에는 양쪽 군대의 발걸음이 울려퍼졌다. 그 모든 사람들 가운데로 싸울 준비를 마친 트로이의 왕자 아에네아스와 아카이아의 영웅 아킬레우스가 돌진하였다.

육중한 투구를 쓴 아에네아스는 가슴을 무거운 청동 방패로 가리고 위협적으로 청동창을 휘두르면서 나아갔다. 아킬레우스는 마치 한 무리의 사람들이 떼를 지어 잡으려고 달려들 때의 힘센 사자와도 같은 모습으로 그에게 달려들었다. 뭇사람들의 동시 공격에 화날 대로 화가 난 사자는 입을 벌리고 으르렁거리면서 두 눈을 부릅뜨고 적을 노려보고 달려들어 마구 물어뜯어 죽인다.

그들이 서로 만났을 때 아킬레우스가 먼저 입을 열었다.

"아에네아스여, 어째서 병사들의 무리를 떠나 왔느냐? 네가 나를 죽이면 트로이인들이 네게 포상을 주리라는 기대로 왔느냐? 네가 이미 내 창 앞에서 도망쳤던 것을 기억하고 있겠지. 그날에는 제우스와 다른 신들께서 네 목숨을 지켜 주셨다. 그러나 오늘은 그들이 너를 구해 주리라고 생각하지 말라! 고개를 뻣뻣이 들지 말고 불행이 미치기 전에 네 병사들 틈으로 돌아가라! 나쁜 일이 일어난 후에 깨닫는 것은 바보들이나 하는 짓이니까!"

아에네아스가 아킬레우스에게 이렇게 말하였다.

"아킬레우스여, 그 따위 말로 나를 어린애처럼 다룰 수 있으리라는 기대는 품지 마라. 나 역시 욕설이나 조롱은 얼마든지 할 수 있으니까. 우리는 서로의 혈통과 계보를 잘 알고 있다. 네가 우리 부모를 본 적이 없고, 나 역시 그렇지만, 우리 둘 다 서로의 오랜 선조들까지 다 잘 알고 있지. 너는 바다의 여신 테티스의 아들이라고 하더구나. 나는 아프로디테의 아들로 태어나는 영광을 누렸지. 오늘 우리 부모와 너희 부모는 사랑하는 아들을 보며 눈물을 흘리겠지. 어린애 같은 말장난으로 우리를 싸움터에서 멀어지게 할 수는 없을 테니. 자, 싸우자, 아킬레우스, 싸움터에 뛰어 들어 우리 둘이 창으로 겨루어 보자."

아에네아스는 아킬레우스의 무서운 방패를 향해 그의 청동창을 힘껏 찔렀다. 방패는 소리를 내며 울렸으나 그것은 헤파이스토스 신의 선물이었기 때문에 뚫리지는 않았다.

이번에는 아킬레우스가 그의 긴 창을 던져 아에네아스의 방패 가장자리를 꿰뚫었다. 그곳은 불행히도 청동과 가죽이 가장 얇은 곳이었다. 아에네아스는 공격을 피하기 위해 몸을 숙이고 방패를 멀리 받쳐 들었다. 창

은 그의 등 위로 날아가 땅에 꽂혔다. 그는 거대한 창이 자기 옆에 박히는 것을 보고 겁을 먹지 않을 수 없었다. 두려움으로 한순간 그의 눈에 경련이 일었다.

　　아킬레우스는 칼집에서 날카로운 칼을 뽑아들고 무섭게 고함을 지르며 달려들었다. 그러자 아에네아스가 무거운 바위를 가뿐히 들어올리면서 아킬레우스의 투구를 향해 내리쳤지만, 아킬레우스는 그것을 피하면서 칼로 아에네아스를 공격했다. 만약 이때 대지를 뒤흔드는 포세이돈이 끼어들지만 않았더라면 그는 치명적인 상처를 입고 죽고 말았을 것이다. 마침 이런 장면을 보고 있던 포세이돈을 말했다.

　　"저런 저런, 아에네아스가 안됐는 걸. 그는 곧 아킬레우스에게 당해서 황천길에 오르겠군. 그러나 달다노스 혈족이 전멸해서는 안 된다. 아에네아스는 아직 죽을 운명이 아니다. 제우스는 달다노스를 인간의 여자에게서 낳은 자식들 중에서 가장 사랑했었다. 제우스는 지금 프리암의 일족을 못마땅해 하고 있다. 그러니 이제 트로이의 군주 자리는 아에네아스의 차지가 될 운명이다."

　　그러면서 포세이돈은 창들을 헤치고 전쟁터로 달려가 아에네아스와 아킬레우스가 싸우는 곳에 이르렀다. 그는 재빨리 안개로 아킬레우스의 눈을 가렸다. 그리고 아에네아스를 땅에서 집어올려 사람들과 말의 빽빽한 무리를 지나 전쟁터 변두리에 떨어지게 했다. 그리고 그에게 말했다.

"아에네아스여, 그대보다 훨씬 강한 아킬레우스와 싸우게끔 그대를 설득한 자는 신들 중에 누구인가? 또다시 그를 만나거든 그의 말을 듣지 말고 도망가라. 그렇지 않으면 네가 죽을 운명이 아니라 해도 지하의 신 하데스에게 내려가게 되리라. 그러나 아킬레우스가 죽고 나면 아카이아인 중에 누구도 너를 죽이지 못할 테니, 그때는 맨 앞에서 싸워라."

포세이돈은 이렇게 말하고 아킬레우스의 눈을 가리웠던 안개를 거두었다. 아킬레우스는 이 난데없는 사태에 분개하고 있었다. 그는 자기의 창을 다시 찾았지만 이미 그의 적은 사라지고 없었다.

그는 아카이아 군대의 전열로 뛰어가 싸움에 임하는 병사들을 격려했다.

"병사들이여, 적들에게서 더이상 멀리 떨어져 있지 말라. 전진하라. 서로 맞서며 싸울 준비를 하라. 내 힘이 강하다고는 하나 혼자서 저 많은 적들을 추격하고 공격할 수는 없다. 아레스도, 어떤 불사의 신도, 아테나 여신조차도 거기까지는 미치지 못한다. 그러나 나는 나의 손발과 결코 지치지 않는 내 힘을 다해 그대들을 돕겠다. 나는 싸움터를 헤치고 어느 곳이라도 가겠다. 어떤 트로이 사람도 내 창에 맞서는 것이 반갑지 않을 것이다."

한편 헥토르는 트로이 사람들에게 자기가 아킬레우스를 상대하겠다고 약속하면서 그들을 격려하고 있었다.

"트로이여, 아킬레우스를 두려워하지 말라. 말로써 싸운다면 나도 불멸의 신들과도 싸울 수 있다. 그러나 창으로 쉬운 일이 아니다! 그의 손이 불과 같이 뜨겁다고 해도 나는 그에게 달려들어 싸울 것이다!"

이 말을 듣자 트로이 병사들은 모두 창을 집어 들고 진군하려 했다. 함성이 드높이 울려 퍼졌다.

그러나 아폴론 신이 몸소 헥토르에게 다가와 말했다.

"헥토르여, 결코 대열을 떠나지 말라. 절대 아킬레우스와 맞서 싸우지 말라. 그가 너를 창이나 검으로 내리치지나 않을지 조심하면서 이 아우성 속에 숨어 있어라."

그리하여 헥토르는 병사들의 무리에 끼어 들었다. 그는 신의 음성을 들은 후부터 줄곧 두려움에 떨고 있었다.

반면, 아킬레우스는 힘과 용기로 온몸을 무장하고 소름끼치는 괴성을 지르면서 트로이 사람들에게 달려들었다. 그리고 그는 수많은 용사들을 죽였다. 그는 창으로 이피티온을 죽였다. 이피티온은 아카이아의 전차 바퀴에 깔려 온몸이 갈가리 찢어졌다.

그는 또 안테노르의 아들이 쓰고 있던 청동 투구를

창으로 찔러 두개골을 뇌수가 드러나도록 박살내 버렸다. 그는 히포다마스가 자기 전차로 도망가려는 순간 그의 등을 찔러 죽였다. 이 트로이 사람은 마치 포세이돈의 제단에 희생으로 바쳐질 황소처럼 울부짖으며 그 영혼을 떠나 보냈다.

다음으로 아킬레우스는 프리암의 막내 아들인 폴리도로스에게 달려들었다. 이 청년은 그의 아버지가 자기 자식들 중에서도 가장 아끼는 자식이라 싸움터에 절대 내보내지 않으려고 했다. 그러나 그는 빨리 달리기로 세상에 이름이 나 있던 터이므로, 이때도 자기의 빨리 달릴 수 있는 능력을 믿고 전투에 참전하였던 것이다. 물론 그는 매우 날쌔게 달아날 수 있었지만, 그보다 훨씬 발이 빠른 아킬레우스는 그의 등을 내리칠 수 있었다. 창끝이 배꼽까지 뚫고 나왔고, 그는 비명을 지르며 무릎을 꿇고 쓰러졌다. 그가 땅에 엎드려져 쏟아지는 창자를 움켜 쥘 때 검은 어둠이 그를 에워쌌다.

자기 동생이 땅 위에 쓰러지는 것을 보자 헥토르도 더이상 멀리 떨어져 참을 수만은 없게 되었다. 그는 불꽃처럼 아킬레우스 앞에 나타나 창을 휘둘렀다.

아킬레우스는 그가 앞으로 뛰어 나오는 것을 보고 의기양양해 하며 말했다.

"드디어 내 친구를 죽인 인간이 나타났구나. 자네가

더이상 회피하는 것은 아무 소용 없겠지. 자, 이리 오너라, 헥토르여, 어서 죽으러 오거라!"

그러자 헥토르가 두려움 없이 외쳤다.

"나도 네가 강하다는 것과 나로선 따라잡을 수 없는 상대라는 것은 알고 있다, 아킬레우스. 그렇지만 우리의 운명은 신들의 무릎 아래 놓여 있는 것이다. 비록 내가 너만 못하다고 하나 어쩌면 나의 창이 네 넋을 앗아갈지도 모르는 일이다. 내 창끝 역시 뾰족하기는 마찬가지니까 말이다."

헥토르는 이렇게 말하고 창을 던졌다. 그러나 아테나는 입김을 불어 그 창을 아킬레우스에게 날아가지 못하게 했다. 창은 헥토르의 발치에 맥없이 떨어지고 말았다. 아킬레우스는 무서운 고함을 지르며 그를 죽이려고 덤벼들었다. 그러나 아폴론이 그를 짙은 안개로 에워쌌다. 세 번이나 아킬레우스는 공격을 시도했으나 그때마다 그는 짙은 안개 밖에는 아무 것도 볼 수 없었다. 네 번째로 그는 달려들면서 욕을 퍼부었다.

"이런 개같은 놈! 또다시 목숨을 부지했구나. 죽음이 코 끝까지 왔는데도 아폴론이 다시 구해 주었구나. 다음 번에 만나면 정말 죽이고 말테다. 어떤 신께서 나를 도와 주시기만 한다면야 무슨 어려움이 있으랴."

아킬레우스는 이렇게 말하고 다른 트로이 사람들을

쫓았다. 그는 사람들의 목을 찌르고, 무릎을 베며, 전차에서 사람들을 떨어지게 했다.

알라스토르의 아들 트로스가 그의 무릎을 붙들고 매달리면서 자신의 어린 나이를 측은히 여겨 목숨만 살려 달라고 애원했다. 그러나 이 애송이는 아킬레우스가 다정함도 유순함도 전혀 가지고 있지 않은 전사이며, 오직 살의만 품고 있다는 것을 몰랐던 것이다. 트로스는 단칼에 죽임을 당했다.

무서운 큰 화재가 바짝 마른 산봉우리를 깊숙한 곳까지 태우고 거센 바람에 불길이 번지듯 아킬레우스는 추격하는 사람들을 죄다 잡아 죽였다. 그가 달리는 땅에는 검은 피가 흘렀다. 아킬레우스에게 쫓겨 달아나는 말들의 무거운 말발굽이 시체들과 방패들을 마구 짓밟았는데, 그 모습은 마치 타작 마당에서 흰 보리를 밟는 황소들과 같았다. 아킬레우스는 영예에 대한 탐욕으로 무적의 손을 피로 적시면서 진격했다.

제21장

강가에서의 싸움

트로이 사람들이 스카만드로스 강의 나루터에 다다랐을 때 아킬레우스는 트로이 군대를 둘로 나눠서 한 편은 들판으로 내몰았고, 다른 한 편은 절벽 아래 강물이 소용돌이 치는 곳으로 내몰았다. 거기서 트로이 병사들은 아우성을 치면서 떨어졌다.

아킬레우스는 창을 강가에 있는 나무에다 세워 두고 칼만 가지고 강으로 뛰어들었다. 그는 주위에 서 있던 모든 사람들을 단칼에 베었고, 순식간에 강에는 핏물이 흘렀다. 하지만 그중 몇몇은 거센 강물의 흐름을 따라 강가의 언덕 밑으로 숨어들었다.

아킬레우스는 지칠 때까지 그들을 베어 나갔다. 그리고 강에서 트로이 사람 열 두 명을 산 채로 잡아내서 파트로클로스의 복수를 위해 죽이려 했다. 그들이 바보처럼 덜덜 떨고 있을 때 아킬레우스는 그들의 양 손을 등 뒤로 돌려서 그들의 허리띠로 묶었다. 그렇게 해서 아킬레우스는 그들을 부하에게 넘겨 함대로 보냈다.

아킬레우스는 다시 강에서 달아나려고 하는 가엾은 자들에게로 달려 갔다. 그리고는 복수의 일념에 사로잡혀 또다시 수많은 트로이 사람들을 죽였다. 만약 깊은 곳에서 소용돌이 치고 있는 스카만드로스 강이 분노하면서 인간의 모습을 하고 그에게 말하지 않았다면, 그는 더 많은 사람을 죽였을 것이다.

"오, 아킬레우스여, 너는 분명 지극히 용맹한 영웅이고, 신들까지 자네와 한 편이 되어 자네를 도우고 있다. 하지만 너는 수많은 사람을 흉폭하게 죽였다. 만약 제우스께서 트로이 사람들을 전멸시키도록 너에게 내어 주셨다고 해도, 적어도 너는 그들을 땅 위에서 죽여야 했다.

내 아름다운 강물이 시체로 가득 찼고, 이 죽음으로 흐려진 강물은 더이상 바다로 흐를 수도 없다. 살륙을 멈춰라. 당장 그만 두란 말이다! 오, 인간들의 왕자여! 도대체 무서워서 살 수가 없구나."

그러자 아킬레우스가 대답하였다.

"나는 그대가 원하는 대로 하겠소, 성스러운 스카만드로스여. 그러나 저 무례한 트로이인들의 목을 베는 것은 멈출 수가 없소. 저들을 도시에 가두고 헥토르와 정면으로 맞붙기 전에는 말이오. 그가 죽든 내가 죽든 결판이 나야 하오."

아킬레우스는 이렇게 말하고 마치 마귀처럼 트로이 병사들에게 또다시 달려들었다. 성난 스카만드로스 강이 소용돌이치며 불어났고, 황소처럼 울부짖으며 물결이 솟구쳐서 시체들을 강가까지 밀어냈다. 강은 아직 살아 있는 자들을 알아보고, 그들을 아름다운 물결의 깊은 소(沼)에다 숨겨 주었다.

무섭고 거센 물결이 일어나 아킬레우스를 둘러싸고 그의 방패를 치고 밀고 하였기 때문에, 그는 서 있을 수조차 없었다. 그래서 아킬레우스가 커다란 느릅나무를 두 손으로 붙잡자 나무가 뿌리채 뽑혀 벼랑이 완전히 무너져, 마치 다리처럼 흐르는 물 가운데 걸쳐 놓였다. 아킬레우스는 강물 밖으로 뛰어 나와 겁을 먹고 평원으로 달려 나갔다. 그러나 어두운 물결을 가진 강이 흘러 가며 그를 뒤쫓았다. 아킬레우스는 새들 중에서 가장 빠르고 사나운 검은 독수리의 기세로 날쌔게 달아났다. 그렇지만 강은 계속해서 사나운 물결로 쫓아왔다. 아킬레우스의 빠른 달음질에도 불구하고 스카만드로스 강은 그를 붙잡고 말았다. 아무래도 강의 신이 아킬레우스보다 강했기 때문이다.

아킬레우스가 방향을 바꾸어 도망가려 할 때마다 물결이 그의 어깨를 세차게 내리쳤고, 그는 다시 한 번 높이 뛰어보려 했지만 강은 그의 무릎을 치면서 발 밑을 흘러갔다.

이때 아킬레우스가 하늘을 우러러보면서 외쳤다.

"아버지 제우스여! 어째서 어느 신도 저를 이 강에서 풀어주지 않으십니까? 차라리 인간들 중에서 가장 용감한 자라는 헥토르 손에 죽는 편이 낫겠습니다! 적어도 용사는 용사의 손에 죽어야 할 것입니다. 그런데도 저는 이 거대한 강에서 익사하는 수치를 맞이해야 하겠습니까? 도랑물에 빠져 떠내려 간 돼지치기 어린애처럼 말입니다!"

그가 이 말을 마치자마자 곧바로 포세이돈과 아테나가 인간의 형상을 입고 그에게 다가왔다. 그들은 손을 내밀어 잡아주면서 아킬레우스를 안심시켰다. 대지를 뒤흔드는 포세이돈이 그에게 말했다.

"네 운명은 결코 이 강에서 죽는 것이 아니다. 너는 곧 그 강이 가라앉는 것을 볼 것이다. 트로이의 이름 높은 성벽 안에 저들을 가두기 전에는 싸움을 멈추지 말라. 너는 헥토르를 죽이고 너의 함대로 돌아가게 될 것이다. 우리는 너에게 커다란 기쁨을 마련해 놓았노라."

그리고 나서 신들은 올림포스 꼭대기로 되돌아갔다. 그리고 이 말에 용기를 되찾은 아킬레우스는 평원으로 뛰어 갔다. 거기에는 강물이 사방으로 흐르며 죽은 병사들의 훌륭한 무구들과 시신들을 떠내려 가게 하고 있었다. 하지만 그의 무릎은 이 거센 물결에 맞서 꿋꿋이 버텼다. 이제 드넓은 강도 그를 어쩌지 못했다. 아테나가 아킬레우스에게 위대한 힘을 주었기 때문이었다.

스카만드로스 강은 한층 분노가 더해져서 날카로운 소리로 시모에스 강을 불렀다.

"사랑하는 내 형제여, 우리 둘이서 저 자의 기세를 꺾어 버리세. 그렇지 않으면 저 자는 위대한 도시 트로이를 무너뜨리고 말 걸세. 모든 여울을 재촉하고 모든 샘물을 총동원해서 물줄기를 키우고, 거대한 물결을 일으켜 나무와 바위에서 큰 소리를 내게 하라. 신들이 하는 바를 감히 자기도 하려는 저 자를 꺾어 놓기 위해서 말이다. 모든 것이 나의 바닥에 누워 모래와 진흙으로 뒤덮혀 그 밑에서 잠들 때, 저 자의 힘이나 준수함이나 훌륭한 무구 따위가 무슨 소용이 있겠느냐? 저 놈을 당장 모래 속에 파묻고 진흙으로 뒤덮어 아카이아 사람들이 그의 뼈조차 찾을 수 없게 할 것이다."

이렇게 말한 대로 강은 엄청난 파도를 일으키면서 아킬레우스에게 덤벼들었다. 콸콸 소리를 내면서 물거품과 피와 시체를 한꺼번에 휩쓸어 갔다.

올림포스 꼭대기에서 이 모양을 본 헤라는 두려움에 사로잡혔다. 그녀는 자기의 아들 헤파이스토스를 불렀다.

"일어나라! 내 아들 헤파이스토스여! 저 강과 싸워라. 너의 불길을 일으켜라. 나는 그 불길이 트로이 사람들의 머리와 무구를 집어 삼키게끔 거센 바람을 일으키겠다. 그리고 너는 강 기슭의 모든 나무를 태워서 강을 불길로 감싸거라. 강이 무슨 아첨이나 협박을 하더라도 듣지 말거라. 절대로 너의 난폭함을 누그러뜨리지 말고, 내가 그만두라고 말할 때에만 불길을 꺼야 한다."

헤파이스토스는 어머니의 뜻을 따라서 거대한 불을 붙였다. 그는 우선 아킬레우스의 손에 죽은 수많은 트로이 사람들의 시체를 태워 버렸다. 그 다음에는 느릅나무와 버드나무, 위성류와 목초를 태웠다. 강의 뱀장어와 물고기가 괴로워서 사방으로 몸부림치다가 소용돌이 속에 잠겼다. 불길이 강을 태우자 강은 외쳤다.

"헤파이스토스여! 어떤 신도 그대와는 대적할 수 없소! 나는 타오르는 불길과는 싸울 수가 없소. 이런 다툼은 그만 둡시다."

거대한 불길 위의 가마솥에서 멧돼지의 비계가 끓어올라 번지듯이, 스카만드로스 강은 헤파이스토스의 불기운이 그를 삼키자 부글부글 끓어올랐다.

그때 헤라는 강의 신이 한낱 인간 때문에 고통받는 것까지는 바라지 않았기 때문에 화재를 멈추라고 명했다.

그러나 아직도 어느 한편에 서서 그들을 응원하고 있던 신들 사이에는 다시 무서운 싸움이 일어나게 되었다. 그들은 서로 덤벼들었고, 대지는 올림포스의 엄청난 굉음 아래 쟁쟁하게 울렸다. 올림포스 꼭대기에 앉아 있던 제우스는 웃기 시작했다. 그는 신들끼리 서로 시끄럽게 싸우는 모습을 즐기고 있었던 것이다.

아레스가 맨 먼저 아테나를 공격했다.

"개똥의 파리 같은 것아! 어째서 신들 사이에 불화의 씨를 심느냐? 너는 디오메데스를 시켜서 내게 창을 던지게 한 그날을 잊었느냐? 네가 그의 창을 인도해서 내 몸을 찢어놓았지."

그리고서 그는 자기의 창으로 제우스의 벼락도 두려워하지 않는 방패 아이기스를 내리쳤다. 아테나는 뒤로 물러서며 강한 손으로 거대한 바위를 집어서 아레스의 목을 후려쳤다. 아레스가 넘어졌고 거대한 몸뚱아리는 땅 위에 쓰러졌다. 그의 머리카락이 먼지로 뒤범벅이 되고 무구가 소리를 냈다. 아레스가 그처럼 부상을 입은 꼴을 보며 아테나는 웃었고, 거만하게 그를 모욕했다. 그리고 나서 그녀는 빛나는 눈을 그에게서 돌렸다.

그렇지만 아프로디테가 아레스를 싸움터 밖으로 끌어내는 것을 본 헤라는 아테나에게 말했다.

"제우스의 딸 아테나여, 아프로디테가 아레스를 싸움터 밖으로 데려가는구나. 어서 뒤쫓아가 보아라."

아테나는 아프로디테에게 뛰어가서 힘센 손으로 거칠게 가슴을 내리쳤다. 아프로디테와 아레스는 흙 위에 쓰러졌다. 아테나는 승리에 취해 펄쩍 뛰었고, 헤라는 미소를 지었다. 그때 대지를 흔드는 포세이돈은 아폴론에게 싸움을 걸고 있었다. 그러나 아폴론은 그에게 이렇게 대답했다.

"포세이돈이여, 내가 초라한 인간들 때문에 당신과 싸운다면 어리석은 자로 취급당할 것이오. 인간들은 나뭇잎처럼 푸를 때도 있고 대지의 과실을 먹고 번영하기도 하지만, 결국은 금방 죽고 맙니다. 우리는 싸우지 말고 저들끼리 싸우게 내버려 둡시다."

아폴론은 이렇게 말하고 물러났다. 그는 아버지의

형제를 존중하는 마음 때문에 포세이돈과의 마찰을 원치 않았던 것이다. 그러나 그의 누이이자 사냥의 여신인 아르테미스가 이를 보고 말하였다.

"도망가다니 아폴론이여! 포세이돈이 이기게 놓아두겠다는 거냐? 겁장이 같으니라고. 네 활은 아무짝에도 쓸모가 없는 물건이더냐?"

아폴론은 대답하지 않았으나 여신 헤라가 아르테미스를 꾸짖었다.

"부끄러움을 모르는 암캐여, 어떻게 네가 감히 나를 대적하느냐? 네가 아무리 활을 잘 쏘고 암사자처럼 잘 싸운다고 해도 나를 상대하기는 벅찰 것이다. 너로서는 들짐승이나 야생 사슴 따위를 맞추는 편이 너보다 강한 상대와 겨루는 것보다는 쉬울 거다. 싸우고 싶거든 이리 와라! 내 힘이 너보다 월등하다는 것을 알게 될 거다."

이런 말을 퍼붓고 헤라는 아르테미스의 활과 화살통을 낚아챈 뒤 깔깔 웃으며 따귀를 갈겼다. 아르테미스가 방어하려는 몸짓을 하는 바람에 화살이 떨어져 사방으로 흩어졌다. 사냥의 여신은 울면서 도망쳤고, 그 모습은 독수리를 피해 바위 틈으로 날아드는 비둘기 같았다. 결국 아르테미스는 올림포스 꼭대기에 있는 아버지 제우스의 거처로 몸을 피했다.

그리고 그녀에 이어 모든 신들이 올림포스 꼭대기로 다시 올라왔다. 몇몇은 심기가 상하고 몇몇은 의기양양해서 구름을 모으는 제우스의 집에 앉았다.

그동안에도 아킬레우스는 트로이의 군사들과 강한 발굽을 가진 말들을 마구 죽이고 있었다. 신들의 분노를 산 도시가 불탈 때 연기가 하늘까지 올라가듯이, 아킬레우스는 트로이를 공격했다.

이때 프리암 왕은 트로이 성의 높은 망루에 서서 잔인한 아킬레우스가 자기 앞의 트로이 사람들을 무너뜨리는 모습을 보고 있었다. 그는 애통한 마음으로 망루에서 내려와 성문을 지키는 문지기들에게 말했다.

"우리 병사들이 성내에 도착할 때까지 성문을 활짝 열고 버텨라. 그들이 성벽 뒤로 들어오거든 바로 닫아라. 저 흉폭한 아킬레우스가 우리의 성벽으로 뛰어들지는 않을까 걱정이 되는구나."

문지기들은 빗장을 당겨서 성문을 열었다. 그 문들은 트로이인들에게 구원을 주려는 것이었다. 아폴론이 그들을 구하기 위해 아킬레우스를 대적하러 나왔다.

트로이 사람들은 먼지를 뒤집어 쓰고 목이 타는 와중에도 도망을 쳤고, 아킬레우스는 영예에 대한 욕망과 분노로 가득 차서 쫓아 왔다.

만약 아폴론이 안테노르의 자랑할 만한 아들 아게놀을 불러 일으키지 않았더라면, 아카이아의 아들들은 분명히 트로이를 함락시켰으리라. 그는 아게놀에게 용기를 불어 넣고 나서, 짙은 안개에 숨은 채 떡갈나무에 기대 서서 그를 죽음의 손길에서 보호해 주려고 했다. 아게놀은 아킬레우스가 다가오는 것을 보자 자신에게 물어 보았다.

"만약 내가 아킬레우스 앞에서 도망친다면, 그는 나를 죽이고서도 겁장이로 여기겠지. 내가 만약 도망가기를 포기하고 일리오스의 평원 쪽으로 간다면 그는 나를 뒤쫓아 올 것이다. 그리하여 만약 내가 기슭까지 간다고 하더라도, 그는 빠른 발로 나를 따라잡을 것이고, 나는 결국 그를 당해내지 못하고 죽을 수밖에 없을 것이다."

그래서 그는 아킬레우스를 기다렸다. 그는 방패를 단단히 앞에다 대고 창을 휘두르면서 이렇게 외쳤다.

"이름 높은 자 아킬레우스여, 너는 오늘 트로이의 성벽을 허물 기대를 품고 있겠지. 어리석은 자여! 그 전에 너에게 액운이 닥칠 것이다. 우리에게는 아직도 병사들이 많고, 또한 우리에게는 부모와 처자식을 지킬 용기도 있다."

그는 이렇게 말하고 힘찬 손길로 날카로운 창을 던졌다. 창은 아킬레우스의 무릎 아래에 맞았지만, 신이 선물한 주석 각반 때문에 튕겨 나갔다. 이번에는 아킬레우스가 아게놀을 향해 덤벼들었다. 그러나 아폴론이 아게놀을 자욱한 안개로 감춰서 싸움터로부터 안전하게 빼냈다. 그리고 나서 신은 자기가 대신 아게놀의 모습을 취하고 아킬레우스가 쫓아오게끔 유인하였다.

그 사이에 트로이 사람들은 공포에 휩싸여 일리오스의 성곽으로 들어갔고, 도시의 길들을 메웠다. 그들은 도시와 성벽 밖에서 누가 죽고 누가 도망을 쳤는지 알아볼 겨를이 없었다. 그들은 앞을 다투어 열심히 성 안으로 들어갔다. 적어도 발과 무릎이 성한 사람은 모두 그랬다.

제22장

헥토르의 죽음

　트로이 사람들은 일단 도시의 성벽 안으로 들어오자 우선 땀을 식히고 갈증을 풀었다. 한편 아카이아 사람들은 어깨에 방패를 걸머지고 빽빽히 줄을 서서 성벽까지 접근해 왔다. 그러나 잔인한 죽음의 운명은 헥토르를 스카이아 문 앞에 남아 있게 했다.

　그때 아폴론이 아킬레우스에게 말했다.

　"펠레우스의 아들이여, 한낱 죽을 운명을 지닌 인간인 네가 어째서 불사의 신을 쫓아오란 말이냐? 너는 내가 신이라는 것도 알지 못했느냐? 네가 여기까지 물러나 있는 동안 트로이 사람들은 모두 자기 도시에 들어갔느니라."

　아킬레우스가 분노에 몸을 떨며 외쳤다.

　"오, 모든 신들 가운데 가장 불길한 신 아폴론이여, 당신은 저 성벽에서 나를 떼어 놓으려고 나를 속였습니

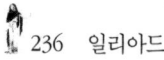

다. 나는 할 수만 있다면 복수하고 말 겁니다."

이렇게 말하고 그는 다시 도시 쪽으로 달려갔다.

트로이의 늙은 왕 프리암은 아킬레우스가 들판을 내달려 불길한 별처럼 다가오는 것을 보았다. 노인은 자기 머리를 치며 탄식하고 아들에게 애원했다.

"헥토르, 내 사랑하는 아들아, 병사들에게서 떨어진 채 혼자서 저 자를 기다리는 짓만은 그만 둬라. 아킬레우스는 너보다 훨씬 강하다. 내가 너를 아끼듯 신들께서도 아껴 주셨으면 좋으련만. 그러면 저 자는 땅 위에 쓰러져 개와 독수리의 밥이 될 텐데. 내 아들아, 얼른 성 안으로 들어오너라. 나를 위해서가 아니라 트로이의 안녕을 위해서 말이다. 아킬레우스에게 영예를 주고 너 자신의 달콤한 인생을 빼앗기는 일 따위는 하지 마라. 나를 불쌍히 생각해 다오. 아들들이 죽고, 딸들은 끌려가고, 집은 황폐해진 꼴을 보고, 어린애들은 땅 위에 짓밟히고, 며느리들은 아카이아 사람들의 흉칙한 손에 끌려가는… 제우스께서는 어째서 내게 끔찍한 노년을 준비해 두셨단 말이냐! 나 자신도 마지막에는 누군가의 창을 맞고 쓰러져서 문간에서 날고기를 먹는 개들에 의해 온몸이 찢기고 말겠지! 그리고는 내 식탁의 찌꺼기를 먹고 내 집을 지키던 그 개들이 내 집 앞에 드러누워 잠을 잘 테지."

노인은 이렇게 말하며 백발을 쥐어 뜯었지만 그것조

차도 헥토르의 마음을 움직일 수는 없었다. 그러자 이번에는 헥토르의 어머니가 가슴을 풀어헤치고 그에게 간청하였다.

"내 아들 헥토르야, 이 가슴을 존중하는 마음으로 나를 가엾게 여겨다오! 네가 어려서 울 때마다 너를 달래려고 이 가슴을 내밀어 주었잖니, 기억해 봐라! 저 자를 피해서 우리 성 안으로 들어와라. 제발 싸우려 들지 말고! 그가 너를 죽인다면 너를 낳은 나도, 네 아내도 너의 장례를 치르며 울 수도 없을 것이다. 우리에게서 먼 저 아카이아의 함대 옆에서 개들이 네 시체를 뜯어먹게 될 거야!"

헥토르는 자기 마음을 돌이키게끔 내버려 두지 않았다. 분노에 가득 찬 용이 구렁 앞에 또아리를 틀고서 무서운 눈으로 사람을 기다릴 때처럼, 헥토르는 아킬레우스를 기다렸다. 그는 성벽에다 청동의 방패를 기대어 세워 놓고 혼잣말을 했다.

"만약 내가 아킬레우스에게 파리스가 아카이아의 함대에서 가져온 모든 것들, 즉 헬레네와 그녀의 재물들을 돌려주겠다고 약속하면 어떨까? 그것이야말로 이 분쟁과 다툼의 원인이었으니까! 그렇지만 그에게 이 모든 것이 무슨 소용이 있을까? 아킬레우스에게 간청하지 않겠다. 그는 내 말을 전혀 들으려 하지 않을 것이고, 내가 무장을 하지 않은 상태라 해도 나를 죽일 것이다. 그래, 아니다! 싸워야

할 때이고 제우스께서 누구에게 최후의 승리를 주실는지는 두고 봐야 알 것이다."

헥토르가 이런 생각을 하고 있을 때 아킬레우스가 오른쪽 어깨 위로 무시무시한 물푸레나무 창을 휘두르며 다가왔다. 청동이 반사되어 번갯불처럼 빛났다. 헥토르는 그 모습을 보자마자 공포에 사로잡혔고, 두려워서 도망을 쳤다. 마치 독수리가 날카로운 소리로 울어대며 비둘기를 쫓아가 잡아채듯이, 아킬레우스는 날렵하게 헥토르를 쫓아갔다. 그들은 언덕과 드높은 무화과 나무를 지나서 길과 성벽을 따라 갔다. 한 사람은 쫓고 한 사람은 도망치며 달리다 보니 어느덧 강가에까지 이르렀다. 도망가는 자도 용맹한 자였지만, 그를 뒤쫓는 자는 더 용맹한 자였다.

죽은 자를 애도하면서 벌이는 경마에서 겨루는 두

마리 말처럼, 헥토르와 아킬레우스는 프리암 왕의 성곽을 세 바퀴나 돌았다. 그리고 모든 신들이 그 두 사람을 지켜보고 있었다. 제우스는 헥토르에 대한 측은한 마음으로 그를 구해주고 싶어했다. 그러나 아테나가 이를 용납할 리 만무했다.

"오, 구름을 모으는 천둥의 신이여, 이미 죽음이 운명으로 정해져 있는 인간을 죽지 않게 하시려는 겁니까! 마음대로 하십시오. 그러나 신들은 결코 당신께 동의하지 않을 것입니다!"

제우스는 딸의 맹렬한 기세에 승복하고 자기 손바닥에 아킬레우스와 헥토르의 운명을 올려 놓았다. 아테나는 즉시 올림포스 꼭대기에서 내려갔다.

그동안에도 아킬레우스는 조금도 쉬지 않고 헥토르를 몰아세우고 있었다. 그것은 마치 산에서 새끼 사슴을 쫓는 사냥개와 같은 모습이었다. 헥토르는 발빠른 아킬레우스를 따돌릴 길이 없었다. 꿈 속에서 아무리 쫓아가도 도망가는 자가 잡히지 않고, 아무리 달아나려 해도 도망가는 사람은 피할 수 없는 것처럼, 아킬레우스는 자기 원수를 붙잡지 못했고, 헥토르는 추적자를 따돌릴 수 없었다.

아킬레우스는 자기 병사들에게 고갯짓을 해서 아무도 헥토르에게 화살이나 창을 던지지 못하게 했다. 누가 자기보다 먼저 그를 죽이고 영예를 가로채는 것을 원치 않았기 때문이다.

마침내 그들이 스카만드로스 강 근처에 네번째 이르렀을 때, 제우스신은 올림포스 꼭대기에서 황금 저울을 꺼내 놓기 시작했다. 그는 한 쪽 접시에는 아킬레우스가 죽을 운명을, 다른 한 쪽에는 헥토르의 죽을 운명을 올려 놓았다. 제우스가 저울의 가운데를 잡고 들어올리니 헥토르의 최후의 날을 올려놓은 접시가 밑으로 내려갔다. 그러자 헥토르의 도주를 돕던 아폴론은 그를 떠나갔고, 아테나 여신이 아킬레우스에게 붙어서 용기를 불어넣었다. 그 다음 아테나는 프리암 왕의 아들 중 한 사람의 모습으로 꾸미고 헥토르에게 나타나 말을 걸었다.

"오, 형님, 발빠른 아킬레우스가 온 도시를 돌아 뒤쫓아 오는군요. 마음을 굳세게 먹고 우리 둘이 함께 원수와 겨뤄 봅시다."

그리고 여신은 헥토르를 아킬레우스 앞에까지 끌고 갔다. 아킬레우스와 헥토르가 대면하게 되자 헥토르가 먼저 입을 열었다.

"나는 더이상 도망칠 수가 없다, 아킬레우스여. 너를 죽이든가 아니면 네게 죽임을 당하든가 둘 중 하나가 있을 뿐이다. 하지만 먼저 신들 앞에서 협상을 하자. 만약 제우스께서 내게 승리를 주신다면 나는 그 훌륭한 무구들만 걷어내고 자네의 시신은 아카이아 사람들에게 돌려 줄 것이다. 내게도 그렇게 해 주겠다고 약속해 다오."

그러나 아킬레우스는 그에게 노여운 시선을 던지며 대답했다.

"헥토르, 모든 인간 중에서 가장 가증스러운 자여, 협상 따위는 할 것도 없다. 사자와 인간 사이에 동맹이 있을 수 없고, 늑대와 양이 항상 서로를 미워하는 것처럼, 내가 너를 증오하지 않는다는 것은 도저히 불가능한 일이다. 우리 둘 중 하나가 쓰러져 저 흉폭한 아레스의 피를 싫증날 때까지 마시지 않는 한, 협상 따위는 있을 수 없다. 네 모든 용맹을 쥐어 짜라. 이 한 번으로 네가 무자비하게 죽인 내 친구의 죗값을 보상하게 될 테니까 말이다."

이렇게 말하고 그는 긴 창을 헥토르에게 던졌다. 헥토르는 그것을 피했다. 창은 그의 몸 위로 날아가 땅에 박혔다. 헥토르에게 보이지 않게 아테나가 그 창을 뽑아서 아킬레우스에게 돌려 주었다.

이번에는 헥토르가 긴 창을 휘둘러 세차게 던졌다. 그 창은 빗나가지 않고 아킬레우스의 방패 한가운데에 맞았다. 그러나 창은 방패에서 멀리 튕겨 나갔다. 헥토르는 공격이 무위로 돌아간 것을 보고 화가 나서 불안한 마음으로 서 있었다. 그에게는 다른 창이 더이상 없었던 것이다. 그는 큰 소리로 자기의 동생 데이포보스를 불러 다른 창을 부탁하려 했다. 그러나 이미 데이포보스의 모습을 하고 있었던 아테나는 사라지고 없었다. 헥토르는 신들이 자기를 속였으며, 죽음의 운명이 임박했음을 알아차렸다. 그러나 그는 영예도 없이 비겁자로서 죽는 것도 원하지 않았다.

그래서 그는 옆구리에 차고 있던 날카로운 검을 뽑아 들고 아킬레우스를 향해 돌진했다. 높은 하늘을 나는 독수리가 구름을 헤치고 순한 토끼나 양을 덮치려고 들판으로 나오는 듯한 모습이었다. 아킬레우스도 살의에 가득 차서 헥토르에게 달려들었다.

그는 찬란한 방패를 가슴에다 대고 번쩍이는 투구를 흔들거리면서 달려들었다. 헤파이스토스가 만든 그 투구 끝에는 빛나는 황금 갈기가 달려 있었다. 휘두르는 창끝은 유난히 마음에 와 닿는 밤하늘의 별처럼 빛을 발했고, 그는 갑옷이 벗겨진 곳을 겨냥했다. 그곳은 목과 어깨가 연결되는 부분으로, 바로 급소가 있는 부분이었다. 그 부위에 아킬레우스는 창끝을 박아서 헥토르의 목살을 꿰뚫었다. 그러나 목을 아주 치지는 못했기 때문에 헥토르는 아직 최후의 말을 할 수 있었다.

"제발 그대 영혼과 그대 무릎 아래 엎드려 그대 양친의 은혜를 빌어 간청하노니, 내 시체가 개밥이 되도록 내버려 두지 말아다오. 내 부모에게서 황금과 청동을 몸값으로 받게나. 그리고 내 시신만 내 집으로 돌려보내 주기 바란다. 트로이의 남자와 여자들이 나를 영예롭게 화장할 수

제22장 헥토르의 죽음

있도록 말이다."

아킬레우스가 그에게 대답했다.

"이 개같은 놈아! 내게 간청하지 마라! 네가 저지른 죄를 생각한다면 너를 산 채로 개밥이 되게 했어야 할 것이다!"

헥토르는 죽어가면서 이렇게 말했다.

"네 심장은 쇠보다 단단하구나. 그러나 신들이 내 복수를 해 주실 날이 이르면, 네가 아무리 용감하다고 해도 파리스와 아폴론 신이 너를 스카이아 성문 앞에서 죽게 할 것이다."

죽음이 그의 말을 가로막았고, 그의 영혼은 육신을 떠나 하데스 궁으로 날아갔다.

아킬레우스는 헥토르의 몸에서 창을 뽑았다. 그리고 피로 물든 무구를 벗겨냈다. 아카이아 병사들이 그리로 달려와서 헥토르의 건장하고 준수한 모습을 보고 경탄을 금치 못했다. 저마다 한 번씩 그의 몸에 상처를 입혀 보고는 서로 마주 보면서 이렇게 말했다.

"확실히 지금은 헥토르가 우리 함대에 불을 지르던 때보다 상처를 입히기 쉽구만."

그렇지만 아킬레우스는 아직 매장도 하지 않은 채 뱃전에 놓여 있는 파트로클로스의 시신을 생각했다. 그는 외쳤다.

 "아카이아의 아들들이여, 이제는 이 시체를 끌고 함대로 돌아가자. 우리는 위대한 영광을 얻을 것이다. 우리는 성스러운 헥토르를 죽였다!"

 그는 분을 풀기 위해 헥토르의 시체에 모욕을 가했다. 발꿈치를 뚫어서 가죽끈을 꿰고 전차에다 매달아서 머리가 땅에 질질 끌리게 한 것이다. 그는 말에게 미친 듯이 채찍질을 해서 아카이아 함대 쪽으로 몰았다. 헥토르의 몸뚱아리가 먼지를 자욱히 일으키며 끌려 갔다. 그의 검은 머리칼과 한때 그토록 아름다웠던 얼굴이 흙먼지로 더러워졌다.

드높은 성벽 위에서 헥토르의 부모는 저 멀리에서 아들의 시신이 끌려가는 것을 보았다. 어머니는 머리칼을 쥐어 뜯으며 아름다운 옷자락을 찢었고, 아버지는 서럽게 통곡했다. 트로이의 모든 사람들이 울부짖고, 도시 전체가 눈물을 흘렸다. 그것은 마치 일리오스 전체가 잿더미가 된 것 같은 분위기였다.

트로이 사람들은 노왕 프리암을 만류하느라 큰 애를 먹었다. 왕은 아카이아 함대에 가서 아킬레우스를 설득해 헥토르의 시신을 몸값을 주고라도 사오려 했기 때문이다.

한편, 헥토르의 아내 안드로마케는 아직 아무 것도 모르고 있었다. 어떤 심부름꾼도 그녀에게 남편이 아직까지 성문 밖에 남아 있다고 가르쳐 주지 않았기 때문이다. 그래서 그녀는 높이 솟은 궁성 안에서 훌륭한 옷감을 짜면서 꽃무늬를 수놓고 있었다. 그리고 나서 그녀는 하인들에게 커다란 세 발 솥을 불 위에 올려 놓으라고 지시했다. 헥토르가 전쟁터에서 돌아왔을 때 더운 목욕물이 준비되어 있게 하기 위해서였다.

이 젊은 여인이 아테나가 아킬레우스의 손을 빌어 헥토르를 죽였다는 것을 생각지도 못하고 있을 때, 트로이 사람들의 탄식과 울부짖음이 그녀의 거처에까지 들려오게 되었다. 갑자기 그녀의 손이 떨리고 쥐고 있던 베틀의 북이 힘없이 떨어졌다. 그녀는 뛰는 가슴을 안고 얼른 방에서 뛰쳐나갔다. 미친 여자처럼 뛰어나가는 그녀를 하인들이 뒤따랐다.

안드로마케는 높은 망루에 도착하여 군중들을 헤치고 성벽 쪽으로 붙었다. 그녀는 거기서 헥토르의 시체가 도시 앞쪽으로 끌려가고 있는 것을 보고 말았다.

갑자기 검은 어둠이 그녀의 눈 앞을 뒤덮으며 안드로마케는 기력을 잃고 그대로 쓰러졌다. 그녀의 시누이와 동서들이 둘러싸고 그들의 팔로 겨우 부축해 일으켰다. 그녀는 간신히 숨을 돌이키게 되자 이처럼 오열했다.

"헥토르, 이제 당신은 하데스의 집으로 내려가시고 나를 과부로 만들어 이 끔찍한 슬픔을 맛보게 하시는군요. 우리 둘이 함께 낳은 이 어린 아이도 당신은 더이상 지켜주실 수 없습니다. 헥토르, 당신은 이제 죽었으니 말이에요. 이 아이가 설령 아카이아와의 이 비통한 전쟁에서 살아 남는다 해도 자기의 좋은 것은 다 빼앗기고 말겠지요. 고아가 되어 친구들조차 생기지 않을 겁니다. 사람들 사이에서 자기 혼자 슬픔을 삭일 그 아이의 뺨에는 눈물이 마를 날이 없겠지요. 아, 이 애는 아버지의 옛 친구들을 찾아가 여기 저기 옷자락을 붙잡고 매달리게 되겠지요. 그 사람들 중 누가 이 애를 불쌍히 여겨 주어서 조그만 잔이라도 얻어 입술을 축인다 해도 그것으로는 입천정까지 닿지도 않을 거예요. 그리고 이 아이는 모욕적인 말로 향연에서 쫓겨나겠지요. "가라, 네 아비는 우리 친구가 아니다."라면서 말이예요. 아스티아낙스야, 너는 아버지 무릎 위에 앉아 기름지고 부드러운 양고기만을 먹고 자랐다. 졸음이 쏟아지면 놀던 것을 제쳐 두고 부드러운 침대에서만 잤었지. 이제 너는 사랑하는 아버지를 잃었으니 얼마나 많은 고생을 감내해야 할지 알 수가 없구나. 그리고 헥토르 당신은 이제 저 함대에서 개들에게 찢기고 구더기에게 파먹히게 되겠군요."

안드로마케가 이렇게 탄식하며 눈물을 흘리니 모든 여인들이 함께 슬퍼했다.

제23장

파트로클로스의 추모 행사

　　이처럼 트로이 사람들이 온 성이 떠나갈 듯한 슬픔에 잠겨 있을 때 아카이아 사람들은 자기들의 함대에 도착하여 각기 뿔뿔히 흩어졌다. 그러나 아킬레우스는 미르미돈의 군사들만은 해산시키지 않고 그들에게 일렀다.

　　"미르미돈 사람들이여, 우리의 전차를 가지고 파트로클로스의 시신을 세 바퀴 돌아주시오. 그것이 죽은 자들에게 마땅히 치러야 할 예의이니 말이오."

　　사람들은 추도의 마음을 담아 전차를 몰았다. 용사들의 눈물이 모래 위에 떨어졌다. 그들 사이에서 아킬레우스는 추도예식을 거행하였다. 그는 원수를 갚은 자기의 손을 파트로클로스의 가슴 위에 얹고 이렇게 말하였다.

　　"오, 파트로클로스여. 부디 저승에서라도 내가 한 일에 만족해 다오. 내가 자네에게 약속했던 모든 것은 지켜졌다. 헥토르는 개들의 먹이가 될 것이다. 나는 자네의 원한을 풀기 위해 트로이의 고귀한 아들 열 두 명을 화장터 앞에서 죽일 것이다."

그리고 나서 사람들은 장례의 만찬을 준비했다. 흰 소의 목을 따고 좋은 양과 염소들을 잡았다. 기름진 돼지 고기를 숯불 위에서 구웠고, 제물의 피가 고인의 시신 주위에 흥건히 고였다.

만찬이 끝나자 사람들은 각기 자기의 막사로 잠을 청하러 들어갔다. 아킬레우스는 파도 소리가 요란한 해변으로 나갔다. 물결이 바닷가로 밀려 와 하얗게 부서지고 있었다. 그는 잠시나마 고통을 잊고 깊은 잠에 빠져 들었다.

그때 가엾은 파트로클로스의 망령이 그에게 나타났다. 그의 모습은 큰 키와 아름다운 눈, 낭랑한 목소리하며 용사다운 옷차림까지 생전 그대로의 모습이었다. 망령은 아킬레우스의 머리맡에 와서 이렇게 말하였다.

"아킬레우스, 자네는 나를 잊고 잠이 들었구나. 내가 살아 있을 때 자네는 내게 관심을 쏟지 않은 적이 없었는데, 이제 죽으니 잊을 수밖에 없구나. 내일 동이 트자마자 나를 묻어 주게. 죽은 자의 영혼들이 나를 쫓아다니며 자기들 축에 끼지 못하게 한다네. 그래서 나는 하데스의 궁전 문 앞에서 헛되이 맴돌고 있다네. 내 손을 잡아 다오, 아킬레우스여. 울면서 애원하니 제발 그렇게 해 다오. 나를 화장하고 나면 다시는 자네에게 돌아올 수 없을 테니까. 이제 다시는 서로를 믿고 의지할 수도 없겠지. 하지만 아킬레우스, 자네 역시 신들 앞에서는 마찬가지일세. 자네 운명은 이제 곧 트로이의 성벽 아래에서 죽게 되는 것이니까. 그래서 나는 자네에게 이 한 가지를 부탁하네. 나를 화장한 재를 자네의 것과 따로 묻지 말고, 자네 어머니가 물려주신 황금 납골항아리에 같이 합쳐서 묻어 다오."

아킬레우스는 파트로클로스를 향해 손을 내밀었다. 그러나 그는 잡히지 않았다. 망령은 실낱같은 비명을 지르고 연기처럼 사라져 버렸다. 아킬레우스는 넋이 빠진 채 잠에서 깨어났다.

"오, 신이시여! 영혼은 죽은 뒤에도 존재하는구나. 육체는 없지만 헛된 환영처럼 말이다. 가엾은 파트로클로스의 영혼이 지난 밤 내게 나타났다. 눈물을 흘리고 비통해 하는 모습으로. 그 망령은 내게 자기 소원을 이루어 달라고 부탁했다."

이렇게 말하자 미르미돈 사람들은 다시금 슬픔에 사로잡혔다.

새벽의 여신 오로라가 장미빛으로 나타났을 때 힘센 아가멤논은 사람들에게 장막에서 나와 장작과 노새를 준비하라고 명령했다.

그들은 멀고 꼬불꼬불한 길을 올라갔다 내려갔다 하

면서 이다 산 꼭대기에 도착했다. 곧 그들은 청동도끼로 잎이 많은 떡갈나무를 내리쳤다. 육중한 나무가 소리를 내며 쓰러졌다. 그들은 장작을 해변으로 싣고 와서 그곳에 쌓았다.

아킬레우스는 미르미돈 사람들에게 무장을 갖추고 전차에 오르라고 명했다. 파트로클로스의 시신은 그들 가운데로 사람들이 쥐어뜯어낸 머리칼에 뒤덮여서 부하들에게 인도되어 왔다. 아킬레우스는 친구의 머리를 받쳐 들었다.

그들이 나무를 쌓아놓은 곳에 도착했을 때 아킬레우스는 자기의 금발머리를 잘라냈다. 그는 눈을 어두운 바다를 향해 돌리며 말하였다.

"나는 더이상 사랑하는 조국 땅으로 돌아갈 수 없을 테니 이 머리칼을 파트로클로스에게 주어야겠다."

그는 이렇게 말하고 자기의 머리칼을 친구의 손 안에 쥐어 주었다. 그리고 나자 사람들은 각기 함대를 가로질러 흩어졌다. 파트로클로스와 가까웠던 친구들만 남아서 화장을 치렀다. 그들은 장작더미의 가장 높은 곳에 시신을 올려놓고 양과 소를 잡았다. 아킬레우스는 그 기름으로 시신을 덮고 그 위에 가죽을 벗긴 짐승들을 올려 놓았다. 그리고 장작더미 아래에는 꿀과 기름이 든 항아리를 갖다 놓았다. 그 다음 아킬레우스는 네 마리 말과 두 마리의 개, 그리고 트로이의 귀한 아들 열 두 명의 목을 쳤다.

그러나 개들은 아킬레우스가 바라는 대로 헥토르의 시신을 뜯어먹고 있지 않았다. 제우스의 딸 아프로디테가 밤낮으로 개들을 몰아내고 있었기 때문이다. 여신은 그의 살이 상하지 않도록 거룩한 기름을 발라 주었고, 아폴론은 시신이 태양에 마르지 않게끔 구름으로 감싸 주었다.

파트로클로스를 화장하는 장작더미는 아직 타오르지 않고 있었다. 아킬레우스는 기도를 올려 북풍과 서풍에게 희생을 많이 바칠 것을 약속하며 불이 붙는 것을 도와달라고 했다. 이 기도의 응답으로 북풍과 서풍은 요란한 소리를 내며 달려왔고 구름들도 몰려 왔다. 그들은 장작더미로 달려와서 입김을 불어 밤새도록
불길이 타오르도록
도와 주었다.

아킬레우스는 술병에서 포도주를 따라서 땅 위에 쏟았다.

빛의 전령인 새벽별이 다시 나타났을 때에야 불길이 수그러들었다. 불꽃이 꺼지고 나서야 바람이 떠나갔다. 아킬레우스가 피곤에 지쳐 잠이 들자 부드러운 잠이 그를 사로잡았다.

그러나 아가멤논 왕 주위에 다른 영주들이 모이자마자 그는 잠에서 깨어났다. 그는 일어나면서 그들에게 말했다.

"검은 포도주를 부어 장작의 불씨를 끄십시다. 그리고 파트로클로스의 유골을 주워 모읍시다. 그것을 황금의 납골 항아리에 담고 비계를 이중으로 덮어서 내가 하데스의 집으로 내려가는 날까지 보관하도록 합시다."

그가 이렇게 말하니 모든 사람들이 그의 말을 따랐다. 그들은 눈물을 흘리면서 가벼운 베일을 덮은 납골 항아리를 아킬레우스의 장막에 안치하였다.

장례 일을 마치고 모두들 가려고 할 때 아킬레우스는 그들을 멈추게 하고는 둥글게 앉힌 다음 자기의 장막에서 추도 경기의 상품을 가지고 나왔다. 가마솥, 세 발 솥, 말과 소, 강철, 아름다운 허리띠를 두른 여인들이 그 상품이었다. 그리고 아킬레우스는 외쳤다.

"아카이아의 기병들이여! 누구든지 자기 말과 전차에 자신이 있는 분은 경기에 임해 주시오."

전차를 모는 데 능숙한 에우멜로스가 첫번째로 나왔

다. 다음으로는 디오메데스가 아에네아스에게서 빼앗은 두 필의 트로이의 명마를 몰고 나왔다. 그 다음으로는 메넬라우스, 메리온, 네스토르의 아들 안틸로코스가 나왔다. 네스토르는 아들에게 세심하게 충고를 했다.

"안틸로코스야, 제우스와 포세이돈이 너에게 전차 모는 기술을 가르쳐 주셨다. 너는 가장자리를 능숙하게 돌 줄도 알지만, 네 말들이 너무 발이 무거워서 걱정이 되는구나. 다른 사람들 중에 너보다 능숙한 기병은 없지만, 그들의 말은 네 말보다 훨씬 빠르다. 머리를 짜내라. 나뭇꾼도 힘보다는 지혜를 믿어야 하는 법이다. 반환점에서 시선을 놓치지 않으면 쉽게 알아볼 수 있을 거다. 반환점은 떡갈나무의 몸통으로 그 앞에는 크고 하얀 돌 두 개가 있다. 네가 거기에 가까워지거든 오른쪽 말의 고삐를 늦추면서 약간 오른쪽으로 전차를 몰아라. 그렇지만 네 왼쪽 말은 반환점을 살짝 건드려서 바퀴통이 닿을 정도가 되게 해라. 그 돌은 넘어뜨리지 말아야 한다. 말을 똑바로 몰고 신중함을 늦추지 말아라. 네가 맨 먼저 반환점을 돌면 아무도 너를 따라잡지 못할 것이다."

그들은 모두 전차에 올라탔다. 아킬레우스가 제비를 내미니 모두들 뽑은 제비대로 자기 위치에 가서 섰다. 반환점에 서는 심판으로는 포이닉스를 세웠다.

모두들 채찍을 들고 고삐를 당기고 들판을 향해 내달

렸다. 흙먼지가 일고 말갈기가 바람에 나부꼈다. 전차가 솟아오르고 마부들은 좌석에 단단히 앉아서 말들을 선동했다. 그들이 반환점을 돌아서 하얗게 부서지는 바다에 이를 때에 마부들의 기세는 열기를 더해 갔다. 에우멜로스의 암말들은 선두에 있었고, 디오메데스가 그 뒤를 바짝 쫓았다. 그러나 디오메데스에게 심기가 상해 있던 아폴론은 그의 손에서 채찍이 떨어지게 했다. 더이상 채찍의 재촉을 받지 않게 되자 고삐는 축 늘어졌고 말의 속도는 느려졌다.

아테나는 아폴론이 디오메데스의 채찍을 떨어뜨리는 것을 보고 화가 나서 에우멜로스의 암말들의 멍에를 부숴 버렸다. 수레채가 떨어지고 에우멜로스는 전차에서 미끄러졌다. 그는 팔과 입술, 코까지 살갗이 찢어졌다.

드디어 디오메데스가 그를 앞질렀고, 메넬라우스와 안틸로코스는 그를 맹추격 하고 있었다. 길이 좁아졌을 때 겨울비 때문에 흙이 무너져 깊은 구덩이를 이루고 있는 지형이 나타났다. 메넬라우스는 그 구덩이를 피하려고 했으나 안틸로코스가 이미 그에게로 추격을 가하고 있었다.

"안틸로코스! 좀 더 말을 느긋하게 모시오. 내 쪽으로 넘어지겠소. 길이 좀 넓어질 때까지 추월하는 것은 기다려 주시오."

그러나 안틸로코스는 메넬라우스의 말은 들리지도 않는다는 듯이 말에게 채찍질을 더 세차게 했다. 메넬라우스는 서로 충돌할까봐 자기 말을 조금 늦출 수밖에 없었고, 그 사이 안틸로코스가 그를 앞질렀다.

한편, 아카이아 사람들이 들판을 내달리는 전차를 바라보고 있는 사이 자기 말에 조금도 채찍질을 늦추지 않은 디오메데스가 맨 먼저 도착했다. 전차의 바퀴가 어찌나 가볍게 구르는지 흙먼지 속에 간신히 자취를 남기고 있었다.

그 뒤에 속력이 아니라 간교한 술책으로 메넬라우스를 앞지른 안틸로코스가 들어왔다. 그 다음에는 창이 날아갈 만큼의 거리를 뒤져서 메리온이 들어왔고, 에우멜로스는 제일 늦게 전차를 끌고 들어왔다. 아킬레우스가 그것을 보고 안된 생각이 들어서 사람들을 향해 말했다.

"저 훌륭한 전사가 제일 나중에 강한 말발굽을 울리며 들어오는군. 그에게 이등상을 주도록 합시다. 그는 정정당당한 시합을 했으니 말이오. 디오메데스는 물론 일등상을 받아야 할 것이오."

아킬레우스는 이렇게 말하고 이 난전을 수행해 낸 자를 위한 상을 풀어 놓았다. 승자에게는 여섯 살박이 노새를 주고, 패자에게는 둥근 술잔을 준다고 했다. 이때 권투에 능한 에페이오스가 일어나서 말하였다.

"이 술잔을 가져 가고 싶은 사람은 이리 나오시오. 그러나 이긴 자에게 주는 노새는 내 차지요. 나는 전쟁터에서는 비록 뛰어나지 못할지라도 권투만은 자신 있소. 어떤 사람도 모든 일에 능통할 수는 없는 법이오. 하지만 확실히 말해 두겠는데, 나는 내 상대의 몸뚱아리를 부수고 뼈를 부러뜨릴 것이오. 그러니 나의 상대가 되는 자의 친구들은 그가 나가 떨어질 때 그를 싣고 갈 수 있도록 남아서 기다리시오."

그러자 모두 숨을 죽이고 조용해졌다. 오직 에우리알로스만이 일어났다. 디오메데스가 그를 격려하면서 허리띠를 건네주고 황소 가죽을 잘 재단해서 만든 권투장갑을 끼워 주었다.

두 명의 전사가 격투장 가운데로 나왔다. 에페이오스가 달려들어 에우리알로스의 얼굴을 힘껏 후려치자, 그는 쓰러지고 말았다. 그의 친구들이 에우리알로스를 둘러싸서 발을 질질 끌면서 데려갔다. 그는 머리를 늘어뜨리고 피를 토하면서 끌려갔다. 물론 그의 친구들은 술잔을 받아가는 것을 잊지 않았다.

그 다음에는 아이아스와 오디세우스 두 사람이 허리띠를 매고 경기장으로 내려왔다. 마치 이름난 목수가 높은 지붕 꼭대기를 떠받치고자 여러 개의 재목을 엮어서 만든 대들보처럼 굳센 두 팔이 상대방을 꽉 붙들었다. 허리는 우두둑 소리를 냈고, 땀이 온 몸으로 흘러 내렸으며, 피처럼 붉은 수많은 멍자국이 옆구리에 나타났다. 두 사람 모두 이겨서 큰 세 발 솥을 얻을 욕심으로 있는 힘을 다 쏟았다. 그러나 오디세우스는 아이아스를 쓰러뜨릴 수 없었고, 아이아스는 오디세우스를 뒤흔들 수가 없었다. 결판이 나지 않는 이 경기에 구경꾼들은 싫증을 내기 시작했다. 아킬레우스가 끼어들었다.

"더이상 오래 싸울 것 없소. 두 사람 모두 승자요. 똑같은 상품을 가지고 나머지 아카이아 사람들이나 싸우게 합시다."

아킬레우스는 이렇게 말하고 이번에는 무리들 가운데로 사르페돈의 창과 방패와 투구를 내놓았다. 그 무구들은 파트로클로스가 빼앗아 온 것이었다.

"제일 용맹한 병사들 중에서 두 명이 군중들 앞에서 싸우시오. 그리고 나서 그들은 이 무구들을 나눠 갖게 될 것이오. 이기는 자에게는 아스테로파이오스의 은빛 장식이 박힌 보검을 줄 것이오."

아이아스와 디오메데스가 전투에 나왔다. 용사들이 맞붙었을 때 그들은 세 번이나 서로에게 덤벼들었고, 아카이아 사람들은 아이아스가 디오메데스의 목에 상처를 입힐까봐 걱정이 되어 경기를 멈추게 했다. 그들은 무구를 나눠 가졌고, 보검은 디오메데스가 차지했다.

마지막으로 아킬레우스는 능숙한 사수들을 위하여 열 개의 큰 양 날 도끼와 작은 강철 도끼 열 개를 내놓았다. 그는 함대의 검은 돛대를 경기장에다 세우고 가는 줄로 비둘기를 묶어서 늘어뜨린 뒤 이렇게 말했다.

"누구든 이 비둘기를 맞히는 자는 자기 장막으로 양 날 도끼들을 모두 가져가게 될 거요. 맞추지 못한다면 작은 도끼들을 가져 가시오."

텐크로스가 즉시 일어나서 화살을 힘차게 날려 보냈다. 그러나 그는 아폴론에게 젖먹이 새끼양으로 희생을 바치겠다고 약속하는 것을 잊었다. 그는 새를 맞추지 못했으나 그 줄을 맞추었기 때문에 새가 날아가 버렸다. 그 다음에는 즉시 메리온이 나와서 텐크로스의 손에서 활을 집어들고 아폴론에게 기원을 올렸다. 그는 하늘로 날아 올라가는 비둘기의 날개 아래를 맞추었고, 새는 검은 돛대에 떨어져 고개를 축 늘어뜨리고 영혼이 몸뚱이를 떠났다.

그리하여 메리온은 열 개의 양 날 도끼를 상으로 받았고, 텐크로스는 강철로 만들어진 작은 도끼들을 받았다.

제24장

헥토르의 보상

 파트로클로스를 추도하기 위한 경기가 모두 끝나자 아카이아 사람들은 저녁 식사를 하기 위해 해산했다. 그러나 아킬레우스만은 절친한 친구에 대한 추억으로 또다시 눈물을 흘렸다. 모두가 달콤한 잠에 곯아 떨어지는 밤이 와도 그는 잠을 이루지 못했다. 그는 끊임없이 뒤척거리다가 결국 벌떡 일어나서 바닷가로 뛰쳐 나갔다. 그는 서글픈 마음으로 해변을 배회했다. 새벽의 미명이 물결 위에 떠오르자, 그는 말을 매고 헥토르를 전차 뒤에다 묶은 뒤 파트로클로스의 무덤을 세 바퀴나 끌고 돌아다녔다. 이렇게 헥토르의 시신을 모욕한 뒤에야 그는 비로소 휴식을 취하러 장막으로 들어갔다. 그는 헥토르의 시신이 흙먼지 속에 얼굴을 쳐박고 엎어져 있게 내버려 두었다.
 한편, 아폴론은 비록 생명을 잃었다고는 하나 훌륭한

용사였던 헥토르에게 연민을 느꼈다. 그래서 그는 시신이 더러워지지 않게 해 주었고, 아킬레우스가 모래 위로 끌고 다녀도 그 살갗이 찢어지지 않게끔 황금의 아이기스로 덮어 주었다. 그러나 열 이틀 째의 새벽이 밝아왔을 때 아폴론은 불사의 신들에게 말하였다.

"오, 신들이여! 얼마나 그대들이 잔인하고 비정한지! 그대들은 저 잔혹한 아킬레우스를 지켜 주고 있소. 가증스러운 인품에 융통성이라곤 없는 저 자를 말이오! 그는 힘과 분노만 살아 있어서 사람들이 기르는 양떼를 잡아먹으려고 습격하는 사자와 같은 인간이오. 그대들이 수호하는 아킬레우스는 이미 동정심이나 수치심 따위를 잃어 버렸소. 그는 헥토르에게서 생명을 빼앗고 나서도 그를 전차에 매달고 파트로클로스의 무덤 주위를 끌고 다녔소. 그것은 결코 옳은 일도 정의로운 일도 아니오. 그는 신들의 분노를 두려워할 줄 알아야 하오!"

헥토르를 아끼던 제우스는 즉각 테티스를 아킬레우스에게 보내도록 했다. 프리암 왕의 선물을 받고 헥토르의 시신을 돌려 주라고 설득하기 위해서였다. 그 다음 제우스는 전령 이리스를 프리암 왕에게 보냈다. 아카이아 함대에 가서 아킬레우스의 마음을 움직일 만한 선물을 바치고 사랑하는 아들의 시신을 되찾아 오라는 말을 전하기 위해서였다.

소용돌이처럼 빠른 발을 가진 전령 이리스는 곧 애도의 슬픔으로 신음하는 프리암 왕에게 이르렀다. 아들들은 궁성에 모여 아버지를 둘러싸고 앉아 있었다. 노인은 망토로 몸을 감싸고 백발이 된 머리와 어깨를 진흙과 재로 뒤덮은 채 슬퍼하고 있었다. 이리스는 프리암에게 가까이 가서 낮은 음성으로 제우스의 명을 전달하였다.

  프리암은 당장 아들들에게 명령을 내려 노새를 전차에 매게 했다. 그리고 자기는 진귀한 물건들로 가득 채워진, 삼나무로 만들어진 방으로 들어갔다. 높은 곳에 세워진 그 방은 널찍하고 향기로 가득했다. 그는 자기의 아내 헤카베를 불렀다.

  "제우스 신의 전령이 내게 와서 아카이아 함대로 가라고 하셨소. 가서 우리 아들의 몸값을 치르고 시신을 가져올 거요. 당신 생각에는 내가 가는 것이 어떻게 보이는지 말해 주구려. 내 솔직한 심정은 가야 한다는 쪽이오. 내가 아카이아 사람들의 함대와 그 거대한 군대로 가야 된다고 생각하오."

  그녀의 아내가 탄식했다.

  "그게 무슨 말씀이세요? 당신의 분별력은 어떻게 된 겁니까? 혼자 아카이아 함대에 가서 극악무도하고 인정없는 아킬레우스를 만나시다니요. 그는 당신을 봐주지 않을 겁니다. 우리들은 여기에서 또다시 피눈물을 흘리게 될 겁니다."

프리암이 대답했다.

"나를 붙잡지 말구려. 만약 나의 운명이 아카이아의 함대 옆에서 죽는 것이라면 그대로 되어도 좋소! 아킬레우스가 나를 죽인대도 불쌍한 아들을 한 번 품에 안아 볼 수는 있지 않겠소?"

그는 아킬레우스의 마음에 흡족할 만한 선물들을 골랐다. 그는 자기의 보물상자에서 아름다운 열 두 벌의 옷과 열 두 장의 쇼올과 그밖에도 양탄자, 아름다운 외투, 튜닉을 꺼냈다. 그는 또 황금 십 탈란트와 빛나는 두 개의 세 발 솥과 네 개의 가마솥과 진귀한 술잔을 준비했다.

그리고 나서 그의 아들들은 견고한 바퀴가 달린 훌륭한 전차에다 노새를 끌어다 매고 선물들을 실었다. 헤카베 왕비는 신들에게 기원을 올려 남편이 무사히 돌아올 수 있게 해 달라고 했다. 그리고 왕은 아내와 함께 기원을 올린 뒤 전차에 올랐다. 모두가 그가 죽으러 가기라도 하는 것처럼 탄식하면서 도시까지 따라갔다. 그리고 도성을 벗어나 일리오스의 평원에 이르렀을 때 사람들은 걸어서 되돌아왔다.

제우스는 늙은 왕이 출발하는 모습을 보고 더없이 측은한 생각이 들었다. 그래서 자기가 사랑하는 아들 헤르메스를 전령으로 보내어 왕이 아킬레우스의 장막에 도착할 때까지 그를 숨겨 주고 보호해 주라고 했다.

그리하여 아름다운 전령 헤르메스의 인도를 따라 프리암은 아카이아의 병사들의 눈에 띄지 않고 아킬레우스의 장막에까지 도착할 수가 있었다. 그는 들어가서 아킬레우스의 발치에 몸을 던져 무릎을 꿇고 그토록 많은 아들들을 죽인 무섭고 두려운 손에다 입을 맞추었다.

아킬레우스는 이 노인이 자기의 장막에까지 온 것을 보고는 몹시 놀랐다. 그리고 그의 부하들은 모두 넋이 빠진 채 두 사람 사이에서 서로 얼굴만 쳐다보고 있었다. 그때 프리암이 애원하는 말을 던졌다.

"오, 신과도 견줄 만한 아킬레우스여!
그대의 아버지를 생각해 보십시오.

그 분은 나와 비슷한 연배로 노년이라는 운명적인 문지방에 들어서셨겠지요. 하지만 그 분은 적어도 아들이 살아 있으니 마음으로 기뻐하실 것이고, 매일매일 아들이 돌아오기만 학수고대하실 겁니다. 그에 비하면 나는 얼마나 박복한지요! 나는 아들 헥토르를 잃었습니다. 당신이 죽인 그 애는 자기 조국과 백성들을 지키기 위해 싸웠습니다. 내가 여기까지 온 것은 당신에게서 그 애의 시신을 가져가기 위해서입니다. 그 애의 시신을 되사기 위해 수없는 선물들을 가져왔습니다. 아킬레우스여, 신들을 존경하는 마음으로, 그리고 당신 자신의 아버지를 생각하는 마음으로 나를 불쌍하게 여겨주시오. 땅 위의 어떤 자도 자기 아들을 죽인 손에다 입을 맞춘 적은 없었을 거요. 그런 일까지도 해낸 나는 그대의 부친보다 더 가엾은 사람이라오!"

노인이 눈물을 흘리며 이렇게 말하니 아킬레우스도 자기의 부친을 생각하지 않을 수 없었다. 그의 마음은 회한으로 가득찼다. 그리고 노인의 손을 붙잡고 슬그머니 밀어냈다. 두 사람 모두 지난 날의 추억과 회한이 마음에 가득차서 하염없이 울었다. 프리암은 아킬레우스의 발치에 웅크린 채 아들 헥토르를 생각하며 울었고, 아킬레우스는 자기 아버지와 파트로클로스를 생각하며 울었다. 그들의 통곡이 장막 아래 울려 퍼졌다.

마침내 아킬레우스는 슬픔이 가슴 속에서 수그러드는

것을 느꼈다. 그는 자리에서 벌떡 일어났다. 노인의 하얗게 센 머리와 수염에 동정심을 느낀 아킬레우스는 왕을 일으키며 말하였다.

"아, 가엾으신 분이여! 어떻게 감히 혼자서 저희 함대까지 오셔서 그처럼 많은 아들들을 죽인 자의 눈 앞에 나타날 수 있으셨습니까? 정말로 강철 같은 심장을 지니신 분이군요. 그렇지만 우리의 고통을 달랩시다. 애도도 우리에게는 아무 소용이 없으니까요. 신들이 가련한 인간들에게 주신 운명은 슬픔 속에서 살아가는 것이 고작이지만, 정작 신들은 아무 걱정도 없으시답니다. 노왕이여, 이제 저는 당신께 헥토르를 돌려 보내야겠습니다. 그것을 결정하신 것도, 당신을 이곳까지 인도하신 것도 신이시기 때문입니다. 하지만 이제 더이상 제게 말씀하시지 마십시오. 제 영혼 속의 고통을 깨우지 마십시오. 당신은 탄원자로서 제 장막에 오셨다고는 하나, 저는 아직도 분노에 가득차 있으니까요. 저는 당신마저 죽이고 제우스의 명을 거역하게 되지나 않을까 두렵습니다."

노인은 벌벌 떨면서 아킬레우스의 말에 따랐다. 아킬레우스는 한 마리 사자처럼 장막 밖으로 뛰쳐 나갔다. 그는 프리암이 헥토르의 몸값으로 마련한 선물을 실은 전차를 풀게 했다. 그리고 나서 헥토르의 시신을 씻기고 향유를 바르고 프리암이 가져온 선물들 중에서 튜닉과 겉옷을 가져다가 입히게끔 하인들에게 명했다. 아킬레우스는 자기 스스로 헥토르를 들어서 전차에다 실었다. 그리고 마음 속으로 파트로클로스에게 자기가 이렇게 하는 것을 용서해 달라고 말했다. 그리고 프리암이 가져온 선물의 절반을 죽은 친구의 몫으로 약속했다. 마침내 모든 절차가 끝나자 그는 장막으로 돌아가서 프리암에게 알렸다.

"당신께서 원하시는 대로 아드님은 돌려드렸습니다, 노왕이시여. 그는 침상에 누워 있습니다. 새벽이 되어 데려가실 때 보시기 바랍니다. 지금은 만찬에 대한 생각이나 하시지요."

아킬레우스는 만찬을 위해 흰 양을 잡고, 부하들은 그것으로 정성을 다해 식사를 준비했다. 그들이 먹고 마시는데 싫증이 났을 때쯤 되자 프리암은 아킬레우스의 신과 같은 용모와 건장함에 경탄하였다. 그리고 아킬레우스는 불굴의 의지를 지닌 노왕의 현명함을 존경하게 되었다. 이처럼 이들이 서로에 대해 내심 감탄하고 있을 때 노인이 아킬레우스에게 말하였다.

"내게 지금 즉시 잠을 청할 수 있는 자리를 하나 마련해 주오. 아들이 그대 손에 죽은 그날부터 지금까지 한 번도 눈을 붙이지 못했다오."

그래서 아킬레우스는 부하와 하인들에게 회랑 앞에 잠자리를 마련하라고 지시했다. 그리고 거기에다 아름다운 진홍빛 가죽을 덮고 그 위에 담요를 깔게 했다. 그 위에는 순모로 만든 튜닉도 준비해 놓게 했다. 여인들은 손에 횃불을 들고 즉시 침상을 준비했다.

그때 아킬레우스가 경계하는 태도를 늦추지 않고 말했다.

"친애하는 노왕이시여, 당신께서는 장막 밖에서 주무시는 것이 좋겠습니다. 아카이아 사람 중에 누가 내게 의논이라도 하러 왔다가 당신을 발견하게 된다면 아가멤논 왕에게 그 사실을 알리기 위해 뛰어갈 것입니다. 그러니 내게 진실하게 대답해 주십시오. 헥토르를 장사지내는 데 며칠이나 걸리겠습니까? 내가 얼마 동안이나 군사들의 출전을 거두어야겠습니까?"

노왕 프리암이 그에게 대답했다.

"그대도 알다시피 우리가 장작을 장만하려면 멀리 떨어진 산에까지 가야 하오. 아흐레 동안 우리는 헥토르를 위해 곡을 하고, 열흘째 되는 날 화장을 한 뒤 장례 음식을 준비할 것입니다. 그 다음 날에는 그를 위해 무덤을 쌓아올릴 것이고, 열 이틀 째 날에 필요하다면 우리는 싸움터로 나갈 것입니다."

그러자 아킬레우스가 말했다.

"프리암 왕이여, 당신께서 원하시는 대로 될 것입니다. 그 기간 동안은 내가 전투를 멈추도록 하겠습니다."

그는 이렇게 말하고 마음 속의 의심을 가라앉혀 주기 위하여 노인의 오른손을 굳게 잡았다.

신과 인간들이 달콤한 잠의 지배를 받고 곯아 떨어져 있는 밤에 전령 헤르메스는 프리암 왕을 아카이아 병사에게 들키지 않고 함대에서 먼 곳으로 데려가기 위해 나섰다.

그리하여 사프란 빛깔의 새벽이 온 대지 위에 펼쳐졌을 때는 노왕은 이미 도시 안으로 들어서는 중이었다. 그의 딸 카산드라가 맨 먼저 그의 모습을 보았다. 그녀는 즉시 소리를 질러서 온 성내 사람들을 불렀다.

"트로이의 남자와 여자들이여! 예전에 헥토르가 전쟁에서 돌아올 때 기쁨에 가득차 영접했던 사람들이여! 지금 다시 그를 만나러 나오시오. 그는 우리 도시와 온 백성의 자랑이었습니다."

그러자 남자와 여자들이 성문으로 일제히 달려왔다. 안드로마케와 헤카베가 전차로 뛰어들며 헥토르의 머리를 부둥켜 안았다. 그들을 둘러싼 모든 군중들이 눈물을 흘렸다. 그들은 만약 프리암 왕이 아무 말도 하지 않았더라면 해가 떨어질 때까지 그러고 있었을 것이다.

"노새들이 지나가게 해 주시오. 내 집으로 아들의 시신을 들인 후에야 마음껏 울 수 있을 테니 말이오."

군중들이 갈라져 전차가 지나갈 수 있게 길을 내 주었다. 왕가의 사람들은 헥토르를 화려한 처소에 옮겨 놓고 조각으로 장식된 침상에 눕혔다. 곧 장례의 노래를 부르는 가수를 불러왔다. 가수가 슬픔에 찬 노래를 부르니 여인들의 곡성이 이어졌다.

아내 안드로마케는 손으로 헥토르의 머리를 부여잡고 구슬프게 애도의 말을 시작했다.

"오, 헥토르! 당신은 젊은 나이에 죽어서 나를 과부로 만들어 이 집 안에 남겨 놓으셨군요. 우리가 함께 낳은 이 아이는 어떻게 키운단 말입니까? 오, 우리는 얼마나 가련한 신세란 말입니까! 당신이 지켜주시던 이 성은 이제 당신이 없어졌으니 곧 무너지고 말겠지요. 여자들과 어린 아이들은 함대로 끌려가고 나도 그들과 같은 신세가 될 겁니다. 그리고 귀여운 내 아들아, 너도 잔혹한 주인의 노예

가 되거나, 어떤 아카이아인의 손에 떠밀려 탑에서 떨어지겠지. 자기 형제나 아버지나 아들을 헥토르의 손에 잃은 자가 원한을 가지고 그럴지도 모르지. 수많은 아카이아 사람들이 아버지의 손에 의해 흙을 입에 물고 죽어갔으니 말이다. 그리고 당신은 죽어가면서도 제게 한 마디 말씀도 해 주지 않으셨습니다. 만약 그랬더라면 저는 밤이나 낮이나 울면서도 그 말을 생각할 수 있었을 텐데 말입니다."

그 다음에는 헤카베가 탄식하였다.

"헥토르야, 내 아들들 중에서도 가장 사랑스러운 아들아, 너는 살아 있는 동안에도 신들의 사랑을 받았지만 죽어서도 그들의 보살핌을 받는구나. 아킬레우스는 내 아들들을 전부 잡아서 팔아 넘겼지만, 너만은 날카로운 청동창으로 영혼을 앗아갔다. 그 자는 너를 파트로클로스의 무덤 주위로 끌고 다녔지만, 그래도 너를 욕보이는 데는 성공하지 못구나. 지금 너는 우리 집 안에 아폴론께서 거룩한 화살로 방금 쓰러뜨린 사람처럼 말끔하게 누워 있으니 말이다."

그녀가 이렇게 말하고 울음을 터뜨리자 이어서 헬레네가 애도의 말을 했다.

"헥토르여, 당신은 모든 시아주버님들 중에서도 제게 각별한 분이셨습니다. 제가 트로이에 와서 파리스와 살게 된 이후에도 단 한 번도 모욕적인 말이나 가혹한 말씀을 하신 적이 없었지요. 오히려 시아주버님들이나 동서들 중 한 사람이, 또는 파리스의 어머니시자 제게 시어머님 되시는 분이 저를 비난하더라도 당신께서는 온화한 말씀으로 그들을 달래 주셨습니다. 저는 그래서 울고 있습니다. 저는 더이상 이 커다란 도시 트로이에서 살 수 없을 것 같습니다. 더이상 친구도 없고, 모두가 저를 싫어하고 있으니까요."

프리암 왕은 장작을 준비하게 했다. 아흐레 동안 사람들은 산에서 수많은 장작을 날라왔다. 그리고 열흘 째 되는 날에 그들은 헥토르의 시신을 장작더미 위에 올려놓고 불을 붙여 새벽이 올 때까지 타오르게 했다. 그 다음에 다시 모여서 검은 포도주로 불을 껐다. 헥토르의 형제와 친구들이 연기가 가시지 않은 유골을 주워 모았고, 그것을 금으로 된 납골 항아리에 담았다. 곧 큰 구덩이를 파서 항아리를 안치하고 커다란 돌로 덮었다. 그 위에 사람들은 무덤의 봉분을 쌓았다. 무덤이 다 만들어지고 난 뒤 트로이 사람들은 프리암 왕의 궁에서 푸짐한 음식을 배불리 먹고 마셨다.

그리고 이렇게 해서 트로이의 영웅 헥토르의 장례 행사가 모두 끝났다.

일리아드, 그 뒷 이야기

에필로그

아킬레우스의 최후

헥토르가 죽고 나자 그리스인들은 이 전쟁은 이미 끝난 것이나 다름 없다고 생각했다. 그들은 트로이가 더 이상 버티지 못할 것이고, 따라서 이 기나긴 싸움이 곧 끝나리라고 믿어 의심치 않았다. 그러나 트로이 전쟁의 판도는 꼭 그렇게 돌아가지만은 않았다.

우선 새로운 동맹군들이 트로이 진영에 합류한 데서 그 이유를 찾을 수 있다. 그 동맹군들 중에는 용감한 여전사 아마존들도 포함되어 있었다. 이름높은 아마존의 여왕 펜테실리아를 앞장세우고 말 등에 탄 수백 명의 여전사들이 트로이를 도우러 왔다. 멤논 왕 또한 거대한 에티오피아 군을 데리고 왔다.

멤논의 군대는 네스토르의 군대를 상대해서 전투를

벌였다. 이 전투에서 네스토르는 친아들 안틸로코스를 비롯하여 수많은 부하들의 생명을 잃는 슬픔을 맛보았다. 멤논이 안틸로코스에게 던진 창이 그대로 갑옷의 가슴받이에 명중해서 반대쪽으로 꿰뚫고 나오는 끔찍한 광경을 네스토르는 자기 눈으로 직접 보고 말았다. 그러나 슬픔에 잠긴 아버지는 아들의 시체를 거둘 겨를도 없었다. 네스토르는 밀려오는 멤논의 군사들 때문에 그대로 후퇴해야만 했기 때문이다.

네스토르는 아킬레우스에게 달려가 아들의 시신을 구해 달라고 간청했다.

"아킬레우스여, 이 늙은이가 아들의 죽음을 눈앞에서 지켜본다는 것은 참으로 가혹한 운명일세. 하물며 그 시신조차 거두지 못하다니 통탄할 노릇 아닌가! 부디 그리스 제일의 용사인 자네가 안틸로코스의 시신을 구해 주게!"

그러자 아킬레우스는 네스토르의 청원을 흔쾌히 수락하였다.

"걱정 마십시오, 네스토르여. 나에게는 파트로클로스가 죽은 이후로는 딱히 벗이라 일컬을 만한 이가 없었습니다만, 안틸로코스에게만큼은 좋은 감정을 가지고 있었습니다. 그러니 그의 시신이 짐승들의 먹이가 되도록 내버려둘 수는 없습니다."

그는 시신을 찾아오기 위해 전력을 다해 싸우며 진격

했다. 그러나 멤논도 가만 있을 리는 없었다. 그는 거대한 바위를 들어올려 아킬레우스에게 던졌다. 아킬레우스는 방패로 그 커다란 바위를 간단히 되받아쳤다. 그리고 곧장 적에게 창을 던지니 그 창은 멤논의 팔에 꽂히고 말았다.

이어서 그들은 검을 뽑아 들고 격렬한 싸움을 벌였다. 두 사람 모두 상대에게 치명상을 입혀서 우세를 차지하고자 눈을 부릅뜨고 있었다. 마침내 아킬레우스가 멤논에게 날카로운 검으로 일격을 가했다. 멤논의 가슴받이는 물론 그의 갈비뼈까지 처참하게 부서지고 말았다.

멤논이 쓰러지자 아킬레우스는 전세를 몰아 스카이아 성문까지 병사들을 이끌고 갔다. 트로이인들은 이 급박한 상황에서 일치 단결하여 대항하는 한편, 빨리 성문을 닫으려고 안간힘을 쓰고 있었다. 아킬레우스는 이렇게 외쳤다.

"아카이아의 아들들이여! 이제 승리가 우리의 눈 앞에 와 있다! 트로이 성을 무너뜨리자!"

이 말을 마치자마자 그는 방패를 내던지고 대신 도끼를 손에 들었다. 그리고 나무로 만들어진 성의 일부를 마구 찍어서 쳐내기 시작했다.

그러나 성벽 위에서 이 모습을 바라보고 있던 파리스는 이렇게 생각하고 있었다.

"전쟁을 이런 식으로 끝낼 수는 없다. 아킬레우스를 내버려 둔다면 그는 정말로 이 성을 무너뜨리고 말리라.

지금 저 자를 활로 쓰러뜨려야만 한다! 아킬레우스에게는 내가 보이지 않겠지만, 나로서는 성문과 아킬레우스의 모습이 완벽하게 시야에 들어오고 있으니 승산은 충분하다!"

파리스는 화살통에서 화살 하나를 꺼내어 조심스레 목표를 겨냥했다. 다음 순간 시위를 떠난 화살이 정확하게 아킬레우스의 발목 복숭아뼈에 꽂혔다.

이 복숭아뼈야말로 아킬레우스의 어머니가 갓난 아기였던 그를 스틱스 강물에 담글 때 손으로 잡았던 부분이었다.

스틱스 강물에는 특별한 효험이 있어서, 이 물에 몸을 적신 자는 어떤 무기에도 상하지 않는 살갗을 갖게 된다고 했다. 그런데 어머니가 아기의 발목을 어찌나 꽉 잡았던지 그 한 부분만은 강물이 조금도 닿지 않았던 것이다.

화살이 명중한 순간 상처에서 검은 피가 튀었다. 아킬레우스는 극심한 고통을 느끼며 뒤로 넘어졌다. 그러면서도 그의 손은 화살촉을 상처에서 뽑아내려고 안간힘을 쓰고 있었다.

"어떤 겁장이 놈이 감히 나를 뒤에서 쏘았단 말이냐?" 아킬레우스는 최후의 기운을 다해 맹수가 포효하듯 고함을 질렀다. 곧 무구가 부딪히는 요란한 소리와 더불어 그는 성문에서 그대로 뻗어 버렸다. 그리스의 수많은 영웅들 중에서도 가장 위대한 용사는 이렇게 최후를 맞이했다.

성문에서는 아킬레우스의 시신을 둘러싸고 또 한 차례 격렬한 전투가 벌어졌다. 그러나 결국은 오디세우스가 그의 시신을 온전하게 전차에 싣고 그리스 진영에 있는 막사까지 옮기는 데 성공했다.

한때 아킬레우스 곁에서 강제로 떠나야 했던 브리세이스가 시신을 씻기고 향유를 발라 주었다. 그녀의 눈에서는 눈물이 마를 줄 몰랐다. 몰려온 사람들은 추모의 의미에서 저마다 머리칼을 잘라서 시신을 덮었다. 아킬레우스의 어머니 테티스도 바다에서 올라와 아들을 위해 눈물을 흘렸다. 테티스를 둘러싼 바다의 님프들도 크나큰 비탄에 잠겼다.

트로이 성의 함락

아킬레우스가 죽은 지 얼마 되지 않아 파리스도 어떤 이의 독화살에 맞아 세상을 떠났다. 그럼에도 전쟁은 쉽사리 끝날 기미가 보이지 않았다.

마침내 오디세우스가 한 가지 묘안을 내놓았다. 그는 항상 지혜가 뛰어나 갖가지 절묘한 계책으로 성공을 이룬 바 있었다. 오디세우스는 이렇게 말했다.

"이 작전만 성공한다면 우리는 저 항복을 모르는 트로이의 성벽 안으로 잠입할 수 있을 것입니다. 우선 모두 힘을 합쳐 속이 비어 있는 거대한 목마를 만들어야 합니다. 그리고 나를 비롯해서 특별히 선발된 용사들이 그 안에 들어가 숨는 것입니다. 나머지 사람들은 마치 전쟁을 포기하고 고향으로 돌아가는 것처럼 꾸며 주십시오."

그리스인들은 이내 목마를 완성해서 평원 한가운데 세워 놓았다. 그리고 모든 배를 바다에 띄우고 노를 저어 나아갔다. 트로이인들은 결국 적들이 이 소득 없는 전쟁에 지칠 대로 지쳐서 고향으로 돌아가는 것이라고 생각했다. 그런 의미에서 평원 한가운데 놓여 있는 목마는 아마도 신들에게 평화를 기원하는 제물일 거라고 추측했다.

그래서 트로이 사람들은 그 목마를 성안으로 끌고 들어왔다. 목마는 몹시 거대했기 때문에 성안까지 들여오는 과정에서 성벽의 일부를 부수어야만 했다. 그러나 그리스 군대가 물러난 이 시점에서 그런 일쯤은 대수롭지 않은 것으로 여겨지고 있었다.

마침내 이 거대한 목마는 도시의 광장에까지 들어왔다. 사람들은 목마를 평화의 상징처럼 생각하며 찬탄어린 시선으로 바라보았고, 곧 종전(終戰)을 축하하는 성대한 잔치가 벌어졌다.

그러나 그리스인들은 해안에서 그리 멀지 않은 거리까지만 나갔을 뿐이었다. 해가 저물어 어둠이 짙어지자 그리스인들은 도로 이전에 자기들이 정박했던 곳으로 돌아왔다. 그리고 전 군대가 트로이를 향해 살금살금 기어서 다가갔다. 이 무렵 트로이 사람들은 종전의 기쁨에 취해 잔치를 벌여 흥청망청 즐기다가 곯아 떨어져 있었다.

도시 전체가 잠과 침묵 속에 휩싸이자 드디어 목마의 몸통에서 그리스 병사들이 튀어나왔다. 오디세우스와 아이아스, 메넬라우스 등의 용사들이 병사들을 지휘했다. 그리스 병사들은 집집마다 조용히 돌아다니면서 트로이인들을 학살했다. 대부분의 트로이인들은 자고 있던 침상에서 찍 소리도 못한 채 죽음을 맞이했다. 성벽을 지키고 있던 몇 안 되는 보초들도 그리스 본 부대가 도착하기 전

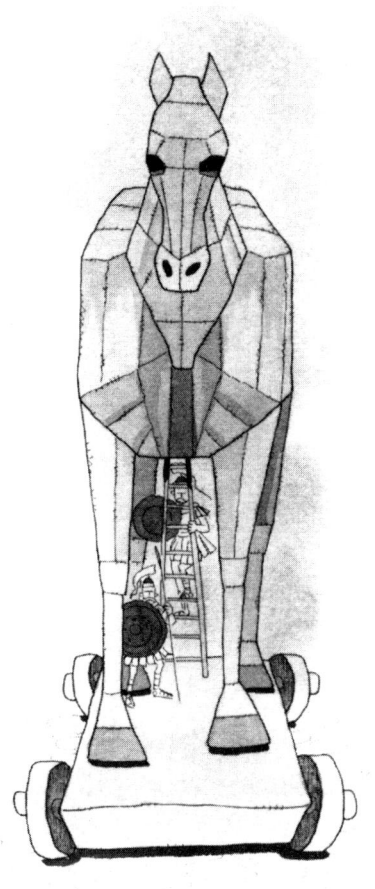

에 처리되었다.

갑자기 쏟아져 나온 그리스 군사들로 말미암아 트로이는 삽시간에 아수라장이 되고 말았다. 그리스군은 민가에서 궁전까지, 건물이란 건물은 모조리 약탈하고 다니며 남자들을 죽이고 여자와 아이는 노예로 삼았다.

트로이의 왕인 프리암까지도 신전에서 살해당했고, 왕가의 여인들은 모두 포로들의 대열에 서게 되었다.

이렇게 일단 승리가 분명해지자 메넬라우스는 분노에 휩싸여 헬레네를 찾아다녔다.

"남편을 배신하고 젖먹이까지 떼어놓고 달아난 헬레네는 어디 있느냐? 그녀는 내 손으로 죽여 반드시 죄값을 치르게 하리라!"

이때 헬레네는 모두에게서 버림받은 채 혼자 앉아 있었다. 메넬라우스는 곧 그녀를 찾아낼 수 있었다. 그 처량하고도 아름다운 모습을 바라보고 있자니 그는 처음 다짐과는 달리 불쌍한 생각이 들었다. 그리고 파리스가 그녀를 데려가기 전에 함께 나누었던 감미로운 추억이 되살아났다. 메넬라우스는 그녀를 용서하기로 마음먹었다. 너그러운 전 남편에게로 걸어오는 여인의 얼굴에는 자기의 행동이 불러온 결과들을 뼈저리게 후회하는 빛이 역력했다. 헬레네는 부끄러워 견딜 수 없다는 듯 고개도 들지 못했다.

그리스인들은 포로와 전리품을 싣고 떠나면서 트로이 성에 불을 질렀다. 헤카베 왕비는 다른 포로들과 함께 사슬에 묶여 평원을 걸어가다가 문득 뒤를 돌아보았다. 파리스가 태어나기 전에 꾸었던 무서운 꿈이 기억 속에 되살아났다. 헤카베는 눈물을 흘리며 탄식했다.

"예언은 그대로 들어맞았구나! 내가 그토록 사랑했던 트로이가 뱀 같은 불길 속에 휩싸이는구나!"

다음 날로 그리스인들은 전리품과 포로들을 태우고 오랫동안 떠나온 고향을 향해 출발했다.

이로써 신들의 경고는 어느 것 하나 이루어지지 않은 것이 없게 되었다. 누가 황금 사과를 차지할 것인가를 둘러싼 시샘 많은 여신들의 사소한 다툼이 결국 무서운 전쟁으로 번지고 말았다. 이처럼 트로이 전쟁은 고통과 불행을 낳았고 양편 모두로부터 수많은 목숨을 앗아갔다. 그러나 이 전쟁에는 불굴의 영웅들이 있었던 반면에 가엾은 희생자들도 있었다. 그들 모두는 트로이에서, 또한 그리스에서, 결코 잊혀지지 않을 것이다.

어휘 설명

고르곤 : 뱀으로 된 머리카락과 멧돼지의 이빨, 황금 날개를 지닌 괴물. 이 괴물을 정면으로 보는 사람은 돌로 변한다고 한다. 고르곤은 세 자매로 되어 있는데, 그 중에서 가장 유명한 것이 메두사이다. 페르세우스가 메두사를 처치했고 그 잘려진 목에서 페가수스가 나왔다고 한다. 페르세우스는 여신 아테나에게 잘라낸 머리를 선물했고, 여신은 그 목을 아이기스에 장식했다.

기타라 : 고대 그리스 때의 악기. 리라가 좀 더 보완된 형태라고 할 수 있다.

네스토르 : 필로스의 전설적인 왕. 그는 예외적으로 늙은 전사이기에 트로이 전쟁 동안 아카이아 사람들에게 지혜로운 조언을 해 준다.

넥타 : 신들에게 불사의 생명을 주는 감로수.

달다노스 : 제우스의 아들로 트로이 성의 기초를 세운 인물.

라오메돈 : 프리암의 아버지. 그는 자기에게 트로이의 성벽을 쌓도록 해 준 아폴론과 포세이돈에게 보상으로 제물바치기를 거절했다. 그때문에 페스트가 도시에 만연하

게 되었다.

메넬라우스 : 아트레우스의 아들이자 스파르타의 왕. 자기 아내 헬레네를 파리스의 손에 뺏기고 형 아가멤논의 도움을 얻어 트로이 정복에 나섰다.

뮤즈 : 제우스의 딸들. 이 아홉 자매들은 자유로운 예술을 주재하는 역할을 한다. 때때로 호메로스는 이 명칭을 특별히 시의 영감을 주는 성스러운 주관자만을 지칭하는 데 사용하기도 한다.

사르페돈 : 제우스의 아들이자 리키아의 왕. 그는 트로이 전쟁 동안 프리암 왕의 동맹군이었고, 헥토르와는 무구를 나누는 친구였다.

스카이아 성문 : 야생말을 이끌어 오는 트로이의 성문.

아가멤논 : 미케네와 아르고스 지역의 전설적인 왕으로 아트레우스의 아들이자 메넬라우스의 형. 트로이 전쟁 기간에 아카이아군의 총사령관을 맡았으며, 이 무리들에게는 용맹함의 본보기가 되었다. 그러나 전쟁을 마치고 귀환할 때 자기의 아내 클리타임네스트라와 그녀의 정부 에지스테우스에 의해 살해당했다. 아가멤논은 세 자녀를 두었는데, 그들의 이름은 각기 이피게니우스, 엘렉트라, 오레스테스이다.

아고라 : 고대 그리스에서 토론을 하거나 시장을 열기 위해 사람들이 모였던 장소.

아레스 : 제우스와 헤라 사이에서 태어난 전쟁의 신. 사람들 사이의 불화를 일으키는 일 외에는 기뻐하는 일이 없다.

아레스는 그 흉폭함 때문에 신들 사이에서 별로 사랑을 받지 못했다.

아르고스 : 아카이아 사람들의 시대에 펠레폰네소스 반도의 동쪽 전체를 가리키는 말로, 디오메데스의 영지이다. 「오디세이」에서 오디세우스의 개 이름도 아르고스라 불린다.

아르테미스 : 아폴론의 쌍둥이 누이이자 사냥의 여신. 그녀는 황금 활로 무장하고 그 화살로 인간과 야수들을 맞추고 다닌다.

아에네아스 : 트로이의 얼마 안 되는 생존자 중 한 사람. 그는 몇몇 부하들과 패주에 성공하여 이탈리아까지 이르렀고 그곳에서 로마의 기초를 닦았다. 그에 대한 전설은 라틴계 시인 버질이 「에네이드」에서 잘 이야기해 주고 있다.

아이기스 : 제우스와 아테나의 진귀한 방패. 어린 제우스에게 젖을 준 염소 아말테우스의 가죽으로 되어 있다. 아이기스는 가장자리가 뱀의 머리들로 되어 있고, 그 가운데에는 고르곤의 머리가 달려 있다고 한다. 신들이 아이기스를 들이밀면 공포가 사방으로 퍼지게 된다.

아이아스 : 텔라몬의 아들로, 아킬레우스 다음 가는 용맹한 아카이아의 용사. 아킬레우스가 죽은 뒤 그의 무구를 물려받기를 요구했으나 아카이아 사람들은 그것들을 오디세우스에게 주기로 결정한다. 이로 인해 아이아스는 광기를 나타내고, 결국은 자살하게 되었다.

아카이아 사람 : 아카이아 사람이란 아르고스 사람, 또는 다나에오스 사람으로도 불리는 그리스의 고대 민족이다. 기원전 1600년 경 북쪽 지방에 도달하여 특히 펠레폰네소스 반도에 정착하였다. 그들의 주요 중심지는 미케네, 아르고스, 티렌트와 필로스이다. 그들은 당시 말과 청동도 가지고 들어온 듯하다. 호메로스는 아카이아 사람들이란 말을 아가멤논 왕의 지휘하에 트로이 공격에 나선 모든 그리스인이라는 의미로 사용하고 있다.

아킬레우스 : 여신 테티스와 인간인 펠레우스 사이에서 태어난 아들. 그를 불사의 몸으로 만들기 위해 그의 어머니는 지옥을 둘러싼 네 개의 강 중 하나인 스틱스 강물에 몸을 담그었으나 그때 손으로 발 뒤꿈치를 잡는 바람에 그 부분만 그의 몸에서 죽음을 부를 수 있는 부위로 남게 되었다고 한다.

아테나 : 전설에 의하면 그녀는 제우스의 머리에서 온 몸을 무장하고 태어났다고 한다. 전술의 여신으로 아카이아 진영을 보호하고 있다. 그녀는 지혜와 술책의 여신으로 여러 가지 계획을 통해 특히 오디세우스를 돕는다.

아트리데스 : 미케네의 전설적인 왕이자 아가멤논과 메넬라우스의 아버지인 아트레우스의 자손들을 통칭하는 말. 아트레우스는 자기의 형제 티에스트의 아이를 죽이고 그 살을 요리해서 먹게 했다. 그리고 식사가 끝난 뒤 아이의 머리를 가져오게 했다. 티에스트는 고

통에 휩싸여 아트레우스의 혈통에 저주를 내렸다.

아폴론 : 포이보스라고도 불리우는 빛의 신. 제우스와 레토 사이에서 태어난 아들이며, 아르테미스는 그의 쌍둥이 누이이다. 아폴론은 명사수로 유명하다. 트로이 전쟁 동안 그는 자기의 사제 크리세스가 아가멤논에게 딸을 빼앗긴 원한을 풀어주기 위해 아카이아 진영에 페스트를 창궐케 했다. 아폴론은 리라와 플룻으로 아름다운 가락을 연주하는 것으로도 잘 알려져 있다.

아프로디테 : 제우스의 딸이자 사랑과 정욕, 풍성한 출산의 여신. 그녀는 파리스가 헬레네를 빼앗는 데 도움을 줌으로써 트로이 전쟁의 원인을 제공한 셈이 되었다. 그녀는 안치스와의 사이에서 아들 아에네아스를 낳았기 때문에 이 전쟁에서 특히 이 용사를 수호하고 있다.

안드로마케 : 「일리아드」의 여자 주인공에 해당하는 인물로 헥토르의 아내이자 아스티아낙스의 어머니. 트로이 함락 이후 그녀는 노예가 되었다가 후에 아킬레우스의 아들 파이로스의 아내가 된다.

암브로시아 : 신들의 음식물. 이것을 먹게 되면 그들은 불사의 몸을 갖게 된다고 한다.

오로라 : 영원한 젊음과 사랑스러움을 지닌 태양과 달의 누이. 장미빛 손가락을 지닌 여신이라고 종종 일컬어진다.

올림포스 : 그리스에서 가장 높은 산(해발 2917미터). 테살리아와 마케도니아의 가장자리에 위치하고 있으며, 제우

스를 비롯한 신들의 거처가 있다고 믿어지고 있다. 성스러운 거처가 있는 곳은 하늘과 뒤섞여 있고, 사람들은 그곳에 접근할 수 없다. 이 올림포스에 사는 이들을 올림피안이라고 부른다.

율리시즈 : 그리스어로는 오디세우스라고 한다. 호메로스의 영웅들 중에서 가장 인간적이고, 간교함과 굳센 마음, 용기를 겸비한 인물이다. 그는 트로이 원정대에 참가하여 「일리아드」에서 볼 수 있듯이 중요한 역할을 수행하였다. 그러나 그는 이타케로 귀향하면서 흥미진진한 모험을 하게 되는데, 이것이 그의 명성을 높이게 되었다. 이 이야기는 「오디세이」에 잘 그려져 있다.

이리스 : 헤르메스와 마찬가지로 전령이자 영혼들을 지옥으로 인도하는 역할을 한다. 그녀의 베일은 일곱 가지 색깔을 지니고 있어 하늘과 땅의 연결을 상징하는 무지개로 나타난다.

일리오스 : 트로이를 일컫는 또다른 이름.

제우스 : 자기 자손이 자기를 밀어낼 것이라는 두려움으로 아이들을 태어나자마자 삼켜 버렸던 크로노스의 아들. 제우스는 자기 어머니 레아에 의해 목숨을 부지했다. 레아는 크로노스에게 제우스 대신에 큰 돌을 집어삼키게 했던 것이다. 제우스는 장성하여 크로노스의 왕좌를 빼앗았다. 올림포스의 왕인 그는 신들의 세계에서 최강자일 뿐 아니라 질서와 정의를 관장한다. 제우스는 자신의 권력으로 어쩔 수 없는 부분만을 제외하고는 어떤

것에도 복종할 필요가 없다. 그는 또한 모든 대기 현상의 주재자이기도 하다. 그의 상징이라고 할 수 있는 천둥과 번개, 비, 계절의 변화 등이 그것들이다. 제우스는 여신들이나 인간의 여자들과 수많은 관계를 맺고 있는데, 그러한 이유로 아내인 여신 헤라와는 불화가 끊이지 않는다.

칼카스 : 유명한 예언자. 그는 아카이아군에게 트로이 전쟁이 얼마나 오래 지속될지 예언했고, 그들에게 안이 파인 목마를 만들어서 그 안에 숨은 뒤 적지에 잠입할 수 있게 조언해 주기도 한다.

크라테르 : 잘 구운 흙이나 동으로 만든 술병으로 손잡이가 달려 있다. 여기에 포도주와 물을 혼합하곤 했다.

크로노스 : 우라노스의 아들로 아버지를 치고 왕좌에 오른 신. 예언이 말해 준 대로 자기도 자기 자손들에게 해를 입을까 두려워 아이들이 태어나자마자 잡아 먹었다. 그의 누이이자 아내인 헤라는 어느 날 자기가 낳은 아들 제우스 대신에 큰 바위를 집어삼키게 했다. 제우스는 자라서 크로노스에게 자기의 형제와 자매들을 다시 만들어내게 한 뒤 그를 탈타로스에 가두었다.

탈타로스 : 혹은 지옥이라고 불린다. 하데스가 통치하는 죽은 자들의 거주지. 지옥은 지하세계나 바다 저편의 세계로 간주된다. 즉 태양이 비치지 않는 구역으로 이것은 「오디세이」에 잘 나타난다. 여기에는 건널 수 없는 네 개의 강이 흐르고 있다. 스틱스, 아케론, 코키트,

피리플레제톤이 그 네 강이다. 그곳에서는 죽은 자들이 땅 위에서의 죄과에 의해 심판받지 않고 슬프고 단조로운 삶을 유지한다고 여겨진다.

테티스 : 바다의 여신. 제우스와 포세이돈이 그녀와 혼인하고 싶어했지만 예언자가 그들에게 이르기를 그녀와 결합하는 자는 아버지보다 더 강한 아들을 얻게 되리라고 말했기 때문에 그들은 단념할 수 밖에 없었다. 결국 테티스는 인간 중에서 배우자를 선택했는데 그 인간이 바로 펠레우스였다. 이들의 결합에 의해 아킬레우스가 태어났다.

파리스 : 프리암과 헤카베 사이에서 태어난 차남. 그의 어머니는 파리스를 출산하기 전에 트로이를 잿더미로 만드는 불씨를 낳는 꿈을 꾸었다. 이 꿈에서 불길한 전조를 읽은 그녀는 아이를 태어나자마자 이다 산에 갖다 버리게 했다. 거기서 파리스는 목동들의 대접을 받으며 양육되었다. 몇 해가 지나 그는 자기의 이름과 혈통을 되찾게 되었다. 그는 메넬라우스의 아내 헬레네를 빼앗아옴으로써 트로이 전쟁을 일으킨 장본인이 되었다. 그는 아폴론의 인도하심을 따라 화살로 아킬레우스를 죽이게 된다.

포세이돈 : 바다의 신으로 항해와 폭풍우를 관장한다. 그는 트리튼이 이끄는 전차를 타고 삼지창으로 무장하고 그것으로 물결에 명령을 내린다. 그는 많은 자손들을 가지고 있는데, 대부분은 괴물들이고 외눈박이 거인 키

클로프스도 그 중의 하나이다. 그는 트로이의 성벽을 쌓는 데 관여했었다. 그러나 그 보상의 제물을 받지 못했기 때문에 포세이돈은 이 도시를 무너뜨리려는 아카이아 진영을 편들게 되었다.

프리암 : 트로이의 왕. 전설에 의하면 그는 오십 명의 아들과 수많은 딸들을 가졌다고 한다. 그는 트로이 전쟁이 발발했을 때 나이가 많이 들었다. 그의 명석한 정신은 트로이와 아카이아의 존경을 받기에 충분했다.

하데스 : 제우스와 포세이돈의 형제. 그는 자기의 몫으로 지하의 세계를 받아서 아내 페르세포네와 함께 다스린다.

헤라 : 제우스의 아내이자 누이인 이 여신은 제우스와 함께 올림포스를 다스린다. 트로이 전쟁에서 그녀는 아카이아의 강력한 우군이다. 파리스가 그녀를 아프로디테보다 덜 아름답다고 판정을 내렸기 때문에 그렇게 되었다.

헬레스폰트 : 에게 해를 말마나 해에 연결해 주는 달다넬 해협을 고대 그리스에서는 이렇게 불렀다.

헤르메스 : 제우스와 님프 마이아 사이에서 태어난 아들. 그는 불사의 신들의 전령이다. 죽은 자의 영혼을 지옥으로 인도하는 것도 헤르메스의 일이다. 그는 도둑이나 상인들의 수호자로서 지략의 화신이기도 하다. 어렸을 때 헤르메스는 아폴론의 가축을 훔친 적이 있었다. 제우스에게 이 일을 시정하도록 명령받고 나서 헤르메스는 그것을 자신이 고안해 낸 리라와 바꾸었다. 헤르메스의 특징은 황금 지팡이와 날개 달린 샌달,

성스러운 전령의 임무를 나타내는 나팔 등이다.

헤파이스토스 : 제우스와 헤라의 아들로서 불과 철의 신이자 대장장이들의 수호자이다. 그는 자기의 대장간에서 외눈의 거인 키클로페스의 도움을 받아서 신과 영웅들의 무구를 제작했고, 그 중에는 아킬레우스의 것도 있었다. 헤파이스토스는 추한 용모에 절름발이였지만 여신들 중에서 가장 아름다운 아프로디테를 아내로 얻었다.

헥토르 : 프리암과 헤카베 사이에서 태어난 아들. 그는 트로이에서 가장 뛰어난 전사로 추앙받고 있었다. 그는 아킬레우스의 손에 죽기 전까지 군신 아레스의 비호를 받으며 혁혁한 공을 세웠다.

헬레네 : 제우스와 레다의 딸. 제우스는 백조의 모습으로 변신하여 레다를 유혹했다고 한다. 헬레네는 그 미모로 이름이 높았다. 헬레네는 결혼할 나이가 되어 수많은 구혼자들 중에서 스파르타의 왕이었던 메넬라우스를 선택했다. 파리스가 아프로디테의 도움을 받아 그녀를 빼앗아 옴으로 인해 트로이 전쟁이 발발하게 되었다.

편역자(編譯者) 이세진은 서강대학교 철학과를 졸업하고, 현재 동 대학원 불문학 석사 과정에 있다.

호머는 누구인가

「일리아드」와 「오디세이」의 저자인 호머가 어디에서 태어났는지는 잘 알려져 있지 않습니다. 아시아에 인접한 여러 그리스 도시들이 앞다투어 호머의 출생지임을 자처하고는 있지만, 실제로 그의 고향이 어디인지 명확하게 단정짓는다는 것은 불가능합니다.

그렇다면 그가 활약하던 시대는 언제일까요? 이 문제에 있어서도 전문가들의 견해는 매우 다양합니다. 그러나 역사가 헤로도투스에 의하면 그의 출생은 대략 기원전 9세기 경으로 추정됩니다. 호머는 그리스의 여러 위대한 시인들 중에서도 으뜸가는 인물로서 여러 지방을 여행하며 「일리아드」와 「오디세이」를 대중들 앞에서 발표했다고 합니다. 그리고 그 때마다 그의 시가(詩歌)를 듣기 위해 그리스 방방곡곡에서 청중들이 몰려와 성황을 이루었다고 전해지고 있습니다.

전하는 말에 의하면 호머는 앞을 보지 못했다고도 합니다. 그가 정말로 장님 시인이었는지는 확실치 않지만, 여기에는 우리에게 시사하는 바가 있습니다. 아마도 시인이란 현실 세계에 눈을 돌리기보다는 마음 깊숙한 곳에서 다가오는 영감을 빌어 상상의 세계를 보는 사람이라는 점에서 그러할 것입니다.

그런데 호머가 실제로 살았던 시대와 작품의 배경이 되는 시대 사이에는 매우 커다란 간격이 있습니다. 트로이 전쟁은 기원전 12세기, 즉 미케네 문명이 몰락해 가던 시대에 일어난 것으로 보이기 때문입니다. 미케네 문명은 특히 펠로폰네소스 지방을 중심으로 활짝 피어난 풍요롭고 활력에 넘치는 문명으로서 문학에 있어서도 많은 발전을 가져다 주었습니다. 그러나 이후 몇 세기에 걸쳐 그리스 세계가 전복되면서 이렇게 발전된 문학은 오히려 뒷걸음질치는 경향을 보였던 것입니다. 그리하여 그 자취는 기원전 8세기 경 터키 해안 근처에만 다소 남아 있을 뿐입니다. 이 지역은 대륙에서 이주해 온 그리스인들에 의해 새로운 문명이 발생했던 곳이기 때문입니다. 호머는 아마도 당시 이 지역에서 실제로 살았던 것으로 추측되고 있습니다.

호머는 대중들 앞에서 신과 영웅들의 이야기를 들려주는 음유시인들의 조직을 만들었다고 전해집니다. 그러므로 「일리아드」와 「오디세이」는 호머가 보고 들은 현실이 아닙니다. 그러나 작품의 모든 부분을 그가 꾸며낸 이야기로 보는 것도 옳지 않습니다. 다른 음유시인들과 마찬가지로 호머 역시 당시에 잘 알려져 있는 주제들을 노래해야 했던 것입니다. 그러므로 여러 가지 차이를 보이는 신화적 단편들을 수집하고, 수세기에 걸쳐 구전된 이야기들을 고려한 것이 분명합니다. 그리고 이러한 자료들을 바탕으로 이야기를 수정하고 재편성하며 매끄럽게 다듬었을 것입니다. 아마도 「일리아드」와 「오디세이」는 이와 같은 시인의 노고를 통해 탄생했으리라고 미루어 짐작됩니다.

일리아드

초판 1쇄발행 1998년 12월 22일
초판 4쇄발행 2002년 12월 20일

지은이 호머
편역자 이세진
펴낸이 박기봉
펴낸곳 **비봉출판사**

주소 서울 마포구 서교동 480-10 미리내빌딩 3층
대표전화 3142-6555
팩시밀리 3142-6556
 E-mail   beebooks@hitel.net

등록번호 2-301(1980. 5. 23)

값 7,000원

ISBN 89-376-0238-5 82800